「よう兄弟、随分楽しそうなコトしてるじゃねーか」
彼女の頭上から誰かの声が聞こえてきた。
その声はとても凛《りん》とした響きで、
不思議な心強さを
感じさせられる声であった。
一之瀬《いちのせ》シオン
自分をSSS級だと思い込んでいるC級魔術学生 1
C-level magic student who thinks he is SSS class
［著］nkmr ［イラスト］嵐月

「暴虐の碧水龍《グラオザーム・シュトルーデル》」
ユフィア・クインズロード

「滅し穿つ灼熱の猛射《ヴィンディヒ・シュトゥルム・ランツェ》!!」
エリザ・ローレッド
先手を取れるようにエリザは
すぐさま詠唱を行い、
ユフィアに向かって無数の炎を纏《まと》った
風の矢を魔法陣から繰り出した。
対するユフィアは非常に淡々とした
様子でやや遅れ気味に
紺碧《こんぺき》色の魔法陣を展開し、
龍を象《かたど》った巨大な水の魔術を
魔法陣から放射した。

シオンがその人影の方に目を向けると、
そこには一人の女子生徒の姿が。
な状況としては、着替えている最中だと思われる、
徒の姿がそこにはあった。
「……」

自分をSSS級だと思い込んでいるC級魔術学生 1

nkmr

OVERLAP

CONTENTS

イラスト：嵐月

プロローグ

——この世界には〝魔力〟と呼ばれるエネルギーが存在する。

魔力はこの世界の大地や空気中を漂い、多くの生命体の体内にも流れている。

この世界に生きる人々は魔力が蓄積されている岩石や結晶といった自然物から魔力を抽出し、そのエネルギーを日常生活の中で利用している。

例えば照明を灯《とも》したり、生鮮食品を冷やしたり、列車などの交通機関や工場などの機材の動力源にしたりと、多種多様な用途に及び、魔力はこの世界の文明の礎《いしずえ》となっている。

そして、人間を含む一部の生命体は魔力を利用して〝魔術〟と呼ばれるものを扱う。

魔術とは、術式の描かれた魔法陣に魔力を流し込むことで特殊な現象を起こす方術の総称だ。

エネルギー源となる魔力を別の性質——例えば火や水といったものに変質させて放出したり、魔力を利用して生命体や無機物の状態に影響を及ぼしたりと、その種類も数知れず存在している。

そういった〝魔術〟を一定以上の水準で扱う者達《たち》は〝魔術師〟と呼ばれ、凶悪なモンスターを討伐する冒険者として、国の戦闘部隊員として、より文明を発展させるための研究者として……と、広い分野で活躍している。

そんな魔術師を育成するための教育機関は世界中に複数存在している。

六歳で入学し、六年間の初等部期間と三年間の中等部期間の合計九年間で魔術を学ぶ〝魔術学校〟や、その魔術学校を卒業することで入学可能となる、魔術学校よりも高度な魔術を学ぶ四年制の〝魔術学園〟といったものだ。

決して、学校や学園で学べば誰でも魔術師になれるというわけではない。

ある程度生まれ持った資質がなければ人間は魔術を扱うことは出来ず、初級レベル以上の魔術を扱える素質を持った人間は全人口の三パーセント程度と言われている。

しかしそれでも社会全体で見た場合、活躍出来る現場の数に対して魔術師の数は余るほど多く、半端な実力では大した仕事にも就けず、富も名声も何も得ることは出来ない。

だからこそ、魔術の教育機関に通う生徒達は必死になって魔術を学び、自分達の実力を磨き上げ、優秀な成績を残すことで卒業後のより良いキャリアの実現を目標としている。

特に、基礎を学ぶだけの魔術学校とは異なり、卒業後の職業が大きく人生を左右する魔術学園の生徒達は殊更に競争意識を高めて学生生活を送っている。

……だからこそ。

まるでわざと低い成績を出そうとしているような生徒など、魔術学園の教員達はこれまで誰一人として見たこともないのだった。

一話　一之瀬シオン

ギルバート王立クロフォード魔術学園の演習ルームにて、教員であるリナ・レスティアは一人の男子生徒の所作を凝然と見つめていた。

生徒の名は一之瀬《いちのせ》シオン。レスティアの担当する二年Cクラスの生徒だ。

彼はゆっくりとした動作で右手を上げると、十八・四メートル先にある的《まと》に向けて真っすぐに掌《てのひら》を向けた。

すると、前方へ向けた掌から白い靄《もや》のような光が漂い始めた。靄のような光は数秒をかけて徐々に輪郭がハッキリとしていき、最終的に直径三十センチメートル弱の大きさの魔法陣を形成した。

「火球《ファイアボール》」

そのように彼が呪文を唱えると、赤橙色《せきとうしょく》に煌《きら》めく魔法陣から三十センチメートル程のサイズの火の玉が的に向かって放たれた。

真っすぐゆるやかに飛んでいく火の玉はそのまま的に直撃し、ボウッと音を立てて周囲に分散した後《あと》、静かに消滅した。

「雷属性はBか……。やはり力加減が少し難しいな」

演習ルームを退出したシオンは、廊下で一人ぽつりと呟《つぶや》いた。

それはまるで「本来もっとセーブするはずの力をコントロールしきれず、不本意にBランク相当の魔術を繰り出してしまった」かのような物言いだった。

レスティアが彼の今の呟きを聞けば、「やはり彼は本当の実力を隠して試験を受けていたんですね！」と思うに違いない。

……しかし、それは全くの勘違いである。

彼はただ、実際にはそう見えるように振舞っているだけに過ぎないのだから。

彼は「他の属性の魔術と比べて僅かに雷属性の魔術の評価が高かった」という試験結果を受け、まさに「本来の力を隠すために試験で力を抜くことが難しく、一つだけB以上の評価を出してしまった」かのように演じたのだ。

この一連の意味不明な行動について、特別な意図や理由は一切ない。

結論から言ってしまえば、彼の行動は全てただの趣味だ。

彼にとって「本当はSSS級の実力者であるが、その事実を周りには隠している」という妄想と演技をしながら学園生活を送ることは最高の快楽であり、ただその快感を得るために一連の言動を取っているのである。

演習ルームから退室し、わざわざ誰も見ていない場所で先ほどの独り言を漏らしたのも、演技を徹底して妄想の中で悦に浸りたかっただけに過ぎない。

要するに、彼は重度の妄想癖を持った変人ということだ。

しかしそれでも、思惑通りに担任教師のレスティアを勘違いさせることに成功しているのは偶然ではなく、彼の努力の賜物《たまもの》と言えるだろう。

先ほどの実技試験においても彼は演技に全力だった。彼は本当にC級学生程度の魔術しか扱えない。しかし、あたかも本当の実力を隠し試験で手を抜いているように見せるため、本当は必死に力みながらも、それを悟られないよう表情を一切変えずに精一杯の魔術を繰り出していた。

もし仮に彼が先ほどの試験で本当に手を抜いていたならば、彼は現在のCクラスからDクラスに降格してしまうような悲惨な試験結果を軽々と叩《たた》き出したであろう。

もしそのように実際に手を抜いて「俺は手を抜いているだけで、本気を出せばもっと凄《すご》いんだ」というように振舞ってしまえば、それは正真正銘の小物に成り下がってしまう。

実際に手を抜いて虚勢を張ることと、本気を出したうえで手を抜いているように振舞うことは彼にとっては大きく違うことだった。

そんな彼は実力の上限いっぱいの成績を出しつつ、「本当はもっと実力があるのでは」と担任教師のレスティアを勘違いさせることに成功した。

「ふぅ……ふぅ……！　ふうぅぅ……っ」

……そして現在。彼が本当に精一杯の魔術を繰り出していた証拠に、演習ルームから退出した後の彼は全身から汗を噴出し、ひどく顔を歪《ゆが》ませながら肩で息をしている。

これほど無様な体たらくでありながらも、多くの魔術や魔術師を見てきたレスティアの目を欺いた点に関しては見事なものだった。

あたかも「自分にはSSS級の実力があるにも拘《かかわ》らず、それを隠してC級学生のフリをしている」かのように振舞うことで悦に浸る珍妙な魔術学生。

それが、一之瀬シオンという男である――。

◆

一之瀬シオンの両親は代々商売を営んできた家系であり、魔術とは一切無縁であった。

魔力や魔術を扱うセンスというものは遺伝的に引き継がれるものであり、優秀な魔術師の両親から生まれる子供はそれらにも恵まれる。

逆に魔術師でもなく、魔力のない両親から生まれてくる子供は魔力も魔術を扱うセンスも基本的には持たない。

そのような例に漏れず、代々商人の家系に生まれたシオンの両親はどちらも魔力を全く持たず、魔術など人生で一度も扱ったことはなかった。

そして当然、その両親から生まれたシオンもまた魔力も魔術を扱う才能も欠片《かけら》も持たずに生まれて来た。

初級レベル以上の魔術を扱える素質を持った人間は全人口の三パーセント程度と言われているが、シオンは紛れもなくその他の九十七パーセント側の人間だった。

今から十四年前。三歳になったシオンは次第に読み書きや多少難しい本の物語も理解出来るようになった。

シオンは魔術師の英雄譚《たん》を読み、その姿に憧れ「いつか自分も誰かを助けられるような、最強の魔術師になりたい」と勇み立った。

誰にでもある、実によくある可愛《かわい》らしい夢だった。彼の両親はシオンが魔術師になることは絶対にないと分かっていたが、「子供の夢だ」、「いずれは現実を理解するだろう」、と三歳の彼に対して無情な現実を伝えず、彼の持った夢に対して応援の言葉を掛けた。

幼少時代のシオンは魔術の教本や魔術師に関する絵本ばかりを欲しがった。彼は他の物に一切興味を示さなかったので、彼の両親は快くそれらを買い与えた。

シオンの執念は幼少時代から大したもので、幼い彼は毎日時間の許す限り魔術の教本に噛《かぶ》り付いていた。

しかし、魔術の構成を理解して正しい術式を組むことが出来ても、シオンに魔術を発動させることは出来なかった。

魔術を発動させるためには作成した魔法陣に魔力を通す必要があるが、当然彼にそんなスキルは無く、そもそも魔術の発動に必要不可欠な魔力自体が全く無かった。それでは当然、魔術など扱えるはずもなかった。

それでもシオンの魔術への熱中ぶりは冷めることなく、彼の両親はシオンが六歳を迎えた翌年には地元の魔術の学校へと入学させた。

シオンが魔術学校に入学してから二年、彼より遥《はる》かに遅く魔術に触れ始めたはずの同年代の子達《たち》はみるみる魔術が上達していた。

その二年間、努力しても努力しても、シオンが周りの子達に追いつくことは決してなく、それどころか差が開くばかりであった。

「そろそろシオンは自分に魔術の才能が無いことに気付くかもしれない」

彼の両親は、現実を知って夢破れた息子に対してどのように慰めの言葉を掛けたら良いかと日々考えていた。

しかし一向にシオンの情熱が冷めることはなく、いつまで経《た》っても彼の両親が慰めの言葉を掛ける機会は訪れなかった。

……気が付けば、シオンの魔術学校入学から三年の月日が経過していた。

シオンが十歳になる頃、周りの同年代の子供たちは最低でも林檎《りんご》ほどの大きさの

「火球《ファイアボール》」や基礎的な魔術を扱えるようになっていた。

そしてその頃、ようやくシオンは生まれて初めて魔術を発現させることに成功した。

その魔術の名称は「点火《イグニッション》」。炎属性の最初歩的な魔術である。

彼が発現させた魔術は蠟燭《ろうそく》に灯《とも》った灯《あかり》ほどの小さな火を起こし、瞬く間に消滅した。

それは同学年の子達が入学当初にとっくに成功させているレベルの拙い魔術だった。

それでも、生まれて初めて魔術の発現に成功したシオンは嬉々《きき》として両親に報告した。

それを聞いた両親は「凄いじゃないか」、「良かったね」と彼を賞賛するものの、内心「この子はまだ自分に魔術の才能が無いことに気付いていないのか」と困惑していた。

周りの同年代の子達よりも先に魔術を学び誰よりも必死に努力して来たのに、その結果は周りの足元にも及んでいない。それでも未《いま》だに自分に魔術師になれる可能性を見出《みいだ》しているのか、と。

両親がそう考えている時、シオンは二人に向けて言った。

「俺にはみんなみたいに才能はないけど、——でも絶対魔術師になるよ。みんなが俺の十倍すごいなら、俺はみんなより百倍努力する。絶対に最強の魔術師になってやるんだ」

十歳のシオンは、そう言って力強い笑みを浮かべた。

彼は自分に魔術の才能が無いことなどとっくに理解していた。

魔術の才能や魔力が両親からの遺伝によるものだということなど、魔術の教本には当然書いてある。

それを知っていながらも――。周りと自分との絶対的な才能の差を目の当たりにしながらも、彼はずっと努力を続けてきたのだ。

報われない努力などとは考えず、自分の夢に必ず辿《たど》り着くと信じて。

そんな息子を前に、彼の両親は魔術師の家に産んであげられなかったことを悔やんだ。

自分達の息子のことを見くびってしまっていたことを情けなく思い、涙を流した。

この世界中の誰よりも努力の才能に恵まれている子が魔術の才能を持たず産まれたことに対し、残酷な運命を憎んだ。

そして二人はすぐに悟った。自分のことで両親が負い目を感じることがないように、あえてシオンは力強く笑ったのだと。

その日から、二人は「この先の自分達の全てを捧《ささ》げてでも息子の夢を応援する」と固く決意した。

そうして現在に至るまで、彼の両親は仕事に励み、魔力増強に良いとされる物や魔術に関する学術本などを惜しみなく息子に与えた。

その両親の応援に応えるように、シオンは日々努力を続けている。

いつの日か、最強へと至るために――。

◆

……時は流れ、シオンが十七の歳《とし》になった現在。未だ最強を目指す彼は日々の鍛錬を怠らない。

彼の毎日の鍛錬は朝早い時間……というより、深夜というべき時間からスタートする。

彼は一日に一時間しか睡眠を取らず、彼が起床するのはいつでも日が昇るよりずっと早い。一日に一時間しか睡眠時間を取らない彼は、それ以外のほとんどの時間を魔術の研鑽《けんさん》に当てている。

朝起きて魔術の鍛錬を行い、魔術学園で授業中や授業の空き時間にも魔術の研鑽を行い、寮に帰ってまた夜遅くまで魔術の鍛錬を行う。

それが一之瀬《いちのせ》シオンの日常である。

まだ日が昇るよりもずっと早い時間。学生寮の自室で起床した彼は顔を洗い、歯を磨き、朝食を取る。そして、朝食を食した彼は疲労回復のポーションと魔力回復のポーションを喉に流し込む。

彼は回復属性の初級魔術「回復促進《プロモーションリカバリ》」を使用することによって一日に一時間の睡眠時間で十分な疲労回復を可能にしているが、それでも不足している分はポーションによって補っている。

その後、彼は黒を基調とした訓練着に着替えると、一本の剣と数本のポーション、学術書をバッグに詰め込んだ。

着替えと荷物の準備を終えたシオンはバッグを抱えて寮の自室を出ると、まだ暗い学園内の敷地を進み常時開放されているCクラス生徒用の実技訓練場へと向かった。

敷地内を三分ほど歩いて実技訓練場に到着したシオン。彼は訓練場の隅に荷物を置くと軽く身体《からだ》を伸ばすようにストレッチを行い、早速トレーニングを開始した。

彼は実技試験の時と同様に十八メートルほど先に設置してある的に向かって魔法陣を展開すると、炎属性の初級魔術「火球《ファイアボール》」を放った。

一発、二発、三発、と繰り返し放ち、十九発目を放とうとした所でシオンの体内の魔力は完全に枯渇し、「魔力切れ」と呼ばれる状態に陥った。

顔を歪《いびつ》に歪ませ、息を切らしながらシオンは地べたに座り込んだ。

額に汗を浮かべる彼の全身の血管が青く腫れ上がり、顔は血の気が引いたように青ざめている。シオンは枯渇した魔力を回復させるため、魔力回復ポーションを喉に流し込んだ。

彼が飲んだ魔力回復ポーションは魔力の回復を飛躍的に促すという代物であり、飲んですぐに魔力が全回復するというような効果はない。そのため、魔力が回復するまでの時間をシオンは魔術に関する学術書を熟読して過ごした。

五分ほど経過し、魔力が回復した頃合にシオンは学術書を読むのを止《や》めて立ち上がり、先ほどの的に向かって今度は水属性の初級魔術「水の弾丸《ウォーターブレット》」を自身の魔力が枯渇するまで繰り返し発動した。

そしてまた回復ポーションを飲み、魔力が回復するまでの間は学術書を読み、魔力が回復すれば今度は風属性の初級魔術を魔力が枯渇するまで繰り返し放った。

そして魔力が尽きた後、土属性、雷属性の魔術も同様に繰り返し行った。

一連の行動は各属性の魔術の扱いを身体に馴染《なじ》ませることと、基本的な魔力量の上昇を目的とした鍛錬である。

魔術を使用した際に消費した魔力が大きい場合、体内の魔力は回復する際に超回復が起こり元の魔力より保有する魔力量が増加する。その仕組みを利用して魔力量の増加を促すトレーニングだ。

より大幅な超回復を起こすために、シオンは先ほどから体内の魔力が完全に枯渇するまで魔力の放出を繰り返している。

しかし通常、人の身体はどれだけ体内の魔力を使用しようと常に魔力を微量に残すようになっており、体内の魔力をギリギリまで消費してしまうと人は「魔力欠乏」という状態に陥る。

「魔力欠乏」に陥った人間は魔術を使うことはおろか、立っていることもままならないような疲労感と息切れ、そして激しい頭痛などに襲われ、残った魔力で魔術を使用しようとするほど状態は悪化する。

そのような状態になってもなお無理やり魔力を最後まで使い切ることで、初めて人は「魔力切れ」と呼ばれる現象に陥る。

本来「魔力切れ」は命に危険を及ぼすほど身体に負担が掛かるものであり、シオンも初めて魔力切れを起こした際には想像を絶する頭痛と過呼吸を起こし、視界が真っ白になって気絶した。

起きたときにはあまりの痛みに声も出せないほどの激痛に襲われ、再び気を失ってしまった。そして再び覚醒してはまた気絶、ということを何度も繰り返した。

半日以上経過して気絶しなくなったと思えば今度は四十度を超える高熱に魘《うな》され、何度も死の淵《ふち》を彷徨《さまよ》った。

彼が魔術を安定して使用出来るようになってから三年ほどは毎日魔力切れを起こしては気絶する日々を送っていたが、次第に魔力切れを起こしてもシオンはギリギリ意識を保てるようになり、初めての魔力切れから七年経った今では魔力切れの状態にもそれなりに耐えられるようになっている。

ただし本来であればそれは異常なことであり、肉体が耐性を持つようになるまで魔力切れを日々繰り返す者など世界中探してもまずいない。

何度も魔力切れを起こすなどいつ死んでも不思議ではない自殺行為のようなもので、どれほど魔術の才能を持つ者であろうと魔力切れに伴う死のリスクは平等である。

シオンの場合は魔力切れを起こした際に両親が必死に与えたポーションと強運のお陰で奇跡的に死ななかっただけに過ぎない。

普通の魔術師であれば魔術の鍛錬を繰り返せば魔力切れを起こさずとも魔力量は増加するので、わざわざ死のリスクなど負いはしない。

もし彼の所業を知れば、どんな一流の魔術師も顔を青くしてその異常さに畏怖の念を抱くだろう。

しかしそれはシオン以外の他の魔術師が妥協した努力をしている、というような話ではない。

「この底の見えない崖の下に飛び込めば正気では耐えられないような苦痛に見舞われ、九割の確率で死亡する。しかし、耐え抜けば強くなれる」――そんな崖があったとしても、わざわざ飛び込む者はいない。他にいくらでも強くなる手段はあるのだから。

そんな崖に躊躇《ちゆうちょ》なく飛び降り続けているのが一之瀬シオンであり、それは単に努力家という言葉では括《くく》ることの出来ない異常者だと言える。

だがリスクがある分、魔力切れを起こした際の魔力の超回復は通常の比ではない。

もし一般の魔術師が彼と同等の鍛錬を三十年も行えば、間違いなく人類史上最も魔力量を保有した魔術師となれるだろう。

しかし残念ながら、生まれつきシオンの魔力量はあまりに少なく、魔力の成長速度も一般の魔術師の百分の一にさえ満たない。

そのため、彼はこの尋常でない鍛錬を繰り返してなお魔術学園のCクラスにしがみつくのが精一杯であった。

しかし、それでも彼は悲観などしていない。

報われない現実に悲しみ涙を流したとて人は成長などしない。そんな暇があれば一分一秒でも多く鍛錬を積んだ方が確実に夢に近づくと、彼は信じている。

……だが、そのように最強という夢を追いかけ続け今でも日々の努力を惜しまない彼だが、どうしてか十四歳頃の時期を境《さかい》に彼は様子がおかしくなってしまい、気が付けば学園で「本当はSSS級の実力者であるが、その事実を周りには隠している」という振る舞いをすることで喜ぶ奇人に成り果ててしまっていた……。

二話　登校

朝日が昇り始め、真っ暗だった空に僅かな明かりが見え始めた頃。各属性の初級魔術を繰り返す基礎鍛錬を終えた一之瀬シオンは魔力回復ポーションを飲んで五分ほど休憩し、寮の自室から持ってきた剣を手に取った。

数日前から学術書を読み込んで試行錯誤を繰り返していた魔術を、今日は新たに試そうとしていた。

右手で剣の柄《つか》を持って水平に掲げると、シオンは剣に向かって左手で魔法陣を展開して呪文を唱えた。

「雷魔術付与《ライトニング・エンチャント》」

詠唱の直後、魔術が発動すると彼が持つ剣の刀身には小さなプラズマ音を発しながら青白磁色の稲妻が迸《ほとばし》った。

彼がたった今発動させた属性付与系の魔術は武器の威力を強化したり、魔物や魔術に対して属性による有利を獲得したりするためのものである。

しかし、現在シオンの持つ剣の刀身に迸る稲妻は触れたところで静電気程の痛みしか感じず、剣の威力を底上げ出来るようなものでもなければ、魔物や魔術に対して属性による有利を得られるようなものではなかった。

付与魔術《エンチャント》本来の役割から見ると、彼の発動した魔術は何の使い物にもならない出来損ないレベルのもの。だが、それにもかかわらず……。

「……ふっ」

今日初めて雷魔術付与《ライトニング・エンチャント》に成功したシオンは大変満足そうな表情を浮かべていた。

彼が満足気な理由は、稲妻を纏《まと》った剣が純粋にカッコいいからだった。

バチバチッとプラズマ音を発しながら剣の刀身に迸る青白磁色の稲妻を見つめ、シオンは「おぉ……。……くっくっく」と恍惚《こうこつ》とした表情を浮かべている。

今にもよだれが零《こぼ》れそうなほど表情を緩ませ、彼は危ない変質者のように笑っていた。

……その後、シオンは稲妻の色を変えたり、より大きなプラズマ音が鳴るように工夫したり、雷魔術付与《ライトニング・エンチャント》を施した剣を用いて剣術の鍛錬を行ったりした。

魔術学園の生徒でありながら、彼には多少の剣術の心得がある。

きっかけは彼が十三歳の頃。強力な魔法と剣を使って戦場を駆け回る「魔導剣士」という存在を知った時、それはシオンの中の特殊な琴線を激しく震わせた。

――それ以降、魔術と剣術の組み合わせはシオンの理想の戦闘スタイルとなった。

それからというもの、彼は魔術と並行して剣術も練習するようになった。

一度何かに目覚めたシオンの熱量は凄《すさ》まじく、彼の両親もまた嬉々《きき》として彼に筋力増強剤や、剣術の教本等を与え、その結果彼の肉体と剣の腕はみるみると成長した。

しかし、その実力はあくまで素人水準のもの。

この世界の剣士は剣術の技量や筋力だけでなく、身体能力の強化を行う魔力によって大きく実力が左右される。そのため、微弱な魔力しか保有していないシオンではその道のエキスパートには到底及ばない。彼の剣術の腕は、あくまで多少の心得があるというレベルだ。

そんな彼は現在、雷属性の付与魔術《エンチャント》を施した剣に大興奮し、様々なシチュエーションを妄想しながらごっこ遊びをする幼児のように一心不乱に剣を振るっていた。

雷を纏った剣をしばらく振り回すと、彼は満足したように剣を置いて魔力回復のポーションと肉体の疲労回復用のポーションを飲んだ。

「……さて。――やるか」

――スッと、突然なにかのスイッチが入ったかのように彼の目付きが変わった。

普段の妄想の世界に入っている演技ではなく、集中力の高まった真剣な眼差《まなざ》しだった。

重ねるように両手の指を交互に組み、深く息を吐きながら腕を伸ばすシオン。

「――いくぞ」

体を伸ばしてほぐすようなストレッチを行って準備を済ませると、彼は、とある魔術を発動させた……。

――そうして一通り魔術の鍛錬を行っているうちにすっかり日は昇り、シオンは一度練習を切り上げた。

訓練場に持って行った本や剣、空になったポーションの瓶などを寮の自室に運ぶと、彼は風呂に入り、早朝の鍛錬でかいた汗を洗い流す。

風呂から上がった彼はクロフォード魔術学園の制服に着替え、寮の食堂で二度目の朝食を摂《と》った。

二度目の朝食を食べ終えるとシオンは食器を片付け、一度寮の自室に戻って学園に持って行く荷物の用意を始めた。

そうして荷物の準備を終えたシオンは、寮から徒歩五分ほどの距離のクロフォード魔術学園の校舎へ向かった。

◆

授業中のシオンは、退屈そうな表情を作ることに勤《いそ》しんでいる。

周りのクラスメイト達《たち》が授業の内容を聞き逃さないように集中しながらノートをとる中で、彼はメモさえ取らずにただ退屈そうな表情を作るということを意識的に行っている。

そのような無意味な行動をする理由はただ一つ。どこか底知れないミステリアスな雰囲気を醸し出してカッコつけるためだ。

しかし、これに関してはあながち全て演技とは言えない。なぜならば、学園の二年生レベルの授業の内容など、彼にとっては今更ノートを取って覚える必要などないことは事実だからである。彼は幼い頃から誰よりも長い時間を魔術の勉強に費やしてきた。

魔術の扱いこそC級相当の実力ではあるが、彼の魔術に関する知識はCクラスの生徒のそれを遥《はる》かに凌駕《りようが》している。

そのため、彼は退屈そうな雰囲気を演じながら、授業の内容とはまた別のより高度な魔術について熟考している。

時折妄想の世界に入り込むことはあるものの、彼はそのようにして可能な限りの全ての時間を魔術の研鑽《けんさん》に費やしている。

……それはそれとして、そんな彼の退屈そうな表情に腹を立てる教師も当然存在する。

そういった教師達は、まるで集中せずに授業を受けているシオンに対して、敢《あ》えてまだ授業では扱っていないような難しい問題を出題する。

出題され、「……分かりません」と答える彼に対して、教師はやれ魔術師の血がどうたら、やれ落ちこぼれがどうたらと彼に嫌味を言い、周りの生徒達も彼を嘲笑《あざわら》う。それは生徒達の競争意識を焚《た》きつけるための見せしめのようなものだ。

しかしシオンは教師の嫌味など軽く受け流し、周りからの嘲笑もまるで気にしない。

むしろ彼は、自身が周りから低く評価されることは大歓迎であった。

なぜならば、その状況はまさしく彼の理想とする「真の実力を隠しながらの学園生活」を実現しているから。

教師がいじわるで出題する問題だろうと彼は容易に答えられるのだが、彼は敢えて分からないフリをしている。

細かく言えば、完全に分かっていないような素振りではなく、どこか余裕のある雰囲気を必ず滲《にじ》ませ、本当は分かっているかのようにほんのりと匂わせる。

彼はあくまで「目立ちたくないかのように振舞いたい」だけであり、必ず「ひょっとして本当は……」と疑われうる余地を常に作る。

それが、一之瀬《いちのせ》シオンのこだわりである――。

◆

この日の全ての授業が終了すると、シオンは本校舎の外れにある教員用の書類庫へ向かった。

彼はこの日、担任教師であるリナ・レスティアから「いくつか書類を運んで貰《もら》いたいから、放課後書類庫に来て欲しい」と頼まれていた。彼女が翌日に行う授業の準備の手伝いだ。

シオンは普段からレスティアの授業の準備を手伝っているが、特別にそういった役職が設けられているという訳ではない。単純にレスティアが個人的にシオンに手伝いをお願いしているだけだ。

……二年前、シオンが魔術学園の入学試験を受ける前日に、街で困っていた老人を偶然居合わせたレスティアとシオンが二人で助けたことがあり、元々レスティアが彼のことを気にかけていたというのはある。しかし、それ以上にレスティアが個人的にシオンと関わりを持とうとするのには訳があった。

──レスティアの教える授業は植物に関連する魔術の授業であり、クロフォード魔術学園において実技試験や学術試験の行われない科目となっている。そのため、植物魔術に関しては習得度合いや理解度が学園の成績に反映されることは一切ない。

また、植物魔術は他の分野と比較して世間的な人気も低く、植物に関連する職業も少ない。そういった背景もあり、彼女の授業を真面目に受ける生徒はほとんどいない。

学園の成績を伸ばすためにレスティアの授業中は他の授業の予習復習を行ったり、他の授業に集中できるように休憩時間代わりにしたりしている生徒がほとんどだ。

そんな中で、シオンは彼女の授業を真剣に受けている。

彼の魔術に関する知識はそれなりに豊富で、大概の授業は今更真剣に聞く必要がない。

しかし、それは彼が今まで興味を持って勉強したことのある魔術の授業に限定される。

彼はあくまで戦闘に有用だと判断した魔術や、基本属性の魔術、見た目のカッコ良い魔術にしか関心が無く、その他の魔術を自主的に学ぶことはなかった。

そして、植物に関連する魔術も学園に入学する少し前までは彼の関心の対象外の一つだった。理由は単純、あまりカッコ良い見た目の魔術ではないから。

しかし、彼は根本的には新しい魔術を学ぶこと自体を好む性格であり、入学してから初めてレスティアによる植物に関連する魔術の授業を受けると、彼は真剣にそれを学ぶようになった。

レスティアはいつだって誠実に、そしてとても楽しそうに授業を行う。

授業終わりに授業内容について質問されると、自分の授業に興味を持ってくれたことに対してとても嬉《うれ》しそうにする。

ほとんどの生徒が授業を聞いていなくとも、彼女は手を抜かず、分かりやすく、生徒が興味を持ちやすいように、そして面白い内容になるよう心掛けて授業を行う。

教本の内容を読み上げて板書するだけではなく、積極的に実際の植物を使用した実験を授業内に取り入れている。それも、実験の際には生徒全員分の実験材料を事前に用意して。

それは一人の労力で楽に用意出来るようなものではなく、ときに寝不足になり目の下にクマを作りながら、ほとんどの生徒が真剣に取り組まない中でも彼女はずっと一生懸命に授業を行ってきた。

一人でも多くの生徒が、自分の教える植物魔術を楽しく学べるように。

シオンは「何かに対して一生懸命で、たとえ周りから評価されずとも自分のやっていることに誇りを持っている人間」が好きだった。

たとえ世間からあまり評価されずとも、彼女の教える「多様な植物を成長・増殖させる魔術」や、「医療用の薬の原料となる植物の練成術」などは、間違いなく人々の役に立つ魔術だ。

だからこそ、彼はレスティアの授業を真剣に受ける。レスティアの授業は真剣に受けるべきであると、間違いなくその価値があると彼は考えている。

あくまで澄ました表情は崩さないが、集中して授業を聞き、ノートをとり、授業が終われば分からないところを尋ねにレスティアの下を訪れる。

授業についての話をするためにレスティアの下を訪れる生徒はシオンを除けば誰もいないので、彼は必然的にクラスの中で最もレスティアと交流の深い生徒となっていた。

……ある時、彼はレスティアに率直に伝えた。

「他のどの授業よりも、俺は先生の授業が好きです。良かったら、授業の準備を俺に手伝わせて下さい」——と。

どれほど真剣に授業を行っても生徒達にはろくに聞いて貰えず、誰からも評価をされず、何度も挫《くじ》けそうになりながらも、それでも生徒達の為《ため》に一生懸命に授業を続けて来たレスティア。

そんな彼女にとって、シオンのその一言は一体どれ程の救いになっただろうか。その日、レスティアは家に帰ると思わず嗚咽《おえつ》を漏らしながら泣き出してしまうほどだった。

そういった経緯もあり、Cクラスの中で最もレスティアとの交流が多く、お互いに気心の知れているシオンは度々レスティアから授業の準備の手伝いを依頼されるのだった。

「……失礼します」

シオンが教員用の書類庫の扉をノックして中に入ると、中では彼の担任教師であるレスティアが脚立に登り、何冊かの本を本棚から手に取っていた。

「あっ、一之瀬君！」

シオンが来たことに気付いたレスティアは振り返って、彼に向けて声を掛けた。

「いつもありがとうございます……っ。忙しいときは遠慮しないで断って下さいね……？」

「俺が好きでやってるんで、先生こそ遠慮しないで下さいよ」

「……っ!?」

シオンがそう言うと、一瞬ギョッと目を見開いたあと急にレスティアの目の焦点が合わなくなった。

「あ、あわわ……。白いドレス、海の見える教会でお花に囲まれて……、ささやかだけど笑顔の溢《あふ》れる家庭……」

「……なんですか？」

「はっ！　すみません、なんでもないです……っ。つい……」

「（つい……？）」

表情をあまり変えず抑揚の無い口調だったが、さっきの言葉が彼の偽らざる本心であることがはっきりとレスティアに伝わった。彼からの言葉は、いつもレスティアにとって心から嬉しいものばかりだった。

「（す、好きって、好きって言いましたよね!?　いま、私のこと、好きって言いましたよね!?）」

プシューッと蒸気が出そうなほどに顔が赤くなっているレスティアだったが、彼女はそれを悟られないように本棚に向き直った。

「というか先生、足元危ないですよ。俺が代わります」

レスティアは自身の手が届くか届かないかというような高さの位置にある本に手を伸ばしているが、その足元はふらつき、脚立もグラついている。

「大丈夫、大丈夫。あとこれだけですからっ。……もう少し、……んっ」

見かねたシオンがグラついた脚立を支えようと近づいた時、レスティアは何とか目的の本を手に取ったが、その瞬間レスティアの身体《からだ》は大きくバランスを崩した。

「きゃっ!?」

「ッ!?」

脚立から転落したレスティアの身体をシオンは咄嗟《とっさ》に両手で抱えたが、彼もまた体勢を崩して地面に倒れこみ、レスティアの抱えていた本は地面に散らばった。

レスティアはシオンに覆い被《かぶ》さるような形になり、両者の身体はそのほとんどが密着状態にある。

レスティアごと地面に勢いよく衝突したシオンは表情を歪《ゆが》めそうになるが、クールな人物像を崩さないために必死に我慢し、「まるでなんともありませんよ」とでも言いたげな顔を作っていた。

そんなシオンの眼前には、今にも互いの鼻先が当たりそうな距離にレスティアの顔があった。

「……ぁ」

「……」

両者の息が互いの顔を微《かす》かに撫《な》でる。

……突然の事態に、レスティアの頭の中は完全に真っ白になっていた。

バクバクと心臓の音がレスティアの全身に響き、耳まで激しく脈打っているのが感じられた。

そのままお互いに無言で見つめ合うこと数秒。倒れた衝撃から回復し、ようやく喋《しゃべ》る余裕の生まれたシオンが口を開いた。

「……すみません先生、しっかり受け止められなくて。……大丈夫ですか？」

声を出した時の彼の吐息がレスティアの口元に触れる。

するとレスティアはその声で我を取り戻し、目を見開いて瞬く間に耳まで紅潮させた。

そして、彼女はそのまま大慌てで上体を起こした。

「だだ、だ、だいじょうぶ、大丈夫ですっ!!　ご、ごめんなさい！　思いっきり乗っかっちゃってっ……！」

「それは大丈夫ですよ。俺は結構頑丈なのでなんともないです。それよりも先生に怪我《けが》がなくて良かったです」

クールに言ったシオンだったが、勿論《もちろん》その言葉は嘘《うそ》だった。背中と後頭部を割と強く打ち付けた彼は、本当は今にも痛がりたい気持ちで一杯だった。

だがそんな情けない本心は全力で押し隠し、彼はまだ地べたにへたり込んだままのレスティアに手を差し伸べた。

「あ、ありがとうございます……」

レスティアは俯《うつむ》きながら彼の手を取り、立ち上がった。

「……運ぶ本はこれで全部ですか？」

「……」

シオンは相変わらずまるで動じた様子も無く地面に散らばった数冊の本を両手で抱えると、レスティアの方を向いて尋ねた。

「……先生？」

「……は、はいっ？　い、いま結婚しようって言いましたか!?」

「言ってませんよ。俺は運ぶ本はこれで全部ですかと聞きました」

「あ、本ですね！　そ、そうですすっ……！　それで全部ですっ。いつもみたいに、それを私の準備室までお願いしますっ。私はこれを持って先に行きますから……！」

「それではっ！」というと、レスティアは近くに重ねて置いていた数冊の本を持ってシオンよりも先に書類庫を後にした。

「……？」

急いで逃げ出すように去っていったレスティアの後ろ姿を、シオンは不思議そうに見つめた。

「（様子が変だったけど、ひょっとしてどこか強く打ったのかな……）」

◆

小走りで自身の準備室に戻ったレスティアは、書類庫から持ってきた数冊の本をバン！と勢いよく机に置くと、空いた両手で顔を覆った。

「んんーっ！　もぅ、心臓に悪すぎます……っ！！！」

先程の出来事を思い出し、レスティアはしかめっ面をしながら顔を赤くした。

「(……一之瀬《いちのせ》君の吐息が私の口元に当たって、近くで彼の髪の良い匂いがして……。あんな無防備に独身女性の前に顔を晒《さら》して、チューされても文句言えませんよ!?　今度あんな状況になったら私は迷わずチューしますよ!?)」

自分を戒めようとするが、激しく脈打つ胸の鼓動を彼女は止められなかった。

「(というか、どうして年上の私が意味もなくドギマギして、年頃の彼はあんなに涼しい顔をしているんですかっ!?　本当に恥ずかしい……！　それに、悔しい！　もー!!)」

しかめっ面でほっぺを膨らませながら、レスティアはぶんぶんと両手を曲げて上下に振った。

「……はっ!!　そうでした、もうすぐシオン君もここに来るんでした……！　ちょっと落ち着きましょう……」

レスティアは一通りぷんすかしたあと、気持ちを落ち着かせる為に独自ブレンドの紅茶の用意を始めた。

「（……やっぱり、七歳も年上なんて恋愛対象にもならないんでしょうか……）」

……シオンの担任教師であるリナ・レスティアは、まだ二十四歳と若い年齢だ。

その容姿の若々しさは制服を着たら学園の新入生だと言われても誰も疑わないほど。そして、長く美しい亜麻色の髪に、綺麗《きれい》なライトグリーンの両眼《め》。更にはスタイルまでも抜群の美人である。

そんな彼女が自身に覆い被さる形で倒れこんで来た際、お互いの吐息が掛かるほどの至近距離で見つめあい、レスティアの柔らかな身体が完全に密着状態になってもまるで表情を変えることのなかったシオン。

年上のはずのレスティアだけが一方的に異性として意識した反応を見せ、対するシオンは一切そういった反応を見せなかった。

その事実にレスティアは情けなさを覚え、また自身に女性としての魅力がないかのような態度のシオンを少し恨みそうにもなった。

だが、決してレスティアに女性としての魅力がないわけではない。ただただ、相手が悪かっただけである。

一之瀬シオンには、少年少女らが十代に入ってから訪れる思春期に本来育まれるはずの異性に対する意識といった感情が一切育まれなかった。

なぜなら、丁度その時期に彼の感性はおかしな方向へ捻《ね》じ曲がり始め、思春期にはその部分のみが極端に変化を起こしてしまっていたからだ。

そのせいで、彼には同年代の少年少女が持ち合わせている「異性への意識」というものが完全に欠落している。だからこそ、先程もレスティアとの密着に反応を見せなかったのだ。

……一之瀬シオンという男は、思春期が歪めた悲しき怪物のような男だった。

三話　王都へ赴く

魔術学園で定期試験が行われた日と同じ週。

シオンは週末の休日に王都へ訪れていた。

学園のある王国西部の街ラガティア。そこから王都までは、魔力機関車に乗車して約二時間の距離だ。

この日、王都にある会場で半年に一度開かれる魔術師や商人に向けた魔術関連の商品の展示会があった。

その展示会こそ、普段は休日も魔術の研鑽《けんさん》に時間を当てるシオンがわざわざ長い移動時間を費やして王都まで来た目的だ。

本来であれば一定のランク以上の魔術師や商人のみ入場が可能であり、ただのC級魔術学生のシオンに入場資格はない。しかし今回、シオンは父親から貰《もら》った入場パスを使用して展示会に参加することとなった。

シオンの父親は国内でも名の通った商人であり、過去何度もこの展示会に参加しているが、今回は時間の都合が合わず本人は不参加でシオンに入場パスを譲ったという経緯だ。

今回の展示会では、一般人でも扱える生活用品的な物からプロの戦闘に向けたような物まで様々な種類の魔道具や、魔術師用の装備や装飾品の新製品などが並べられていた。

魅惑的な製品の数々を前に、内心では童心に返ったようにははしゃぐシオンだったが、決してその興奮を表には出さずいつも通りクールな表情で会場内を見て回った。

彼は並べられている製品を見て楽しむと同時に、一流の風格を漂わせる魔術師が幾人も行き交う会場に溶け込み、まるで彼らと同格であるかのように振舞えるシチュエーションを楽しんでいたようだった。

他の魔術師や商人に交ざって慣れた様子で会場内の各ブースを巡回すること、約一時間半。

「――充実した時間だったな……」

シオンはとてもご満悦な様子で会場を後《あと》にした。

来るときには入場パスと財布しか所持していなかったシオンだが、今の彼の手には一組の黒い手袋が握られている。

今回の展示会はあくまで商品紹介の場であり、各ブースでは仕入れの注文受付以外の個別での販売は行われていなかったが、いくつかのブースでは各商品の試供品の提供が行われていた。

現在シオンが所持している黒い手袋もその試供品の一つ。黒い革製の手袋で指先の部分がカットされている、俗にオープンフィンガーと呼ばれる仕様のグローブである。

それは今回の会場内でシオンの感性に最もマッチした商品の一つであり、興味深そうに手に取るシオンに対して担当商人が快く提供したものだった。

「……さてと。それじゃあ、あそこへ行くか」

そうしてホクホクの気分で会場を後にすると、彼は王都に来た際に頻繁に足を運ぶお気に入りのスポットへと向かった。

◆

展示会の後にシオンが向かった場所は王都の南西の外れにある街……そこから更に奥へ進んだ先にある工場跡地だった。

以前までは多くの工場が稼働していたが立地の悪さから徐々に移転する工場が多くなり、およそ五十年前に全ての工場が移転した。そこは現在では廃工場だけが残る無人の地域となっている。

その無人の工場跡地こそ、シオンが王都に来た際に頻繁に足を運ぶ彼のお気に入りスポットだった。

普通の人からすれば何の娯楽もなければ観光にも向かない寂れた地域だが、シオンにとって廃工場が並ぶこの街はどこかダークな空気感がたまらないスポットだ。

黒い外套《がいとう》に黒いズボンと黒いブーツ、そしてちゃっかり展示会で貰ったグローブを着用した黒ずくめの格好で工場跡地を散歩するシオン。

良くない何かが潜んでいるようなダークな空気感の中、彼は自分が裏社会の組織の一員であるかのようなシチュエーションの妄想を堪能していた。

そして日も暮れてすっかり暗くなってきた頃、彼は廃工場の屋上へよじ登り、自身の髪と外套を風に靡《なび》かせていた。それは特に意味のない行動だった。

……そんな時。

「――いやぁ!!　やめて、来ないで!!」

「!!」

突如、少し離れた位置から女性の悲鳴が聞こえてきた。

声の聞こえた方向へシオンが視線を向けると、そこでは三人組の男に追われる一人の人影が目に映った――。

四話　赫瞳《レッドアイズ》の凶刃

廃工場の並ぶ薄暗いゴーストタウンの中、息を切らしながら駆ける人影。それは目元が隠れるほどローブのフードを深く被《かぶ》った一人の女性であった。

何かから逃げるように力いっぱいに手足を振り、一心不乱に前へ前へと駆けていく。

「う、嘘《うそ》……」

背後の視線から逃れるように目の前の角を曲がって路地に入り込んだが、無情にもその先は行き止まりであった。目元はフードで隠れて見えないが、彼女の顔には多量の汗が浮かび、口元は恐怖に震えている様子だった。

「残念だったなぁ。楽しい鬼ごっこはここまでだぜ、お嬢さん。へっへっへ」

「……ッ!!」

女性は追跡者である三人組の男達《たち》の方に振り返り、睨《にら》みつけた。

「あ、あなた達、一体誰なのよ！」

女性は男達に向かって威圧的に叫んだが、その声と足は恐怖で震えていた。

それを受けた男達の中の一人は、下卑た表情を浮かべながら答える。

「なぁに、俺達はただの善良な労働者さ。これも仕事でね。お嬢さんに恨みはないが、依頼されちまったもんは仕方がないだろ？　悪いがあんたには死んで貰うぜ」

「……っ！」

自身に対する明確な殺意。逃げ場のないリアルな恐怖は更に増し、手や口元もブルブルと震える。

「ただ、まぁ……。――殺す前に、ちょぉっとお嬢さんで楽しませて貰うがな。ひひ」

男はその下品な視線で女性のローブの上から肢体を舐《な》め回すように見つめると、他の二人と共に下品な笑い声を上げた。

「ぜ、全然善良じゃないのだわ!!」

女性は精一杯強がる。しかし男の言葉により、自分が目の前の男達に弄ばれ、その果てに殺されることを嫌でも想像させられ恐怖心は一層強くなる。

逃れられないであろう絶望に対する恐怖で女性の足は震えている。逃げるように下がろうとするが上手《うま》く足に力が入らず、女性は腰から地面にへたり込んだ。絶望と恐怖に顔を歪《ゆが》めながら、それでもどうにか男達から逃げようと行き止まりの背後へと後ずさる。

男達はその様を見て楽しむかのように、ゆっくりジワジワと女性に歩み寄る。

「や、やめて！　来ないで、来ないでよぅ……！　お、お願いだから……っ」

「へへへ、そう嫌がるなよ。死ぬ前に、おじさん達がお嬢さんをいっぱい楽しませてあげるからさぁ」

男達は揃《そろ》って醜悪な笑みを女性に向けて歩み寄る。

「い、いやぁ、嫌、いやだよぉ……っ」

もはや、女性に先程までの威勢は無くなっていた。

目の前に迫りくる圧倒的な恐怖に対して、女性はその現実を必死に拒否するかのように首を横に振る。必死に後ずさろうとするが、後退しようとする身体《からだ》は背後の壁に阻まれ、もはや女性は男達から距離を取ることさえ出来なかった。

男達は、その歩みを止めることはない。

ジワジワと込み上げてくる絶対的な絶望の中、もはや声も上げられなくなった女性は縋《すが》るように祈った。

「(お願い……っ。誰か、誰か助けて……!!)」

──その時だった。

「よう兄弟、随分楽しそうなコトしてるじゃねーか」

「──……っ!!」

彼女の頭上から誰かの声が聞こえてきた。

その声はとても凛《りん》とした響きで、不思議な心強さを感じさせられる声であった。

声の主は女性の頭上、五メートル程の高さの建物の屋根から軽やかに飛び降りると、男達の目の前に立ち塞がり彼等《ら》に向けて言い放った。

「俺も交ぜてくれよ」

その人物は黒い外套を着込み、手には黒いオープンフィンガーのグローブをはめた黒髪の男であった。

そして、その男の両の瞳は、――真紅の光を放っていた。

◆

「よう兄弟、随分楽しそうなコトしてるじゃねーか」

三人組の男達、そしてローブを被った女性は、声のした方向へ視線を向けた。そこにいたのは、路地に立ち並ぶ建物の屋根で月光を浴びて佇《たたず》む一人の男。

四人の視線を同時に受けるその男の正体は、外套のポケットに片手を突っ込んで立ち、月の光をバックにすることでこれでもかと言うほどカッコをつけ、不敵な笑みを浮かべている一之瀬《いちのせ》シオンだった。

今、彼の本来黒いはずの瞳は真紅に染まり、僅かに光を帯びていた。

暗がりの中で光るその両眼《め》は、不気味な威圧感を放っている。

……が、その威圧感は実際にはただのハリボテでしかない。彼は現在「自在なる光彩《ブライト・アイズ》」

という、眼の色を変えて光らせるだけの魔術を使用している。

彼はただ、この状況に合わせてカッコつけるためにその魔術を発動していた。

人の気配のない夜の街。そこで悪漢達を瞬殺し、襲われていた人を颯爽《さっそう》と助ける。シオンは一体何度、そんな妄想をしてきただろうか。

今この瞬間こそ、妄想を現実にする絶好のシチュエーションだった。

先ほどまで獲物を追い詰めて舌なめずりをしていたような男達の気分を一瞬で破壊し、彼らの動揺した視線がシオンに向けられる。

完璧と言えるほど、理想的な妄想の再現の中にいるシオンは興奮の絶頂に至っていた。

そして、彼は更なるエクスタシーを求めてそのまま屋根から颯爽と飛び降りた。

ただ、彼が飛び降りた高さは約五メートル。飛び降りた際に脚に強い衝撃を受け、今にも転げまわってしまいたくなるような痛みに襲われたが、彼はそれをおくびにも出さない。

なぜなら、今の彼には貫かなければならない理想の自分があるから。

彼はそのまま両眼に真紅の光を滲《にじ》ませながら不敵な笑みを浮かべ、目の前で愕然《がくぜん》とした表情を浮かべる三人の男達に向けて言い放った。

「俺も交ぜてくれよ」、と。

「(――決まった……!!)」

状況、間、声色、全てが完璧だった。

まさにこの瞬間こそ、彼の妄想したシチュエーションそのもの。

日頃から何度も妄想しているシチュエーションを実現し、彼は過去最高に酔い痴《し》れていた。

「なっ、何だてめぇ!!」

「俺達に邪魔立てする気か!?」

男達の中で、中央に立つリーダーと思《おぼ》しき男と、その右隣の男が声を張り上げてシオンに敵意を向ける。はっきりと、三人の男達とシオンが対立した構図となった。

ここまではシオンの日頃の妄想と同じ展開。

……しかし、ここからは違う。

妄想の中の彼はいつだって最強。妄想の中では、彼はこのまま三人の男達を瞬殺しクールな決め台詞《ぜりふ》を放つ。

だが、ここは妄想の中ではなく現実。彼には最強の力などなく、それどころかC級程度の魔術しか使えないただの学生である。

「そうだと言ったら、……どうする?」

「な、何者だテメェ……っ」

それでも、警戒心と敵意を剝《む》き出しにする男達に対して彼は余裕を崩さない。彼はまだ、妄想の再現を望んでいた。

「あんまりいい気になってんじゃねぇぞ、お前……ッ。カッコつけて余計なことに首突っ込むとどうなるか、教えてやるよっ！」

頼むから、このまま怖気《おじけ》づいて立ち去ってくれ……と祈っていたシオンだったが、現実は甘くなかった。

「やれ」とリーダーの男が言うと、左隣に立つ男はすぐさま前方に自身の上半身程の魔法陣を生成した。

「(！)」

赤色に光る魔法陣に描かれている術式を見て、それが炎属性魔術の「火炎放射《フレイムシャワー》」であるとシオンは察した。「火炎放射《フレイムシャワー》」は一般の魔術師基準でB級相当の魔術。

言うまでもなく、学生基準でC級レベルのシオンからすれば格上の魔術だ。

しかし、それを向けられてもシオンは微動だにせず不敵な笑みを浮かべたままであった。

……だが、それは決してシオンに余裕があるからではない。

その証拠に、彼は現在「(くっくっく……。勝ち目がないぜ、これは。さて、どうしよっかな～、わははは)」と、内心では半分現実逃避するほど動揺してしまっている。

……先ほどまでの女性を追いかけている様子を見ていた限りでは、女性を追っていた男達はその筋のプロではなく、ただの素人だろうとシオンは判断していた。

もしも相手がただの街のチンピラ程度であれば、彼のそこそこに鍛えられた肉体といくらかの魔術をもってすれば三人相手だろうと勝てるとシオンは見込んでいた。

実際に相手がただのゴロツキであった場合、それは可能だっただろう。もし仮に三人を打ち倒すことが叶《かな》わなくとも、女性を逃がして自身も逃げることくらいは困難ではない。

しかし、女性を追っていた悪漢達の一人はまさかの魔術師。更に、その魔術というのもシオンよりも明らかに強力な物であった。

目の前の男が展開している魔法陣は推定で七十センチメートル程の大きさ。対して、シオンが展開出来る魔法陣の大きさは最大でも四十センチメートルといったところ。

魔術の威力は必ずしも魔法陣の大きさに左右される訳ではないが、大きな魔法陣を展開し、その魔術を使用するにはそれだけ大量の魔力を必要とする。更に言えば、シオンの前に立つ男が発動しようとしている「火炎放射《フレイムシャワー》」はシオンが扱える魔術よりも高難易度で強力な魔術。

今ある情報から見て取るに、目の前の男が根本的にシオンより多くの魔力を有しており、より強力な魔術師であるということは明らかだった。

この大ピンチに、現在のシオンの表情は不敵な笑みを浮かべたまま固まっている……。

男の魔術が放たれるまで、もう殆《ほとん》ど猶予はない。その僅かの時間で、意識を切り替えてシオンは思考した。

……自身の持てる限りの全ての魔術をもってすれば、あるいはこの場から自分だけで脱出することは可能かも知れない。

——しかし、シオンの背後には恐怖に怯《おび》えた人がいる。彼の背中の奥には、助けが必要な人がいる。

自分が助けなければ、残酷な目に遭い、無惨に殺されてしまう人がいる。

「(逃げるのは、——絶対に無しだ)」

彼の中には、後ろの女性を見捨てて逃げるという選択肢など初めからなかった。

だが、とはいえ彼には目の前の男達《たち》を倒す術《すべ》はない。

そもそも倒す倒さないの前に、シオンには今にも放たれようとしている「火炎放射《フレイムシャワー》」さえ防ぐ術がない。

現在いる路地は五メートル程の高さの壁に挟まれており、壁の上へ逃げることは出来ない。

三人の大人が横に並ぶだけでほとんどスペースが無くなっているほどの狭い通路のため、正面から男達の横を通り抜けて脱出することも困難な状況。

「(あれを使うか……!? いや……)」

とある手段を使えば、シオン一人だけなら目の前の「火炎放射《フレイムシャワー》」を凌《しの》ぐことは恐らく可能だ。

しかしそれでは、自分の背後で未《いま》だ立ち上がることも出来ずにいる女性には必ず当たってしまう。

彼はすぐにそれを選択肢から取り除いた。

「(正解以外は一つも許されない……!!　考えろ……!)」

防御魔術、攻撃魔術、陽動、体術……。一瞬の時間の内に自分の持つ手札とそれを用いた打開策をいくつも考えるが、成功の可能性のあるものは一つも思い浮かばない。次から次に作戦を考えるが、強力な「火炎放射《フレイムシャワー》」を前にしている今、自分の後ろの女性を守り切る方法は存在しなかった。

――だが、その時。

リーダーの男が、左隣で魔法陣を展開している男の頭を強く叩《たた》いて怒鳴り声を上げた。

「馬鹿野郎!!　そんなでけぇ魔術使って、女が丸焦げになっちまったらどうすんだ!!　まだ女で楽しめてねぇんだぞ!!」

「!　おっと、それもそうだったなぁ……。悪い悪い」

怒鳴られた男はハッとしたように言うと、ニヤニヤとした笑みを浮かべながら魔力の注入を止め、男の前方の魔法陣は消失した。

「(――あ、あっぶなぁ……)」

完全に九死に一生を得たシオンは内心で胸を撫《な》で下ろした。しかし、彼はそんな状況でも「ま、どうせそんな魔術効きはしないがな」とでも言いたげな顔をし、鼻で笑うのだった。

「もう良《い》い、お前がやれ」

続いてリーダーの男が右隣に居た男に命令すると、その男は頷《うなず》いて懐から短剣を抜き、シオンににじり寄った。

「くだらない正義感で行動するとどういう目に遭うか、教えてやるよ」

相手は若い男一人。対してこちらは得意の刃物を持ち、三対一の状況。

自分が狩る側だと信じて疑っていない男が、構えたシオンに斬り掛かろうとした、――その時だった。

「――はあ……」

「……ッ!?」

唐突に深い溜息《ためいき》をついたシオンを前に男は思わず足を止めた。

そのままシオンは少し傾けた首元をポリポリと掻《か》き、いかにも呆《あき》れていますと言わんばかりの仕草を取った。

「この距離でも実力の差が分からないなんて、随分とめでたい連中だな……」

「……何？」と、短剣を持つ男は顔を顰《しか》めるが、シオンは構う様子もなく続けた。

「今日はあまり人を斬る気分じゃ無かったが、仕方ないか……」

うんざりしたようにそう言ったシオンは、おもむろに自身の胸の前で両の掌《てのひら》を合わせた。

短剣を握る男の視線の先で、シオンの合わせた掌から稲妻が迸《ほとばし》り強烈なプラズマ音が静寂な夜の路地に鳴り響いた。

稲妻は中心の密度の濃い部分は漆黒に染まり、端の密度の薄い部分は小紫色に光る不気味な光であった。

「……っ!!」

その挙動を見た一人の男、先程「火炎放射《フレイムシャワー》」を構えていた魔術師の男が慌ててシオンに向けて魔法陣を展開した。

しかし、それを見たリーダーは少し焦った様子で魔術師の男を制した。

「よせッ、下手に動くな……!!　お前ら、下がれ……!!」

その異様な稲妻を目にしたリーダーの男は他の二人を咄嗟《とっさ》に下がらせた。

リーダーの男の本能が最大限の危険信号を発していたからだ。

……思えば、今自分達の目の前に立つ男は初めから普通では無かったと男は振り返った。

人気《ひとけ》の無いこの路地で突如として自分達の目の前に立ち塞がり、三人を前にして一切怯《ひる》むこともなく、魔術や剣を向けられても不敵な笑みを向けたまま微動だにしない。

何より、この薄暗い中でその輝きが不気味に滲む真紅の両眼《め》。

「(この男は、何かやばい……っ)」

目の前の男のなすことが、ただの通り掛かりの人間の行動とは到底思えなかった。

リーダーの男は最大限警戒しながらシオンの手元を凝視する。

その視線の先で、異様な稲妻を迸らせながら合わせている両の掌をシオンは徐々に水平に開き始めた。

よく見ると、その両手の間には十五センチ程の魔法陣が展開されている。

すると、段々と間隔が空いていく両の掌の間には銀色に輝く薄い板のような物が見え始めた。

「(これは……、マズい気がする……。何かは分からないが、――止めなければ……っ!!)」男達のリーダーはそのように警戒するが、シオンの掌から迸る強烈な稲妻が男の警戒心をより強め、その黒い稲妻に近づくことを躊躇《ためら》わせた。

男の警戒をよそに、自身の胸の前でどんどんと両手を広げていくシオン。銀色に輝く薄い板のようなそれは、徐々にその形を現していく。

数秒経《た》ってシオンが両手を開き切ると、パチ……、という小さなプラズマ音を鳴らして、稲妻は消失した。

そして同時に、シオンの右手には片刃の刀身に美しい刃紋が波打つ一振りの刀が握られていた。ゆらりと脱力するように片手で持った刀の切っ先を下げると、シオンは赤く光る両眼を静かに男達へ向けた。

「――ッ!!」

その姿を見た時、リーダーの男は眼を見開いた。

――真紅の瞳を見た時、僅かながらにも嫌な予感はしていた。

しかしそんなはずは無いと、その可能性はあり得ないものとして無意識に切り捨てていた。

男の本能が、そんな可能性を考えたくもなかったのだ。

だが、一振りの刀を手にしたシオンの姿を見て、男の抱いた疑念が正しかったことを否《いや》でも応でも認めざるを得なかった。

目の前の少年の正体が何者であるか悟った男は、その者の通り名を口にした。

「れ、〝赫瞳の凶刃《レッドアイズ》〟……ッ!!」

「知ってるんですかっ、あの男のこと？」

リーダーの男の酷《ひど》く動揺した声に、短剣を持った男が戸惑いながら尋ねた。

「お前ら、聞いたことねぇのか？　俺も見るのは初めてだが、あいつは裏社会最強の剣士とも言われている、紅《あか》い眼をした刀使いだ……!!」

「裏社会最強の剣士……。……ッ!!　それって、確かあの〝忌まわしき亡霊達《レヴナント》〟の……!!」

「れ、〝忌まわしき亡霊達《レヴナント》〟って言えば、人数は少ないけどその一人ひとりが王国騎士の一旅団に匹敵するっていうあの闇ギルドですか……!?」

男達は全員、目の前にいる紅い両眼の男に恐怖し、顔を歪《ゆが》めた。

「自分達は、なんて男に牙を向いてしまったんだ」、と。

……そう、彼らの目の前に立つ黒ずくめの少年。

普段は国内の魔術学園で平凡な学生を演じている彼の正体は、組織の一人ひとりが王国騎士の一旅団に匹敵するとも言われているあの〝忌まわしき亡霊達《レヴナント》〟のメンバーで、その実力は裏社会最強の剣士であると恐れられている、「赫瞳の凶刃《レッドアイズ》」その人である――。

……などという事実は、勿論《もちろん》存在しない。

全ては男達のただの思い違いや思い込みであった。

彼らは、「何となくそういう話を聞いたことがある気がする」という程度の情報を目の前のシオンに照らし合わせ、あろうことか「そう言えばこういう感じだったはずだ!!」と信じ込んでしまったのだ。

紅い眼をした刀使いも、どこかには居るかも知れない。

その人物は、もしかしたら裏社会最強の剣士と言われているのかも知れない。

もしかしたら、〝忌まわしき亡霊達《レヴナント》〟という組織があり、その組織のメンバーは一人ひとりが王国の騎士団の一旅団に匹敵する実力があるのかも知れない。

そして紅い眼をした刀使いは、その〝忌まわしき亡霊達《レヴナント》〟と呼ばれる組織の一員かも知れない。

三人の男たちの中にそれぞれ何となく、非常に朧《おぼろ》げにあった情報はもしかしたら正しい情報もあったのかも知れない。

しかし、現在男達の目の前にいる一之瀬《いちのせ》シオンという男はそんな人物とは程遠い、正真正銘ただのC級魔術学生であった。

シオンはただ、目の前に迫る男が短剣を構えていたので、剣での戦いならチャンスがあるのでは、と一振りの刀を「武器創造」の魔術で作り出しただけである。

ちなみに、シオンが行った武器創造は同じ系統の魔術の中でも比較的低レベルなものであり、非常に脆弱《ぜいじゃく》な強度の剣しか作成出来ない。また、本来先程のような漆黒の稲妻等は出ないが、それはそれでシオンがただカッコ付ける為《ため》に別で雷属性の魔術を使っていただけである。

短剣を構えた男を前にシオンが大きな溜息をつき、呆れたような仕草や発言でまるで圧倒的な強者のように振舞っていたのも、相手を警戒させて武器を生成する時間を稼ぎたかったからに過ぎなかった。

しかしながら、シオンの実力不相応な異常な行動の数々によって男達は判断力を著しく欠き、最終的には勝手な思い込みをどんどんと膨らませて目の前に居るただのC級魔術学生を最強の剣士へと仕立て上げてしまったのだ。

勝手に勘違いし、勝手に恐怖している男達のリーダーは怯《おび》えた声色を滲《にじ》ませながら両隣の男二人に向かって語りかけた。

「おい、に、逃げるぞ……」

「で、ですが、依頼は？　依頼金は先払いで受け取ってますし……」

「馬鹿野郎!!　あれっぽっちの金を貰《もら》ったくらいでこの化け物と闘えるか!!」

もっとも、いくら大金を積まれようと死ぬことが分かりきっている依頼など受けはしないがと、良《い》いから逃げるぞとリーダーの男は両隣に促した。

しかし、目の前の少年が発した次の言葉に男達《たち》は思わず凍り付いた。

「何を言ってるんだ？　俺がお前らみたいな悪党を逃がすと思うのか？」

……一之瀬シオン、彼は完全に調子に乗っていた。

そのまま放っておけば勝手に去ってくれる脅威に対して、彼は自分の妄想を再現したいがために脅威を引き止めたのだ。もはや彼の異常行動にブレーキは存在していなかった。

「あ、悪党って、そんな……、へへへ、〝忌まわしき亡霊達《レヴナント》〟の方々だって、お天道様に顔向け出来るような仕事はしちゃいないでしょう……？」

「はあ？」

「ひっ……！」

精一杯ドスを利かせた声と共に男を睨《にら》みつけるシオンに対して、男は恐怖の声を上げた。

男達のリーダーは、ついにシオンに対して諂《へつら》い始めてしまった。

もはや、男達の思い違いとシオンの病的な振る舞いを止められるものはその場にいない。

「勘違いしてんじゃねぇぞ。確かに〝忌まわしき亡霊達《レヴナント》〟の中には依頼されれば人殺しだって何だって平気でする奴《やつ》もいる」

「だがな」と彼は続ける。

「お前らみたいに寄って集《たか》って女に手ェ上げようとするクズ野郎は、誰一人としていねぇんだよ」

シオンは彼らを強く睨みつける。

その瞳が先程よりも深い紅に染まっているのは、彼が怒りを演出する為に魔術を調整したからか、あるいは彼の沸き立つ怒りの感情に呼応してか。

しかし、彼は先程まで〝忌まわしき亡霊達《レヴナント》〟という組織のことなど聞いたことさえなかったにもかかわらず、すっかり自分が〝赫瞳の凶刃《レッドアイズ》〟である気になり、想像上の人物達の人間性までを堂々と語っていた。

「ぐっ……!!」

その発言の全てがデタラメであるにもかかわらず、リーダーの男は返す言葉もないかのように口ごもる。少年の言葉には確かな説得力と雰囲気があったからだ。

そして男は、自分が勝手に最強の剣士だと思い込んでいる少年から怒りの感情を向けられ、恐怖で足を震えさせてしまっていた。

「……もしかしたら、お前らが三手に分かれて全力で逃げたのなら。一人くらいは逃げ切れるかもしれないな？　だが、〝忌まわしき亡霊達《レヴナント》〟は絶対にその逃げた奴を見つけ出す。地の果てまでも追いかける。この世界中の、どんな所に隠れても、たとえドラゴンの口の中にいようと、必ず見つけ出す。そしてお前らが今まで苦しめて来た人々が受けた苦痛を何倍にもして与える。楽には殺さない。だが、絶対に最後は殺す。それが〝忌まわしき亡霊達《レヴナント》〟だ」

「あ……ぁ……」

シオンはもはやノリノリだった。

ここ数分で人生における高揚感の絶頂を何度も更新しているシオンとは逆に、男達の顔は底知れぬ絶望に染まっていた。

そして、どれ程受け入れたくなくても、自分達は絶対に逃れることの出来ない死の運命にあることを認めざるを得なかった。

――下らない金の為に殺しの依頼を受けたことが間違いだった。

――すぐに仕留めず、まるで狩りでも楽しむかのように女を追い回したのが間違いだった。

――男が現れた時、その異常性を察知してすぐに退《ひ》かなかったのが間違いだった。

――あの〝忌まわしき亡霊達《レヴナント》〟の人間に、刃を向けたのが間違いだった。

――いや、そもそも裏社会で仕事をやり始めたこと自体が間違いだった。

どれ程後悔しても、もう遅かった。

裏社会に身をおき、少なからず危機を潜《くぐ》り抜けて来た男達。

しかし、今男達の目の前にあるそれは、これまで男達が潜り抜けて来た危険などとは比べようもないものであった。

この世界には、常人がどれ程束になって掛かろうと決して勝つことなど出来ない、超常的な個の力が存在する。

男達は、今自分の目の前にいる少年こそがその超常的な個であると悟ったのだ。

逃げ出す気も、抵抗する気も起きず、男達は三者三様にその場に崩れ落ちた。

力なく座り込んだ男達の顔には、絶望と恐怖と諦めの感情が浮かんでいた。

……そのタイミングで、シオンが口を開いた。

「なんてな」

急に間の抜けるような声が聞こえてきたため、男達は力なく視線をシオンに向けた。

トン、と右手に携えていた刀の峰を自らの肩に当てると、シオンは男達に向けて話し出した。

「別に殺しはしねーよ。だってお前ら、俺の前では別に悪いことしてないしな」

「……？」

「殺しはしない」、男達にはその言葉の意味が良く理解出来ずにいた。

あるいは、希望を見出《みいだ》し、再びその希望を失った時の悲しみに絶望しないように言葉を理解しようとしていないのかもしれない。

何のリアクションも示さない男達に対して、シオンは「はぁ……」と溜息《ためいき》をついて言葉を続けた。

「だからさぁ……。俺の前じゃ、お前らはそこの後ろにいる女性を追っかけ回して、多少過激なとこはあったろうが、脅してビビらせたって程度のことしかしてないんだよ」

シオンが敵意の無い砕けた口調で話を続けると、男達は次第にシオンの発言の意味を理解し始めた。

「その程度の悪行しかしてないならわざわざ殺すような必要もないし、そこのお姉さんが感じた恐怖くらいならお前らも今味わっただろ」

「……っ。……!」

そこまで聞いてようやく、男達はシオンの発言を完全に理解したようだった。

目の前に照らされたわずかな希望に必死に縋《すが》り付くように首をブンブンと縦に振り、男達はシオンの言葉を肯定した。

「じゃあもう良いよ。あんたらが他に悪いことしてようが知ったこっちゃない。そんなのを裁くのは〝忌まわしき亡霊達《レヴナント》〟じゃなくて、国の保安機関のやることだ。そうだろ？」

男達は血走った目で更に力強く繰り返し頷《うなず》いた。その勢いで、男達の顔一杯に浮かんだ脂汗が飛ぶ。

「それにさっきも言ったけど、今日は人を斬るような気分じゃないんだ。だから、もう良いよ。どっか行け」

「……ッ」

「「(た、確かに言ってた……!!)」」

シオンの言葉を受け、戸惑いながら立ち上がる男達。

だが、すぐには移動せず「本当に良いのか……?」と何か窺《うかが》うような視線をシオンに向けている。

「なにしてんだ？　さっさと失《う》せろ。ぶっ殺すぞ」

「……ッ!!」

背筋が凍りつくような低く鋭い声を受けて、男達は「ひぃ」だの「お助け」だのと言いながら全速力で駆け出して行った。

「…………」

……男達の慌ただしい足音は徐々に遠ざかり、数秒後には完全に聞こえなくなった。それを見送ったシオンは、武器創造の魔術で作った刀に魔力を送るのを止《や》めて刀を消滅させ、紅く光らせていた瞳も元の黒眼に戻した。

「……ふぅ」と一息ついたシオン。

いつでも自分の命を脅かせるほどの脅威が目の前から去ったのだが、「安心した」という気持ちは彼にはない。

それは自身に訪れた危機に対して恐怖しているというようなことではなく、むしろ逆に、彼は途中からもはや気持ち良くなり過ぎて恐怖も不安も一切ない状態だった。

「(クク……)」

自身の先程までの台詞《せりふ》を振り返り、特に「良かったな」と思った台詞を脳内で何度も繰り返している。そして、脳内で再生している自分の台詞や振る舞いのクールさ、日頃の妄想の再現性に思わず身震いまでしていた。

一之瀬シオン、彼の常軌を逸した行動と日頃の妄想が人を救った瞬間だった。

……その後、ひとしきり自己陶酔しきったシオンは女性の側《そば》に近づいて声を掛けた。

「……大丈夫か?」

「大丈夫に決まってるじゃない!!　あなたなんかに助けられなくても、あんな男達私一人でどうにか出来たのだわ!!」

恐らく人生において一度あるかどうかの恐怖と絶望を味わったであろう女性に気遣い、努めて優しい声色で話しかけたシオン。

だがそんな彼の気遣いなどおかまいなしに、先程まで恐怖に震えて声も出せていなかった女性は、大変勇ましく返事をした。

「そ、そうか……」

「というか、何でそんなにやりきった風なのかしら!? 気高く戦い抜いたような風にしてるけど、あなた、ただ剣を出して脅かしただけで、何もしていないじゃない!! 『大丈夫か?』じゃないのだわ!!」

「お、おぉ……」

ド正論だった。あまりに核心を突いた女性の指摘にシオンはかなり凹《へこ》んだが、それは顔に出さないようにしながら女性に言葉を返した。

「……ふん。それだけ元気があれば平気そうだな。じゃ、俺はもう行く。……今度から人気の少ない夜道には気を付けるんだな」

「はあ!? ちょっと待ちなさいよ!! か弱いレディをこんな所に置いて立ち去るなんて、正気を疑うのだわ!! あなたそれでも男なのかしら!?」

「(か弱い……? この女いま、一人でどうにか出来たって言わなかったか……?)」

ポリポリと、シオンは指先で軽く頭を掻《か》いた。

「……俺にどうして欲しいんだ、あんたは」

「特別に、本当に特別に、この私を街の市場までエスコートさせてあげるのだわ!! 感謝すると良いのだわ!!」

「……そりゃ光栄だ」

先ほどまで声も上げられない程の恐怖に染まり、ひたすらに誰かの助けを願い、そして未《いま》だに立ち上がれない程の恐怖が残っている中……。自分をその窮地から救ってくれた人物に対する態度としては、あまりに豪胆だった。

「(要するに、市場まで送って欲しいってことか……)」と呆《あき》れたように腰に手を当てながらシオンは彼女の要望を承諾した。しかし実際のところ、彼に「面倒だ」というような感情は一切ない。

目の前の女性は先程の出来事など一見まるで何でもなかったかのように振舞っている。

しかし彼女が先程自分でも言ったように、か弱い女性がそのような目にあって平気であるはずはないだろう。

下手をすれば一生モノのトラウマになっても不思議ではない。深刻な場合、二度と人前に出られなくなるかもしれない。

もしかすると、決して癒えることの無い心の傷に苦しみ、自ら命を絶ってしまわないとも言い切れない。

被害者本人でなくとも、シオンにはそれらが想像出来た。

だから彼は目の前の女性を安心させるため、そして身の安全を守る為《ため》、市場までエスコートすることに対して一切の抵抗はなかった。

目の前の困っている人を助けられる存在が自分しかいないのであれば、自分の身など顧みずにその人物を助ける。それは彼にとっては至極当然の判断だった。

それが一之瀬《いちのせ》シオンの根底に存在する確固たる正義感であり、良心であり、信念であった。

「……じゃあ、行くか。市場まで案内する」

「あなた正気なのかしら!?　この私を見て分からない!?　私はまだ足に力が入らなくて立ち上がることも出来ないのよ!?　少しはモノを考えて言って欲しいのだわ!!　全く呆れた男ね、あなたは私が立ち上がれるようになるまでそこでアホ面晒《さら》して突っ立ってると良いのだわ!!」

「(……やっぱり、こいつ置いて今すぐ帰ろうかな)」

一之瀬シオン、彼の中に確かにあったはずの信念がブレそうになった瞬間だった。

◆

シオンが無言で夜空を見つめ始めて五分程経過し、ようやく女性は立ち上がった。女性はローブに付いた砂埃《すなぼこり》を手で払い、どこか呆れたような、澄ました態度でシオンに言った。

「何をアホ面で突っ立っているのかしら？　さっさと市場まで案内して欲しいのだわ。私は別に構わないのだけれど、あなたがどうしても私をエスコートしたいって言うからさせてあげるのよ？　感謝の気持ちを忘れないで欲しいのだわっ」

「……ああ、行くか」

もはや何を言っても無駄だと悟ったシオンは、特に抗弁することもなく歩き出した。

「ちょ、ちょっと待ちなさいよ、ひょっとして、怒った……、かしら？　あの、その……」

淡々と歩き出したシオンに対して小走りで近づきながら、少し焦ったような、不安そうな様子で話しかけてくる女性。

「別に怒ってない。ただ、あんたがすっかり立ち直ってくれたようで安心してる」

「と、当然ね！　あんなこと、私にとっては何でもないのだわ！　というか、怒ってないなら怒ってないって最初から言いなさい！　無礼じゃないの！」

直前まで一瞬しおらしい口調になっていた彼女は、一気に元の高慢さを取り戻した。

「あぁ、悪いな。気を付ける」

「それで良いのだわ。ふふん」

と、女性は大変満足気に笑った。

「案外、悪い奴《やつ》じゃないかも知れないな」と、シオンは思うのであった。

……その後、シオンがやや先導する形で二人は夜道を歩いて進んだ。

「まだ着かないのかしら？」

「本当に道は合っているのかしら？」

「暇なのだわ。何か面白い話でもしてみなさいよ。全く気の利かない男なのだわ」

「……もうやめて。これ以上〝漆黒〟だの〝闇〟だの〝罪〟とかいう単語の出てくる話をしないで。なんだか頭が痛くなってきたのだわ……」

そんな会話をしながら二人が歩いていると、薄暗い道の先に街の明かりと人々の行き交う音が聞こえてきた。

「ほら、もう着くぞ」

「そんなの見れば分かるわよ!!　馬鹿にしてるのかしら!?」

「……そりゃそうか」

二人は十五分程雑談を交えながら歩いてきたのだが、結局女性の態度は最後までこの有様であった。

「あっ、そう言えば」

と、ローブの女性はふと立ち止まった。

「一応助けられた形になったのだけれど、お礼がまだだったのだわ。一応、だけれど」

「なんだよ急に。別に気にしなくて良いよ」

「そういう訳にはいかないのだわ。別に助けが必要だった訳でもなかったけれど、何のお礼もしないなんてこの私の沽券《こけん》に関わるのだわ」

「……？」

堂々と言い放たれた「沽券に関わる」といった部分が、シオンの中で少し引っ掛かった。

——わざとらしいとも感じられる、妙にお嬢様っぽい口調、やたらめったらに偉そうな態度、お礼をしないことが沽券に関わるという発言。

そして、まるで自分の正体が知られたらまずいかのように、顔を隠す程深く被《かぶ》ったローブのフード。

「(この女まさか……。自分のことを『城から抜け出して庶民の街を見学に来たおてんばなお姫様』風に装っているのか……？　奇妙な奴だ……)」

と、シオンは少し引いていた。

「何かお礼に渡せるものが無かったかしら……」

「……何もないなら無理しなくて良い。別に見返りが欲しくて助けた訳でもないから気にするな」

自身のローブの下をまさぐる女性に対して、シオンは彼女に気を遣わせまいと返事をした。

「だからそれでは私の威信が……、あっ！　そうだわ！」

何かを思い出したかのように言うと、女性は自身の頭に被せていたフードを捲《まく》り上げた。

「――」

……一瞬、時が止まったかと錯覚するような幻想的な画《え》。

月明かりに照らされたのは、美しく艶やかな桃色の髪と瞳。

透き通るほど白い肌で、齢《よわい》十八といったところの絶世の美少女がそこにいた。

街を歩けば誰もが目を惹《ひ》かれ、すれ違った後《のち》に呆然《ぼうぜん》と後ろ姿を眺めてしまうといった程の美少女であった。しかし……。

「(……あんまり見ない髪色だな)」

絶世の美少女を前に、シオンは内心で髪色を珍しがっただけだった。しかしそれは、思春期に異性を意識する感情が育まれなかった彼には仕方のないことだった。

そしてフードを捲ったあと、少女は自身の首の裏側へ両手を伸ばし首元からペンダントを外してローブの外へと取り出した。

煌《きら》びやかなペンダントの先端部分には四センチメートル程の楕円《だえん》のジュエルが付いていた。そのジュエルは暗がりでは漆黒と見紛《みまが》う程の深い紫色だった。

「お礼として、これを差し上げるのだわ！」

「……いや、悪いよ。何かすげぇ高そうだし、大事な物なんじゃないのか？」

目の前に突き出されたペンダントに対して、シオンはそれを断った。

「確かに高い物でしょうけど、この程度の物なら家にはいくらでもあるのだわ！　だから、遠慮する必要なんてないのだわっ」

「いや、うぅん……」

「この私が差し上げると言っているのよ!?　それを断るなんて、あなた一体何様のつもりなのかしら!?　それとも、私の首の垢《あか》のこびり付いたペンダントなんて汚くて受け取れないとでも言うのかしら!?　殺すわよ!?」

「違う違う違う、落ち着けっ！　殺すなっ」

シオンは少し焦ったように答えた。

「じゃあ受け取れるわね!?」

「……有難く、頂戴させて頂きます」

観念したようにシオンが言うと「それで良いのだわ」と、少女は大変満足そうにシオンにペンダントを手渡した。

「貴方《あなた》はペンダントなんて身に付けないでしょうけれど、多分高く売れるはずだから、売って貧しい生活の足しにでもしたら良いのだわ」

「——いや、これは俺があんたから受け取った気持ちだからな。ちゃんと大切にするよ」

時々正気を疑うような人間性を垣間見《かいまみ》せる男だが、人から感謝の気持ちを受け取るのは素直に嬉《うれ》しいのか、その口元は薄く微笑《ほほえ》みを浮かべていた。

「……そ、それは良い心がけなのだわ」

顔が隠れるほど深くフードを被り直しながら、心なしか小さな声でそう言うと「ほら、行くわよ」と、再びシオンと共に市場へ向かい歩き出した。

市場に着いて、露店が立ち並ぶ通りの中を暫《しばら》く歩いていると「知り合いを見つけたのだわ。あなたはもう用済みよ。さっさと失《う》せるが良いのだわ」

と、少女はシオンに言った。

「そりゃ良かったな。今度からははぐれないよう気をつけろよ」

「余計なお世話なのだわ!!」

ムキーッと言いながら、少女は通りの奥へ向かって歩き出した。しかし、直《す》ぐ立ち止まり、シオンの方へ振り返った。

「そっ、そう言えば、あなた名前は何て言うのかしら？」

「ん？　ああ、シオンだ。一之瀬シオン」

「シオン……シオンね。どうでもいいけど、本当にどうでもいいけど、気が向いたら覚えておいてあげるのだわ」

「……そいつはどうも」

「あと、それと……。シオンは一体、何者なのかしら……？　本当に、レッドなんとか、とか、レブナ……なんとかいう怖い人なのかしら……？」

少し怯《おび》えたような顔をする少女に対して「いいや」と、シオンはどこか得意気な笑みを浮かべた。

「俺は、本当はただのC級魔術学生だよ」

「へ……？　が、学生、なの？　ただの……？」

「ああ、そうだ。さっきのは全部嘘《うそ》だ」

「ふ、ふーん……。まぁ、なんでもいいのだけれどね」

シオンの返答に少し困惑していた様子だったが、「そう言うなら、そういうことにしといてあげるのだわ」という風に切り替えた。

「じゃあ……、シオン。今日は有難う。……少しだけ、感謝してあげるのだわ」

そう言った少女は直ぐに踵《きびす》を返し、今度は振り返らずに通りの奥へと向かって歩いていった。

少女が知り合いらしき人物と合流するのを見届けると、シオンも王都の駅へ向かって歩き出した。

◆

少女と別れた後、シオンは魔力機関車に乗車して魔術学園の寮へと戻り、やや遅めの夕食をとった。

そして夕飯を食べ終えて食器を片付けると、彼は自室から魔術本やポーションを抱えて学園の実技訓練場へと向かう。

目的はただ一つ。魔術の鍛錬である。

まるで先程までの出来事など無かったかのように、彼は集中して鍛錬に取り組む。

「今日は疲れたからゆっくり休もう」、などという考えは彼にはない。疲弊した身体《からだ》はポーションを流し込めば動くからだ。

「はぁっ……、はぁ……っ……」

両手を地面に着けながら、険しい表情で激しく息を切らすシオン。

全身の血管が異常に腫れ上がり、夥《おびただ》しい量の汗が地面に流れ落ちる。

二十時過ぎに帰宅した彼は深夜二時まで魔術の鍛錬を行い、もはや立ち上がることさえ困難なほど体が憔悴《しょうすい》しきった頃合に夜の鍛錬を切り上げた。

風呂に入り鍛錬でかいた汗を洗い流すと、「回復促進《プロモーションリカバリ》」の魔術を自身に施して眠りについた。

そして一時間後に起床し、彼は再び魔術の鍛錬を始める。

放たれた矢の如《ごと》く、止《とど》まることなく最強へ至るための鍛錬と妄想に己の全てを捧《ささ》げる
……これが一之瀬《いちのせ》シオンの日常である。

◆

……王都の中心部からやや離れた街の中で、大変苛立《いらだ》った様子の侍女が一人。

彼女は自身が仕えている雇い主たっての希望で、その主と共に街の指圧屋に来ていた。

彼女は侍女という立場であったため「指圧マッサージを受けることは業務に差し支える」と断ったのだが、主があまりにも一緒にマッサージを受けようとしつこく、押しに負けてつい自身もマッサージを受けてしまった。

それこそが彼女の大失敗であった。

彼女の仕える主は、そもそも指圧マッサージなど受けるつもりはなかったのだ。

侍女がうつ伏せになって長時間の指圧マッサージを受けている間に、こっそり指圧屋から抜け出して街を出歩くことこそが侍女の主の目的だった。

……そのことに気付いた時には、もう既に遅かった。

侍女が約四十五分間の指圧マッサージを受け終えうつ伏せの状態から上体を起こすと、隣の寝台で施術を受けていたはずの主の姿はすっかりなくなっていた。

「あのクソボケ娘がああああああああああ!!」

侍女は大急ぎで指圧屋を飛び出し、街で主の姿を捜した。自身が指圧屋でマッサージを受けていたばかりに主の身に危険が及んだとなれば、彼女の首が飛んでしまう。

それは侍女という役職を解雇される、という意味ではない。文字通り、侍女の頭部が胴体を離れて宙に舞ってしまう、という意味である。

侍女は懸命に主を捜した。

街の露店が立ち並ぶ市場を何度も往復し、主が興味を持ちそうな所は徹底的に捜した。

しかし、いくら捜しても侍女の主は見つからなかった。

「(クソッ!! まずい、これは本当にマズい!!)」

「(もしかして市場よりも遠くに?)」「(だとしたらどこに?)」「(もしもあのクソ馬鹿に危険が迫っていたとしたら……!!)」

焦燥と激しい緊張感の中、彼女の中をグルグルと思考が回る。

「チィッ!! あの馬鹿娘!! 一体どこに……っ!!」

人々が行き交う市場の通りで人目も憚《はばか》らず憤る侍女。

……丁度その時、彼女に声を掛ける人物が一人現れた。

「馬鹿娘って、一体誰のことかしら。ねぇ、ちょっと」

侍女が声を掛けられた方へ振り向くと、そこにはローブのフードを目元が隠れる程深く被った女性が立っていた。

「お嬢様《ばかむすめ》ぇ!」

侍女に声を掛けたローブの女性こそ、彼女が必死に捜していた主その人であった。

「本当に張っ倒すわよあなた……」

「心配していたんですよ!!　どこへ行かれていたんですか!?」

「どこにって、街の探索に決まっているのだわ」

詰め寄ってくる侍女に対して、少女はまるで悪びれもせずにそう言い放った。

「街の探索って、……探索てっ!!　もし危ない目に遭ったらどうするんですか!!」

「危ない目なら、もう遭ってきたのだわ」

「遭ってきたぁ!?」

ふふん、と得意気にとんでもないことをいう少女に、侍女は目を見開いた。

「ええ。でも、何か変な人に助けられたから、安心すると良いのだわ」

「変な人に助けられてても安心出来ませんが!?」

「あら、失礼な言い草なのだわ。もし彼がいなかったら、あなた打ち首ものだったのよ？　あなたは彼に感謝した方が良いのだわ」

「えぇ……。まぁ、それはそうかもしれませんが……」

「(ならば、ご自身も恩人に対して〝変な人〟なんて言わない方が……)」などとは、思っても決して言葉にはしない。そんな正論が通じる相手ではないことなど、十分に理解しているからだ。

「そうでしょ、ふふん」と、侍女を言いくるめて満足気にする少女。

自分から勝手に侍女の下を離れて街に繰り出しておいて、偉そうな態度を取る少女。

……しかし、こんな横暴が許されてしまう程、この少女は実際に偉い立場にある。

少女の名はルーナ・リンデザ・ギルバート。ギルバート王国第三王女、ルーナ・リンデザ・ギルバートその人だ。

世界各国の要人から絶世の美少女として常に絶賛の声を集める、鮮やかな桃色の髪を持つ王女。

しかしその実態は王宮での窮屈な暮らしに鬱憤が溜《た》まり、庶民の暮らしを見物する為《ため》に侍女を無理やり王宮から連れ出し、街を徘徊《はいかい》するおてんば王女であった。

「ほら、さっさと帰るわよアイリーン」

「……分かりました、お嬢様」

アイリーンと呼ばれた侍女は、さっさと王宮へ帰るべく歩き出したルーナ王女の後を追う。

「全く、アイリーンがちゃんと私の側《そば》にいないから、今日はとんだ目に遭ったのだわ」

「指圧屋を勝手に抜け出して私から離れたのはお嬢様でしょうっ!!」

「そんなこと知らないのだわ。アイリーンはとんだポンコツなのだわ」

「はぁ……。そうです私はポンコツです。大変申シ訳アリマセンデシタ」

アイリーンはまるで機械のように感情のこもっていない返事をした。この王女の言葉など、真に受けても意味が無いことだと理解しているからだ。

「まぁ今回は許してあげるのだわ。次からはちゃんとしなさいよね」

「はい、承知致しました。お嬢様の寛大なお心に感謝イタシマス」

酷《ひど》く棒読みで返事をするアイリーン。しかし、侍女であるにもかかわらず主から目を離してしまったことは事実なので、それに関しては反省し、「次からは二度とこの女から目を離さない」と誓うアイリーンであった。

「分かれば良いのだわ、ふふん」

「……？」

満足気に微笑《ほほえ》むルーナ王女に対して、アイリーンは違和感を覚えた。

いつもならこの理不尽な小言が王宮に着くまでの間延々と続くはずだが、今日は妙にあっさりと済んだ。

「……お嬢様、今日は何だか随分と機嫌が良くないですか？」

「……そ、そんなこと、ないのだわ」

アイリーンの問いかけに対して随分と間を空けながら、ルーナはそっぽを向きながらそう返した。

「……？」

随分と普段と違う反応にアイリーンは更に不思議に思うが、「（まぁ、このアホアホお姫様の情緒などこんなものか)」と、すぐに切り替えた。

……そして、魔術学園に戻った一之瀬シオンという男は、自身が一国の王女の危機を救ったなどとは知る由もないのであった。

五話　模擬試合

クロフォード魔術学園の第四演習ルームにて、一之瀬《いちのせ》シオンの在籍する二年Cクラスの生徒は模擬試合を行っていた。

模擬試合を行う際、生徒達《たち》は普段着ている制服とは異なる戦闘用の服を着用する。

戦闘服には抗魔《こうま》の力……対魔術用の防護服としての力が備わっており、魔術が直撃した際のダメージを軽減する。

授業における模擬試合は相手を倒すことを目的とするのではなく、あくまで実戦形式で魔術のコントロール技術を磨くことを目的としている。

そのため、模擬試合を行う際に強く勝敗に拘《こだわ》る生徒というのはあまりいない。

しかし、二年Cクラス内で群を抜いて勝敗に強く拘る男が一人。例の一之瀬シオンだ。

勝敗に拘るといっても、彼は試合において勝ちに拘るのではない。

彼は常に負けること、そしてその負け方に拘る。

全力で魔術を使用し、その上で「わざと手を抜いて負けたフリをしているのでは……？」と相手に思わせるような負け方をするのが彼にとっての理想。

単純に手を抜いてわざとらしく負けるのではなく、模擬試合という場でしっかりと魔術を磨いたうえで「わざと負けた」風を装うのがおきまりの信条である。

真剣に模擬試合に取り組んで魔術も磨く、そして真の実力を隠しているように装って妄想も楽しむ。そのどちらにも妥協を許さないのが一之瀬シオンという男だ。

現在シオン達のクラスが使用している演習ルームには、魔術で生み出されている障壁によって区切られた十メートル×十五メートルの試合用のフィールドが八つ作られている。

この魔力による障壁に囲まれた立方体の箱のような空間の中で模擬試合は行われる。試合を行わない生徒は各々演習ルーム内にある的に魔術の試し撃ちを行ったり、試合の見学をしたりしてフィールドが空くのを待つ。

そして、現在シオンは試合を行っており、フィールド内で十数メートル離れた対戦相手と互いに魔術を撃ち合っている最中だ。

「風刃《ウインドカッター》」

シオンと対戦相手は同じ魔術を同時に繰り出した。鮮緑色がかった風の刃《やいば》は、両者の中間距離で衝突し周囲に突風を起こして相殺した。

「火球《ファイアボール》」

相手が次の魔術を繰り出すよりも先に、シオンが仕掛けた。

ボッボッボッ、と連続で音を立てながら、シオンの前方の魔法陣から三つの火の玉が繰り出される。

「ッ！　炎渦盾《フレイムシールド》!!」

後手に回った対戦相手は咄嗟《とつさ》に炎による防壁を前方に生み出し、シオンによる火の玉を打ち消した。

「水球《ウオーターボール》」

直後、間髪容《い》れずにシオンによって放たれた直径四十センチメートル程の水の球体、「水球《ウオーターボール》」が相手に迫る。

相手はそのまま「炎渦盾《フレイムシールド》」を展開し続け、水球《ウオーターボール》を打ち消した。

その際に水の球体はジュワ！っと大きな音を上げながら蒸発し、シオンの対戦相手の前方は濃い蒸気に覆われ視界が曇った。

「くっ、突風《サイクロン》！」

相手の様子が見えない状況は好ましくないと思い、対戦相手は咄嗟に風を起こして蒸気を掻《か》き消す。

「!!」

開けた視界の先では、既にシオンが対戦相手へ両手を向けていた。

シオンの繰り出す魔術に応じようと対戦相手も攻撃魔術を繰り出そうとするが、その瞬間、ある違和感に襲われた。

「(魔法陣が……展開されていない……？)」

対戦相手に向けているシオンの両手の前には、魔法陣は展開されていなかった。

「(もう息切れか？　だったら今――)」

この瞬間が好機と、追撃の準備に入った対戦相手。しかしその直後。

「ッ!?」

対戦相手は発動寸前だった魔術を咄嗟に中断した。シオンの右足に接している地面に魔法陣が展開されていることに気が付いたからだ。

「(向けていた手はブラフか……!!)」

「蒼電の追衝《ライトニング・シュテルメン》」

シオンの詠唱と同時に、右足を中心に地面に展開されていた魔法陣は青白磁色の輝きを放ち、そこから対戦相手へ向かって地面を伝いながら強烈な稲妻が走った。

「(マズイ……!!)――土壁《グランド・ウォール》!!」

強烈なプラズマ音を上げながら迫る稲妻に対して、対戦相手は咄嗟に屈《かが》んで掌《てのひら》を地面に着けて魔法陣を展開し、そこから一・五メートル程の土の壁を作り出した。

稲妻は土の壁に衝突すると同時に目が眩《くら》む程の光を放ち、岩を砕くような音を響かせながら周囲へ分散した。

パチリと小さな音を最後に稲妻が完全に消滅すると、土の壁にも全体に亀裂が入り、地面に崩れ落ち砂と化した。

砂埃《すなぼこり》が巻き上がる中で対戦相手が立ち上がって前方へ目を向けると、シオンは既に対戦相手へ向けて四つの火球《ファイアボール》を繰り出していた。

「ッ!!　水渦嵐《アクアヴォーテックス》!!」

迫り来る火球《ファイアボール》に対して、もう魔力も残り少なかった対戦相手は咄嗟に渾身《こんしん》の魔力を込めて強力な螺旋《らせん》状《じょう》の水を放射した。

「はあああああっ!!」

これが最後の一撃になると確信した対戦相手は、ありったけの魔力を魔法陣に注ぎ畳み掛ける。

水の渦はシオンの繰り出した四つの火の玉を打ち消して、シオンに迫った。

シオンは再び魔術を繰り出そうとするが、魔法陣を展開する前に強烈な水の渦に吹き飛ばされ、背後の壁に叩《たた》きつけられた。

そのままシオンは地面に片膝を付いて降参を示すように軽く片手を上げると、模擬試合はシオンの敗北で決着となった——。

「はぁ、はぁ……。ありがとうございました」

シオンの対戦相手は息を切らしながらシオンに近づいて試合後の挨拶をした。

「こちらこそ、ありがとうございました」

スッと立ち上がったシオンは、澄ました顔で挨拶を返す。……だが、その澄ました様子は虚勢であり、今にもぶっ倒れそうな程にシオンは疲弊しきっている。

「はは、何だか、勝った俺より余裕そうだな」

シオンの対戦相手は苦笑いしながらシオンに話し掛けた。

「そんなことはない。これでも疲労困憊《ひろうこんぱい》だ。立っているのさえキツイよ」

苦笑いしながら話す対戦相手に対して、シオンは本当に一切嘘《うそ》偽りのない言葉で返した。

「……そうは見えないけどなぁ」

「強がってるだけだ」

それは間違いなく本音。しかし、あまりにも堂々とした本音のため、かえって嘘のように見えるのはシオンの計算の内だった。

「そうか……。まぁ本人がそう言うんなら、そうなんだろう」

対戦相手は未《いま》だ腑《ふ》に落ちない様子ではあったが、一応は納得した態度を取り「それはそうと」と、話を続けた。

「シオン、だったよな。お前、魔術の使い方滅茶苦茶上手《めちゃくちゃうま》いなっ。足元からの雷魔術で奇襲仕掛けられた時は『やられた』と思ったぜ」

「完全に不意を突いたはずなのに、咄嗟に属性有利の土属性魔術でそれを瞬時に防いだあんたには敵《かな》わないよ」

「いや、もう一秒でも早くお前が魔術を繰り出していたら、確実にやられてたぜ」

そう言うと、シオンの対戦相手は「……気になったんだけど」と神妙な面持ちで言葉を続けた。

「あの時のお前、妙に魔術を出すのが遅くなかったか？　もしかして手を抜いてわざと……」

疑問を口にする対戦相手の言葉を、シオンが遮った。

「それはない。……足先から魔術を繰り出すのは難しくてな。どうしても時間が掛かってしまうんだ」

「……それもそうか。そうだよな、足元に魔法陣展開するなんてかなり難しいだろうし、時間も掛かるか」

「ああ」

シオンの言う通り、通常は魔術を繰り出す際に掌《てのひら》や魔術具と呼ばれる媒体を用いた方が上手く魔力をコントロールすることが可能であり、足先などの掌以外の部位で魔法陣を展開することはやや難易度が高い。

だがそれでも、先程の「蒼電の追衝《ライトニング・シュテルメン》」を相手の対応が間に合わないタイミングで繰り出すことはシオンには可能であった。

しかし、それで決着がついてしまわないようにシオンはあえて相手が防御出来るタイミングを見計らって魔術を繰り出したのだった。

あくまで対戦相手だった生徒の疑いは正しかったが、シオンは上手い具合の言い訳を述べてそれをごまかした。

対戦相手の生徒は、「完全に疑問が解消された」という様子ではないが、「ある程度納得はいった」という様子だった。

「まぁなんにせよ、今日の試合はすげぇ勉強になったぜ。またよろしくな！」

「こちらこそ、よろしく」

そう言って両者は固く握手をすると、試合用のフィールドから退場した。

◆

その後、演習ルームのフィールドでは生徒達が代わる代わる模擬試合を行って授業は終了した。

授業を終え、演習ルームを退出したシオン。模擬試合の内容を振り返りながら更衣室へ向かって廊下を歩いていると、前方では先程のシオンの対戦相手がクラスメイトと会話をしながら歩いていた。

「そういえばお前、今日あの一之瀬って奴《やつ》と試合してたよな。どうだった？」

　そんな会話に、シオンはしれっと聞き耳を立てた。

「ほとんどの魔術の威力は大したことなかったが、雷属性の魔術と魔術を使った戦いはかなり上手かったな。戦闘ＩＱが高いんだと思うぜ」

「……それほんとか？　あいつって確か商人の家の人間だろ？　魔術の才能なんてあるはずもないんだが」

「何と言うか、確かに魔力は弱いなって感じたけど、かなり魔術を工夫して使って戦って、すげぇ強かったぜ。実戦ならクラスで一番強いんじゃないか、あれ」

「なんだそりゃ。そう言って、じゃあそいつに勝ったお前はなんなんだよ」

「んー、本人は違うって言ってたけど、多分……手ぇ抜いてたんじゃねぇかな。試合後も余裕そうだったし、ありゃきっと全力を出しちゃいねぇよ」

「……買い被《かぶ》りだろ。去年はＢクラスだったお前が、ただの商人の家の人間より劣るわけねぇって」

「うぅん。……そうだと良いんだがなぁ。はは……」

　一連の会話を聞いていたシオン。その内容はまさしくシオンが理想とする「真の実力を隠している気がする」というリアクションだった。

「本気とは思えない」というのは「実力の底が見えない」とも捉えられる。その評価こそシオンが望むものだった。

思わぬ理想のシチュエーションに、彼は内心で狂喜乱舞だった。

その場で踊り出してしまいたくなる衝動を何とか堪《こら》えるシオン。彼は前方の二人組からやや距離を取りつつ、平静を装いながら更衣室へ向かうのだった。

六話　闇黒《あんこく》の破壊神

　模擬試合を行った同日の放課後、シオンは担任教師であるレスティアの授業の準備を手伝っていた。

　その際に「授業の実験で使用する器具を取りに行って欲しい」と頼まれたシオン。彼は現在、器具の収納されている用具倉庫の前まで来ていた。

　レスティアから借りた鍵で扉を開錠し、用意する器具や個数を頭の中で反芻《はんすう》しながらシオンが用具倉庫の中に入ると、倉庫内の奥の方にある人影に気が付いた。

　シオンがその人影の方に目を向けると、そこには一人の女子生徒の姿が。

　より正確な状況としては、着替えている最中だと思われる、部分的に下着の露出している女子生徒の姿がそこにはあった。

　スカートを穿《は》きかけのまま、やや前屈《まえかが》みの姿勢で静止している女子生徒。

　同じく、その女子生徒と見つめ合ったまま無言で立ち尽くしているシオン。

「……」

「……」

……互いにフリーズしたまま数秒の時間が流れる。

しかし直後、その静寂は唐突に終わりを迎えた。

「ぐあああああああああああ!!」

突然の絶叫の主は、シオンだった。そして、シオンは叫び声を上げながら制服の左胸の辺りを右手で強く握り締め、その場に蹲《うずくま》った。

「クッ!! 静まれ、静まれ……!! こんなものに支配されてたまるか!! 俺は……この世界を、壊したくなんか……ないんだッ!!」

突如として、何かを強く堪えるように悲痛な叫び声を上げるシオン。しかし次第に彼の声は弱弱しくなっていった。

「俺は……絶対に闇の力に飲まれたりなんか……ッ!! くっ……静ま……」

プツリ、とシオンの言葉が途切れると、再び倉庫内に静寂が訪れた。

「……」

そして、静まり返ったままの状態から数秒後。

「……クックック。……カッカッカ……」

と、今度は小さく不気味な嗤《わら》い声《ごえ》が倉庫内に響いた。

それは、蹲った姿勢のまま発せられたシオンの嗤い声だった。

「ハーッハッハッハッハッハ!!」

地面に顔を伏せていたシオンは唐突に顔を上げ、高らかな嗤い声を響かせた。

そして、彼のその両目は不気味な紫色に染まっていた。

「ついにこの時が来たッ!!　これでこの肉体は私のものだッ!!　フハハハハハハハ!!」

昂奮《こうふん》が収まらないといった様子で高らかに嗤うシオン。

「……ククッ……フーハッハッハッハッハ!!」

まるで堪えきれないといったようにひとしきり嗤い続けると、やがて、「……ハァー」

と満足気に息をついた。

「この闇黒《あんこく》の破壊神、ヴァサゴ・デウス・グレゴールを一人の人間の中に抑え込もうなど
とは、人類も随分と愚かなことをしたものだ……」

ゆらり、とおもむろに立ち上がりながら呟《つぶや》くシオン。

「しかし、この忌々しい肉体には思いの外抵抗されたものだ……。復活まで存外時間が掛
かってしまったな……」

どこか憎らしげな顔をしながら呟いたシオンであったが、すぐに「まぁ、良《い》いだろう」

と表情を切り替えた。

「…………」

一連の彼の挙動に対して、同じ空間にいる女子生徒は目立ったリアクションを見せずに
いる。

……一切の説明のない、唐突な言動の連続。その発言から、彼は突然何者かに肉体を乗っ取られてしまったかのように読み取れる。

しかし、そんな現象は実際には起きていない。現在の一之瀬《いちのせ》シオンの精神は彼自身のまだ。いよいよ本当に正気を失ってしまったのかとも思えるが、それもまた違う。

何者かに肉体を乗っ取られた訳でも、正気を失った訳でもない。

全てはこの危機的状況を潜《くぐ》り抜けるための彼の演技だった。

故意でないとはいえ、「女子生徒の着替えを覗《のぞ》く」という事態を招いてしまったシオン。

——その瞬間、何故《なぜ》かは分からないがシオンの中で尋常でない危険信号が発せられた。彼の中に刹那的に生まれた、大きなトラブルの予感。

この状況を切り抜ける為《ため》、咄嗟《とっさ》に彼が選択した行動。それが、この一連の演技だった。

突発的に叫び声を上げ、苦しそうに蹲り、急に嗤い声を上げ、「自在なる光彩《ブライト・アイズ》」で瞳の色を変え、そして意味不明な言動をとる。

それによりこの用具倉庫内に混沌を生み出し、女子生徒の情報の処理が追いつけないようにする。

仮にこの場から速やかに脱出するにせよ、その場で必死に弁明するにせよ、彼に覗き魔の疑いがかけられてしまう可能性は非常に高い。

だからこそ、この空間の全ての状況を滅茶苦茶《めちゃくちゃ》にして、着替えを覗いた事実さえも有耶《うや》無耶《むや》にして立ち去るという手段をシオンは選んだ。

その作戦を決行するにあたり、「自分という人柱に封印されていた〝かつて世界を恐怖の底に陥れた闇黒の破壊神〟に抵抗虚《むな》しく肉体を乗っ取られてしまった」という設定で妄想上の人格を憑依《ひょうい》させた。

そして自身の妄想の設定に忠実に従い、息を飲むほどの怪演技を魅せた一之瀬シオン。後は、この嵐のような混沌《こんとん》を作ったまま、女子生徒が冷静になってしまう前に用具倉庫から撤退するだけであった。

「……何はともあれ、久方ぶりの人間界だ」

完全に闇黒の破壊神になりきり、自然な様子で台詞《せりふ》を続けるシオン。

「取り敢《あ》えずは破壊だ、殺戮《さつりく》だ。ああ、堪《たま》らぬ!!　この高揚感!!　まずは何を破壊してくれようか!!　誰を殺してくれようか!!」

そう言うと、用具倉庫の扉の方へ振り向くシオン。

「そうだな……。手始めに、この私を封印した王族の末裔《まつえい》から殺してやるとしよう。王を殺し、王宮を我が根城にするとしよう。クックック」

笑みを浮かべ、不気味に嗤うシオン。

破壊を想像して悦に浸る闇黒の破壊神を演じているのか、演技をすること自体が楽しくて仕方がないのか、もはや判別が付かない様子だった。

「愚かな人類よ、せいぜい残り少ない猶予を楽しむと良い……。この闇黒の破壊神、ヴァサゴ・デウス・グレゴールに蹂躙《じゅうりん》され、根絶やしにされるその時までな……」

「フーッハッハッハッハッハッハ!!」と嗤い声を上げながら、自然な台詞の流れで倉庫の扉へ向かい歩き出した。

そのまま倉庫から退出することが出来れば、シオンの作戦は完遂される。

――が、しかし。

「フハハハハハ――ヴェッ!!」

突如、シオンはその場で転倒した。彼は氷結した足元の床で滑ったのだった。

倉庫内の床が元々氷結していたわけではない。その氷結は人為的に、たった今魔術によってなされたものだ。

その魔術を行使した人物は氷結した床に這《は》い蹲《つくば》るシオンに対して、背後から声を掛けた。

「この私の着替えを覗いておいて、そのまま逃げられるとでも思ってるの?」

……残念ながら、シオンの考えた作戦は完全に失敗に終わった。

迫真の演技ではあったが、それ以前にこの状況で突然闇黒の破壊神が目覚めたなどという意味不明な言動を真に受けさせるのは流石《さすが》に無理があったと言える。当然のことだった。

「……ふむ。久方振りの生身は思うようにいかんな。まぁ、慣れるのも時間の問題であろうが」

それでも、シオンはまだ粘った。「滑って転んだ訳ではなく身体《からだ》のコントロールに慣れていないせいで転んでしまっただけだ」と言いたげな台詞を口にし、シオンは氷結した床を避《よ》けて立ち上がった。

「ともあれ、まずは力試しだ。さっさと王宮へ赴き今の私の力がどれ程なのか、王宮騎士で試すとしよう……。クックック」

あくまで闇黒の破壊神のフリを貫き、そのまま用具倉庫の内扉の側《そば》まで歩み寄るシオン。こうなってしまっては、強行突破以外の選択肢がなかった。

そして、そのままドアノブに手を掛けようとした、……その瞬間。

――ザグッ！　という音が倉庫内に響いた。

三十センチメートル程の氷柱《つらら》がシオンの後方から勢いよく放たれ、ドアノブの側に突き刺さった音だった。

もしシオンがドアノブに手を掛けていたならば、その手の甲は鋭利な氷柱により貫かれていたであろう。

「……」

「ちょっと、なに無視してくれてるの？」

未《いま》だ真っ白な冷気を放っている氷柱よりも冷ややかな声が、シオンの背後の女子生徒から掛けられた。

「闇黒の破壊神はあくまで倉庫内の女子生徒の存在を気にも留めないまま去っていく」という演技プランで強引に倉庫から撤退しようとしたシオンであったが、流石にもう限界のようだった。

「……何だ、人がいたのか。あまりに魔力量が矮小《わいしょう》過ぎた故、気が付かなかったな」

シオンはゆっくりと振り返り紫色の両眼《め》を不気味に滲《にじ》ませながら呟いた。それに対して、既にスカートを穿いた赤髪の女子生徒はトントンと自分の頭を人差し指で叩《たた》いた。

「……あんた、頭大丈夫？」

そんな至極真っ当な言葉を掛ける女子生徒に対して、シオンはそんな女子生徒の声は聞こえていないと言わんばかりに言葉を続ける。

「この闇黒の破壊神、ヴァサゴ・デウス・グレゴールの道を阻むか、小娘。なんと愚かな。が、しかし、今私は貴様のような虫けら一匹をわざわざ殺すような気分ではないのだ。運が良かったな、今回は特別に見逃してや――」

――ザンッ、という音がシオンの言葉を遮った。

前方から勢いよく放たれた風の刃《やいば》がシオンの首筋を掠《かす》め、シオンの背後の扉にまるで斧《おの》を叩き付けたかのような跡を刻み込んだ。

「次に口を開いた時にその意味不明な演技をやめてなかったら今度は首を刎《は》ね飛ばすわ」

「……はぁ。やれやれ。まさかこの完璧な演技がバレるなんてな。恐れ入ったよ、降参だ」

「あんた、どうかしてるわよ」

シオンはあっさりと女子生徒の言う通りにその演技をやめ、眼の色も元に戻した。

彼の首筋に流れる生温《なまぬる》い血が、女子生徒の言うことが決して脅しではないと訴えていたからだ。

しかし、軽く両手を挙げてわざとらしく降参のポーズを取り、余裕有り気に降伏を宣言するあたりは相変わらずの命知らずな加減だった。

「とにかく、頭のおかしいフリで誤魔化そうとしたって、そうはいかないわよ」

仕切り直すように一呼吸置くと、女子生徒はキッとシオンを睨《にら》みつけた。

「この学園序列五位のエリザ・ローレッド様の着替えを覗き見ておいて、まさかただで済むなんて思ってないわよね？」

「こっちとしては『ただで済んで欲しい』と思ってたんだけど。……それで、俺はどうすれば良いんだ？」

「……むかつくわね、そのすかした態度」

——着替えを終えた女子生徒は模擬試合などで使用する戦闘服を着用しているが、その傍《かたわ》らには赤いラインの入った女子生徒用の制服が置かれているのが見えた。

クロフォード魔術学園の制服は、在籍するクラスによって制服に施されているラインの色が異なる。

Ａクラスの制服には赤色のライン、Ｂクラスの制服には青色のライン、Ｃクラスの制服には灰色のラインがそれぞれ入っており、Ｄクラスの制服はライン無しとなっている。

目の前の女子生徒が先程まで着用していたと思われる赤いラインの入った制服は、彼女が魔術学園内でトップクラスのＡ級魔術学生であるということを示していた。

そして——。

「(この人が学園序列五位……)」

「学園序列」とは、クロフォード魔術学園で学年を問わず抜群に優れた能力を持つ上位十名の生徒にそれぞれ与えられた順位を表す称号であり、彼女が名乗った〝学園序列五位〟とは、約六百四十人の全生徒の中で五番目の実力者であることを表している。

「とりあえずさ、一つだけいいかな」

「なに？」

淡々と会話を進めるシオンに対して、エリザと名乗った少女は苛立《いらだ》たし気に聞き返した。

「弁解するつもりなんてないし、勿論《もちろん》詫《わ》びはするけど……。あんたは、なんで用具倉庫内なんかで着替えてたんだ？」

本来なら先程のオーバーな演技で女子生徒の頭を混乱させ、「辱めを受けた」とさえ感じさせないまま切り抜けるのが理想ではあった。

しかし、自分が着替えを覗いてしまった事実に対して実際に女子生徒が憤っているならば、シオンはその罪を然《しか》るべき形で清算しなければならないと腹を括《くく》っていた。

ただ、それはそれとしてなぜ女子生徒がこんな所で着替えていたのかだけは気になったようだった。

「はぁ……。これから近くの訓練場で自主トレするつもりだったけど、更衣室が遠いから近くにあったここで着替えたのよ。どうせすぐに着替え終わるし、それまで誰も来ないと思ってね。たまたま鍵も開いてたし。悪い？」

エリザは「こんな所で着替えてた私が悪いとでも言いたいの？」という意味をたっぷり込めて威圧的に答えた。

「いや、それなら仕方がないな」とシオンは納得した様子で言った。

「じゃあ、俺はあんたにどう詫びたら良い？」

「ふんっ、そんなの決まってるじゃない。あんたに私以上の屈辱を味わって貰《もら》うのよ」

「そうか、分かった」

「……え、分かったって、何を？　え？」

シオンは何かを理解して受け入れたかのように言うと、――突然ズボンのベルトを外し始めた。

「えっ、ちょっと、何をしようとしてんの？　ねぇ、ちょっと!?」

「何って、俺があんたの下着を見てしまったから、あんたは俺の下着を見て俺を辱めたいんだろ？」

「ちっ、違うわ!! あんた、馬鹿じゃないの!? ちょっ、何考えてんの!! やめなさいっ!!」

ベルトを外し、躊躇《ちゅうちょ》なくズボンのファスナーに指を掛けたシオンの腕を、エリザは顔を赤くしながら摑《つか》み、止めようとする。

「離してくれないか、これじゃズボンが脱げない」

「脱ぐな!! 馬鹿か!! やめろ!!」

ズボンを脱ごうとするシオンと、それを必死に食い止めるエリザ。

「んぎぎ……」

エリザの必死の抵抗虚しく、シオンはファスナーを下ろし終え、いよいよズボンを下げようとする。

が、しかし、

「やめろって……言ってんでしょ!!」

「ヴァッ」

直後、自身の下半身を見下ろす形でやや前屈《まえかが》みになっていたシオンの額に対し、エリザは跳躍して頭突きをブチかました。

「……ッ」

シオンは仰《の》け反《ぞ》ると、そのまま片膝を地面に着き、右手で額を押さえた。

「〜〜〜ッ!!」

エリザもその場で蹲《うずくま》り、両手で自身の頭頂部を押さえた。

「……何をするんだ」

シオンは額を押さえながら、まるで腑《ふ》に落ちないといった様子でエリザに問うた。

「こっちの台詞《せりふ》よ!!　あんた馬鹿じゃないの!?　一体何を考えてんのよっ!!」

「何をって……、あんたは俺のパンツが見たかったんじゃないのか？」

顔を真っ赤にしながら怒号を飛ばすエリザに対して、シオンはなぜ自分が怒られているのかまるで分からないといった様子でエリザに疑問を投げかけた。

「んなわけないでしょうが!!　アンタほんとっ、馬鹿かっ!!」

「何てことだ……。すまない、俺はてっきりあんたが俺のパンツを見たがってるとばかり……」

更なる怒声を受けたシオンは目を丸くし、驚愕《きょうがく》した様子でエリザに謝罪した。

「どういう思考回路してんのよあんた!!　というか、その『私がパンツを見たがってる』って言い方やめなさいよ！　完全に変態扱いじゃない!!」

「大丈夫だ、あんたが変態だなんて思っていない」

「当たり前よ!! ぶち殺すわよ!! というか、さっさとズボン穿《は》きなさい!!」

真っ赤な顔をしたエリザに指摘され、ファスナーが完全に開き僅かにずり下がっていたズボンを穿き直すシオン。

「参ったな、これじゃ見せ損じゃないか」

「勝手に参ってろ!!」

「まぁ、それは別に良いんだが」と言うと、未だ怒りの冷めやまぬエリザに対し、シオンは尋ねた。

「それじゃあ、俺は一体どうしたら詫びになる?」

エリザは座り込んだ姿勢のまま「フーッ、フーッ!」と息を荒らげながら、少しずつ冷静さを取り戻して立ち上がった。

「土下座して靴の裏でも舐《な》めさせて、私以上に尊厳をぐちゃぐちゃにしてやろうと思ったけど、気が変わったわ。あなた、それくらいあっさりやりそうだし、屈辱感も湧かないでしょ」

「くっくっく、果たしてどうかな?」

「黙れ、喋《しゃべ》んな。こんだけ舐めた態度取られたら、もうただの土下座なんかじゃ私の気は済まないのよ！ ぼっこぼこにして、これでもかって程痛めつけて、そして絶対的な力関係を分からせて私の靴の裏を泣きながら舐めさせてやるわ」

「（参ったな、もう泣きそうだ）」

エリザはやや上に顔を傾けながら鋭い視線をシオンに向け、同時に狙い定めるように人差し指を向けて宣言した。

「クロフォード魔術学園序列五位、エリザ・ローレッド。——貴方《あなた》に決闘を申し込むわ」

七話　学園序列五位　対　C級魔術学生

クロフォード魔術学園内の第五闘技場に立つ二人の生徒。二年Cクラスの一之瀬《いちのせ》シオンと、同じく二年生であり学園序列五位のエリザ・ローレッド。

放課後には生徒の自主訓練用に開放されている第五闘技場内で、二人はお互いに模擬試合の授業で着用している物と同様の戦闘服を着用して向かい合っている。

担任教師のレスティアから依頼された雑用を未《いま》だ済ませていないシオンは「それでエリザの気が済むならば」と、手っ取り早くこの件を終わらせる為《ため》に先ほどの決闘の申し込みを受けた。

数メートル程離れた位置に立つエリザにシオンは声を掛けた。

「勝敗はどうやって決めるんだ？」

「どちらかが戦闘不能になるか、降参するまでよ」

「確認だが、もし開始後すぐに降参したらどう――」

「殺すわ」

「……ごめん、よく聞こえなかった」

「ぶち殺すわ」

「……おーけー、ちゃんと聞こえた」

ということで、シオンはエリザとの真っ向勝負を余儀なくされた。

しかし今回、シオンは普段の授業の模擬試合のようにあっけなく、わざとらしく負けるつもりは元々なかった。

相手は〝クロフォード魔術学園序列五位〟。その実力は、まさに一流。

シオンがエリザの手頃な魔術をわざと受けて負けたとすれば、それは容易に見抜かれてしまうだろう。

先ほどの用具倉庫内でのやり取りから見るに、シオンがわざと負けたと知れば彼女は侮辱されたと感じて更に激昂《げきこう》し、事態は更に収拾がつかなくなるに違いない。レスティアを待たせている状況の今、それは避けねばならない。

また、シオンがこの決闘においてあっけなく負けるつもりのない理由はもう一つ。

それはこの「学園序列五位との決闘」というシチュエーション自体にある。

「C級魔術学生レベルと思われている自分が圧倒的格上に黒星をつける」、そんな展開を彼は一体何度夢想《むそう》しただろうか。

〝学園序列五位との決闘〟。普通に学生生活を送っていれば絶対に遭遇することのない絶好の展開を、みすみす逃すシオンではなかった。

の実力——実際には真の実力を隠してなどはいない、紛《まが》うことなくC級魔術学生レベルの一之瀬シオン。

しかし彼は、学園内最高峰のAクラスの中でも更にトップレベルの人物、そんな圧倒的格上であるエリザ・ローレッドに対して勝利のヴィジョンを思い描いていた——。

「じゃあ、始めるわよ」

シオンの二十メートル程前方で向き合うエリザが声を掛けた。それなりに距離はあるが、二人以外に誰もいないホール型の闘技場では声が響き渡り、シオンの耳に届いた。

エリザは曲げた人差し指の腹に親指の先を引っ掛け、その上にコインを載せてコイントスの準備をした。

「吠《ほ》え面《づら》かく覚悟は出来たかしら？」

「いつでも」

「……っ！　こいつほんと……」

学園トップクラスの実力者である自身に対して余裕綽《ゆうしやくしやく》々な態度を取るCクラスの生徒の姿は、プライドの高いエリザの神経を大いに逆撫《さかな》でする。

エリザは顔を顰《しか》めて歯軋《はぎし》りをしながら、コインを載せた指に力を込めた。

「C級だからって、手加減なんかしてあげないんだから……ッ!!」

憎らしげに言いながら、エリザはコインを上空に弾《はじ》いた。回転しながら空中を舞うコインが地面に落ちた瞬間が決闘開始の合図である。

――キンッ、と小さく音を立てコインが地面に落ちた瞬間、エリザはそれと同時に魔法陣を展開して素早く詠唱を行った。

「獄　炎　球《アン・ツュンデン・スフィア》！」

エリザの上半身を軽く覆う程巨大な魔法陣は、真紅の光を放ちながら直径一メートルを超える巨大な火の球を生成した。

そして直後、炎属性の上級魔術「獄　炎　球《アン・ツュンデン・スフィア》」は燃え盛る轟音《ごうおん》を響かせながらシオンに向かって一直線に放たれた。

魔法陣の展開と魔術を繰り出すまでの速度、何よりその威力は普段シオンが模擬試合で相手をしているCクラスの生徒とはまさに桁違い。

しかしその火炎はシオンに直撃することはなく、シオンが直前までいたはずの場所に巨大な火柱を上げただけだった。爆音が響いたその着弾地点に、既にシオンはいない。

エリザが速攻で魔術を放ったように、シオン側はコインが地面に落下すると同時に「身体能力強化魔術」を発動し、大きく右側へ駆け出したことでエリザの初撃を避《よ》けていた。

魔術師同士の戦いは互いに真正面から魔術を繰り出し、相手の魔術を防ぎ、自分の有利な状況を作り出して攻撃を叩《たた》き込むというのが定石である。

しかし、学園序列五位のエリザと真っ向から魔術を撃ち合おうものならシオンに勝ち目はない。

エリザの繰り出す魔術に対してシオンがどれ程属性有利の防御魔術を展開しようと、純粋な魔力の強さが桁違いなエリザの攻撃魔術に容易《たやす》く消し飛ばされてしまう。

また、シオンが比較的得意とする雷属性の攻撃魔術をありったけの魔力を込めて繰り出したとて、エリザはそれを他愛もなく防ぐだろう。

それ以前に、シオンが魔法陣を展開した場合、エリザは仮に後出しでも彼より先に魔法陣を完成させて一方的に攻撃が可能である。つまり、シオンには攻撃するチャンスすら与えられないのだ。

学園序列五位のエリザとC級魔術学生のシオンの間には、それほどまでに絶対的な実力差がある。

その実力差を埋める為に選んだシオンの戦略。それこそが身体能力強化魔術の発動と、開始直後の右サイドへの疾走だった。

正面から魔術の撃ち合いを行わず、ひたすらエリザの攻撃を躱《かわ》しながら距離を詰める。

そしてエリザに接近し背後を取ることが出来れば、魔術は関係なく体術によってエリザを無力化するチャンスが訪れる。それこそがシオンの目論《もくろ》みだった。

シオンの立てた戦略は、一見非常に単純なものに思える。

だが、しかし。

「魔術師が魔術の撃ち合いを避けるなんて、随分と情けないわね!!」

エリザは挑発的な言葉をシオンに対して発しながら、駆け抜けるシオンに対して次々と魔術を繰り出す。

しかし、エリザはその挑発的な言葉とは裏腹に内心強い焦燥感と苛立《いらだ》ちを覚えていた。

なぜならば、エリザを中心に大きく弧を描くように疾走するシオンに対して、彼女は一向に魔術を当てることが出来ずにいるからだ。

……クロフォード魔術学園の二年生は授業では基礎的な魔術の撃ち合い方しか習わず、模擬試合でも形式的な魔術の撃ち合いを行うのがほとんどとなっている。

それらはあくまで真正面での魔術の撃ち合いや攻防を前提としたもの。

三年生以降はより実戦的な模擬試合を行うようになるが、二年生は未だ基礎を磨く段階。

基礎的な魔術の撃ち合いの中でも、魔術による防御が間に合わず仕方なく身体《からだ》ごと避ける、という程度のことは珍しくはない。魔術の規模によっては、大きく飛び退《の》くこともあるだろう。

しかし、現在シオンが行っているようにフィールド内を爆走しながら旋回し続けるなど、学園の二年生が学ぶセオリーからしてみたら極めて異端。二年生が習う基礎的な魔術の撃ち合いにおいては、そのような攻撃対象を想定していない。

だからこそ、シオンの選んだ戦略は完全にエリザの意表を突くことに成功していた。

それに加え、シオンが当然のように使用した身体強化魔術の発動もまたエリザの想定になかったこと。

なぜならば、大前提として魔術師は基本的に身体強化魔術は使えないから。

——人間は、生まれた時点で習得可能な魔術がある程度決まっている。

魔術には大きく分けて三つの性質が存在する。自分の魔力を変質させて体外に放出する〝放出型魔術〟、魔力によって自分の肉体を変質させる〝自己作用型魔術〟、自分の魔力で無機物を変質させる〝授与型魔術〟の三種類だ。人間は基本的にはその三種類のいずれかに適した魔力を持って生まれる。

放出型魔術の適性がある者は攻撃魔術などを使用する「魔術師」として力を付けることが可能であり、自己作用型魔術の適性がある者は身体強化によって強靭《きょうじん》な身体能力を持つ「戦士」として、授与型魔術の適性がある者は魔力を用いた「建築士」や「鍛冶職人」などとしての能力を身に付けることが出来る。

そして、一般的に自分の生まれ持った魔力に適さない性質の魔術は扱うことは出来ない。

魔術の発動に必要なエネルギーの性質が違うようなものだからだ。

例えば、「魔術師」としての適性を持って生まれた者は、「戦士」の適性がある者のような身体強化は出来ない、というようなこと。

勿論《もちろん》、絶対に使用出来ないという訳ではないが、適性のない魔力では極端に習得効率が悪い。例えば、魔術師としてA級の実力があったとしても、身体強化魔術を習得するには数年単位の鍛錬が必要であり、仮に習得したとしても適性がないゆえに戦士としてはD級水準の実力で頭打ちとなる、というようなものだ。そのため、わざわざ身体強化魔術を習得しようとする魔術師などそもそもいない。

だからこそ、「身体強化魔術を使用する魔術師」というのは非常に稀《け》有《う》な存在であり、あらゆる魔術の適性がないにもかかわらず常識外れの鍛錬を続けた結果、全てが低レベルながらも複数の性質の魔術を使用することが出来るシオンは極めて異端な存在だった。

そのようにまるで想定していなかった事態が重なり、エリザはシオンに対して思わぬ苦戦を強いられてしまっていた。

広範囲を爆破させるような強力な魔術は発動まで時間が掛かるため、絶え間なく走り続けるシオンには造作もなく躱されてしまう。

逆に素早く繰り出せるコンパクトな魔術を発動しても、射出した魔術が着弾する前には既にシオンのいるポイントは変わってしまっている。決闘がスタートしてから繰り出した魔術が二十発に迫る中、魔術の種類やタイミングを変えても未だにシオンの被弾数はゼロだった。

「この……ッ!!」

焦りや苛立ちは、エリザの中でだんだんと強まっていく。

魔術で圧倒的な戦力差のあるエリザとの決闘において、シオンの選んだこの戦略はほとんど最適解と言える。

しかし……。最終的に肉弾戦に持ち込める程の距離まで詰めなければシオンに攻撃のチャンスはない。そんな彼もまた、未《いま》だにエリザとの距離をほとんど詰められずにいる。

大きく弧を描くように疾走している間はエリザの攻撃を躱すことは出来る。

「――ッ!!」

しかし、少しでもシオンがエリザとの距離を詰めようとすると、それは瞬時にエリザによって阻止される。

シオンは場内を駆けながら隙を見てエリザへ向かって前進しようとするが、その瞬間に間髪容《い》れずにシオンの前方の地面はエリザの魔術によって爆音と共に爆《は》ぜ、シオンは咄嗟《とっさ》の後退を余儀なくされるのだ。

旋回するように走り続け、前進しようとしては飛び退き、再び弧を描くように駆け出すという、一見一進一退の攻防が繰り返し続いているように見える二人の戦い。

しかし、戦況は徐々にエリザ優勢に傾き始めていた。

「(いつまでもこの私の攻撃から逃げられると思ってんじゃないわよ……ッ!!)」

「(……うっ)」

エリザの繰り出す魔術が、徐々にシオンに切迫し始めたのだ。

先程までシオンが後方に置き去りにするように避けることが出来ていたはずの火の球は、現在では放たれる度にシオンの戦闘服の端を焦がす程の至近距離に迫り、それをシオンは紙一重で躱している状況に変化していた。

たとえ不慣れであろうと次第に感覚を摑《つか》み始め、その場で適応する。

それこそが圧倒的な魔術の才能を持つ者。それこそが、学園序列五位であるエリザ・ローレッドの実力だった。

「(……ここらが限界か)」

どれ程全力で駆け抜けようと、いずれはエリザとの距離を詰めるよりも先に彼女の魔術が自分に直撃してしまうとシオンは悟った。

「(――やるなら、今か)」

突然立ち止まると、シオンは今まで温存していた自身のとっておきの使用を決断した。

十五メートル程離れた位置で足を止めたシオンに対して、エリザは若干不審に思いながら声を掛けた。

「あら、もう追いかけっこは終わり？　言っておくけど、このままノーダメージで降参なんて認めないわよ」

「まだ降参はしないさ。ただ、いい加減埒《らち》が明かないから一気にケリをつけようと思ってな」

「……？……は？　え、ちょっと、あなた、何のつもり？」

淡々とした口調で返すと、シオンはエリザに向かってゆっくりと一直線に歩き出した。

その突拍子もない行動にエリザは困惑し、思わず魔術を繰り出す手が止まった。そんなエリザの様子などまるで意に介さないように、シオンは淡々と歩みを進める。

「……ちょっと、一体何考えてるの？　言っておくけど、これは決闘よ？　そんな無防備な状態を見逃すほど、私は甘くないわよ？」

エリザはそう言うが、実際は彼女は僅かに躊躇《ちゆうちよ》していた。

魔術を繰り出すわけでもなく、ただゆっくりと一直線に歩いてくる格下の相手に対して容赦なく魔術を撃ち込むのは、学園序列五位としてどうなのかと。

だからこそ一度警告を挟んだ。シオンがこれ以上歩みを止めなければ遠慮なく魔術を撃ち込めるように。

願わくば、シオンが戦闘態勢に入ってくれるように。

「……」

しかし、シオンはそんなエリザの言葉には返事もせずただ淡々と歩き続けた。

「……ッ!!　どうなっても……知らないわよッ!!」

自身が折角忠告をしたにもかかわらず、それを無視して歩みを止めないシオンに対してエリザは完全に躊躇を振り払った。

そしてエリザが両の掌《てのひら》をシオンに向けて魔法陣を展開した瞬間、シオンもまた魔術の詠唱を行った。

「限界加速《リミット・アクセル》」――と。

その直後、「獄炎球《アン・ツュンデン・スフィア》!!」というエリザの詠唱と同時に、エリザの前方の魔法陣から巨大な火の球がシオンに向けて放たれた。

轟音《ごうおん》を上げる火の球がその高温で空気を焦がすようにしながら、未だエリザに向かって真《ま》っ直《す》ぐ歩き続けるシオンに対して高速で迫る。

しかし、その「獄炎球《アン・ツュンデン・スフィア》」はシオンに当たることはなく彼の遥《はる》か後方で巨大な火柱を上げた。

シオンはただ、そのままエリザに向かって真っ直ぐ歩いていただけであるにもかかわらず。

「……はっ？」

エリザの目には、まるで火の球がシオンをすり抜けたかのように映った。

勿論、「獄炎球《アン・ツュンデン・スフィア》」が人の身体をすり抜けるなど有り得ない。であれば、シオンが迫り来る火の球を目にも留まらぬ速さで躱したのだろうか。

学園序列五位の実力者であるエリザの目にも映らぬ速度で動くなど、そんなことが可能なのだろうか。

その瞬間エリザの脳裏に過《よぎ》ったのは、先程のシオンの「一気にケリをつけようと思ってな」という台詞《せりふ》。もしかしたらそれは、ただのハッタリなんかではないのかも知れない。自身の目の前で未知数の力を見せたシオンに対して、エリザは一気に警戒度を引き上げた。そして同時に、その計算外の事態に動揺もあった。

彼女はパンツを見られた腹いせにシオンをボコボコにしてやるだけのつもりだった。それがまさか、学園序列五位の自分が僅かにでもC級魔術学生如《ごと》きを脅威に感じようとは、決闘が始まるまでは思ってもいなかった。

「(なんにせよ、この私がCクラスの生徒なんかに負けるなんて万に一つも許されない……!!)」

油断していたでは済まされない。見たことのない魔術だったから対処出来なかったなど、言い訳にもならない。

エリザはその時、目の前のC級魔術学生を自身の全力を以《もっ》て打ちのめすと決断した。

「猛り穿つ旋風矢《ヴイント・シュトウース・シーセン》！」

エリザが繰り出したのは、この決闘中に彼女が使用して来た中で群を抜いて最速の魔術。それは一発で巨大な岩をも粉砕するという非常に強力な威力を持ち、その速度は亜音速に等しいという信じられない速度を持つ風の矢だ。

仮に魔法陣から射出されると同時に瞬きをしようものなら、目を開くよりも早く対象を貫く驚異的な速度。

僅か十メートル程の距離にいるシオンに向けて放たれたその矢は間違いなく命中するはずだった。

だが、しかし。

「ッ！」

先ほどの「獄炎球《アン・ツュンデン・スフィア》」と同様、「猛り穿つ旋風矢《ヴィント・シュトゥース・シーセン》」もまたシオンに当たることはなく、彼の遥か後方の闘技場の壁を大きく損傷させただけであった。

「(この男……!!)」

そして、その瞬間エリザは気付いた。

やはり魔術がすり抜けているのではなく、シオンが高速で躱《かわ》しているのだと。

先程は燃え盛る火の球と重なり認識が出来なかったが、「猛り穿つ旋風矢《ヴィント・シュトゥース・シーセン》」を繰り出した際、一瞬だけシオンの身体《からだ》がブレて僅かに残像を残したのをエリザは捉えた。

「——だったら!!」

自身が持つ最高速の魔術でさえ掠《かす》りもしなかったことに動揺したエリザであったが、すぐに切り替えて次なる魔術を詠唱する。

「滅し穿つ灼熱の猛射《ヴィンディヒ・シュトゥルム・ランツェ》……!!」

エリザは自身の全身を軽く覆う程巨大な魔法陣を展開し、そこから無数の炎を纏《まと》った風の矢を繰り出した。

単発でも強力な「猛り穿つ旋風矢《ヴィント・シュトウース・シーセン》」に炎を纏わせ、まるで降り注ぐ雨の如く放つ「滅し穿つ灼熱の猛射《ヴィンディヒ・シュトウルム・ランツェ》」。風の矢の速度と、灼熱《しゃくねつ》の炎の殲滅《せんめつ》力が合わさった強力な魔術。

エリザ・ローレッドが扱える魔術の中で、間違いなく最強の奥義。

風と炎の属性を合わせたこの高難易度の魔術こそ、二年生でありながらそれがエリザ・ローレッドを学園序列五位に位置付けるものだった。

エリザの髪や戦闘服を激しく靡《なび》かせる程の突風を巻き起こしながら、無数の炎と風の矢はシオンに向かい次々と繰り出される。

──だが、しかし。

「──……ッ!?」

それさえも、シオンには当たらない。

魔術の矢の弾幕の中心にいながら、シオンは歩みを止めない。

ゆっくりと、しかし確実にシオンはエリザとの距離を詰めていく。

無数の魔術の矢はシオンの髪や戦闘服を掠めて焼き焦がすが、肝心のシオンは掠り傷一つ負わない。

エリザの繰り出す無数の風の矢は、シオンの遥か後方の闘技場の壁に尋常でない破壊の痕を刻みつけるばかりであった。

「……!! くッ」

「滅し穿つ灼熱の猛射《ヴィンディヒ・シュトゥルム・ランツェ》」を絶えず放ち続けていたエリザであったが、自身とシオンとの距離が残り僅か二メートル余りとなった時、思わず魔術を止めて大きく後方へ飛び退《の》いた。

──しかし、次の瞬間。

「!!」

エリザは、思わず目を見開いた。

彼女が後方へ飛び退いてその両足が地面に着いた瞬間、シオンは既にエリザの眼前に立っていた。

「………ッ」

そのまま言葉を失うエリザに対して、その眉間に向けて右手の人差し指と中指の二本を構えたシオン。彼は悦に入るでも、勝ち誇るでもなく、ただ淡々とした口調で言い放った。

「──チェックメイトだ」、と。

◆

──「限界加速《リミット・アクセル》」。

それはかつて「比類なき独裁者《クロノス・ディクテイター》」という二つ名でも呼ばれていた魔術。

その概要は、術師の意識、そして動体視力と身体的な動作速度を爆発的に加速させるという術だ。

それを「ただ素早く動けるようになるだけ」と捉えたならば、「身体能力強化魔術」となんら差がないと言えるだろう。

しかし、「身体能力強化魔術」はA級相当の魔力で発動したとしても時速で換算すると二十～三十キロメートル毎時程度しか上昇しない。

それに対して「限界加速《リミット・アクセル》」を発動した術師が疾走した場合、その速度はなんと亜音速に達する。

更に、「限界加速《リミット・アクセル》」により引き上げられた動体視力は放たれた弓の矢でさえ止まっているかの如く術師の目に映す。

それはまさに、人智《じんち》を超越した力。

かつて領土争いの絶えなかった古《いにしえ》の世界で、たった一人の術者によって戦況を支配されてしまうことから「比類なき独裁者《クロノス・ディクテイター》」の二つ名で恐れられた魔術だ。

歴史上でも数える程の使用者しか存在しない、非常に希少な魔力適性を求められる魔術である。

エリザ・ローレッドとの決闘の最中、一之瀬《いちのせ》シオンはその「限界加速《リミット・アクセル》」を発動して迫り来る魔術の悉《ことごと》くを躱してみせた。

一体なぜ、ただのC級魔術学生に過ぎない彼がそのような高位魔術を扱えるのか。

端的に結論を言うなれば、「たまたま運が良かったから」……である。

それぞれの人間に存在する、魔術の適性。

「放出型魔術」の適性を持つ魔術師であっても、その中で更に魔術の属性によって細かく得意不得意が存在する。

例えば、炎、水、風、雷といった基本属性の魔術をA級相当に扱える術師が、土属性の魔術だけは全く扱えない、という場合がある。

逆に、土属性以外の炎、水、風、雷、といった基本属性を全く扱えずとも、土属性だけはA級相当の魔術を扱えるという場合もある。

そのように一見ろくに魔術を扱えないように見える術師でも、生まれ持った魔力の適性によって何か一つだけ並外れた才能を発揮することは決して珍しくはない。

そしてシオンにとっての「限界加速《リミット・アクセル》」こそ、まさにその適性のある魔術だった。

しかし、単純に「生まれ持った適性によって高位の魔術が扱える」と言ってしまえば、非常に幸運なように思えるかもしれない。

事実、それが幸運であることは間違いないが、彼が「限界加速《リミット・アクセル》」を習得するに至るまでの過程は決して楽と言えるものではなかった。

自身の魔術の才能が人並み以下であることを自覚していた彼は、幼少時代から自らに合った魔術を模索していた。

何か一つでも、人に負けない魔術を身に付ける為《ため》に。

彼は必死に魔術の構成や術式を勉強し、途方もない時間を自身に合った魔術を探すことに費やした。彼は数え切れぬ程膨大な量の魔術を一つ一つ丁寧に勉強し、発動を試みた。

しかし、まともに発動出来る魔術はただの一つでさえ存在しなかった。

「次の魔術を扱えたら強いだろう」、「次の魔術ならば、自分は発動出来るかもしれない」。

そういった希望を何度抱いても、それらは全て無残に潰《つい》えた。

努力しても努力しても努力しても、その結果得られるのはいつだって「自分には才能がない」という事実だけであった。

それでも、彼は決して挫《くじ》けなかった。何度絶望を突きつけられようと、どれだけ自分の才能の無さを知ろうと、彼は決して諦めなかった。

諦めない限り、可能性はあると信じていたから。立ち上がり続ける限り、その先に光はあると信じていたから。

——そして、彼は手にした。

どれだけ格上の相手にも通用しうる武器を。

彼のその執念が、決して挫けぬ心が、「限界加速《リミット・アクセル》」という魔術を摑《つか》み取ったのだ。

人生の殆《ほとん》どを魔術に費やすという膨大な時間、その桁外れの執念、驚異的な集中力、それらを以て。

その性質上、発動時は常に術師の意識を極限まで加速させていなければならない程、尋常でない集中力を要する「限界加速《リミット・アクセル》」。それは彼だからこそ習得出来たのかもしれない。

その魔術は、彼が扱える魔術の中で群を抜いて高位の魔術。

一之瀬シオンにとっての、――最強の切り札。

学園序列五位のエリザ・ローレッドとの決闘において窮地に立たされた彼は、その切り札を以て彼女を迎え撃った。

彼女の繰り出す無数の炎を纏う風の矢「滅し穿つ灼熱の猛射《ヴィンディヒ・シュトゥルム・ランツェ》」を、その全てを掠り傷一つ負わずに躱しながら彼女に歩み寄ったシオン。

エリザまでの距離が二メートル余りになった瞬間、思わず魔術を止めて後方へ飛び退いたエリザに対して彼は一気に距離を詰めた。

そして、驚きのあまり言葉を失ったエリザに対して彼は二本の指先を彼女の眼前に向けると、ただ淡々とした口調で言い放った。

「――チェックメイトだ」、と。

だが、その直後――。

「……舐《な》めんなあああッ!!」

吼えたのは、エリザ・ローレッドだった。

眼前に二本の指先を向けただけで勝手に「チェックメイト」宣言をし、温情を掛けているかのように降参を促す彼に対しエリザは激昂《げきこう》した。

「（まだ私は、負けてないッ!!）」

彼女は前方にシオンの上半身程の魔法陣を展開すると「巨人の凍拳《グロース・ツー・フリーレン》!!」と、激情のままに詠唱を行った。

魔法陣から生み出されたのは、氷で作られた巨大な拳。

シオンへ向けて真《ま》っ直《す》ぐに繰り出された「巨人の凍拳《グロース・ツー・フリーレン》」はほぼ密着状態にあった彼の胴体に直撃し、強い衝撃と共にその身体を遥《はる》か後方へ押しやった。

氷の腕は魔法陣から高速で伸び続け、まるで巨大な氷の柱に押し潰されるかの如《ごと》く、シオンは轟音《ごうおん》と共に闘技場の壁に叩《たた》きつけられた。

「ぐぇ」

氷の拳に強く圧迫され、シオンは肺から込み上げてきた空気を吐き出した。

「はぁっ……はぁっ……」

怒りのあまり一気に魔力を込め過ぎたエリザは息を切らした。そして彼女が魔法陣に魔力を注ぐことを止《や》めると、氷の拳は細かく砕け散り、ごく小さな結晶となって消滅した。

体を壁に押し付けていた氷の拳が消滅したことで途端に支えを失ったシオンは、そのまま膝から地面に崩れ落ち、うつ伏せに倒れた。

その一部始終を、非常に険しい表情で見つめるエリザ。

シオンが立ち上がり、驚異的な速度で再び自身の下へ襲い来ることをエリザは警戒していた。

「滅し穿つ灼熱の猛射《ヴィンディヒ・シュトウルム・ランツェ》」を、その全弾を躱《かわ》すという神業をみせた男がこうもあっさり「巨人の凍拳《グロース・ツー・フリーレン》」に当たったのは何か訳があるはずだと彼女は考えている。

恐らく、「巨人の凍拳《グロース・ツー・フリーレン》」程度ならば彼にとって避《よ》けるまでもないと思っての被弾だったのだろうとエリザは予想した。

あの男はまだ何かあるはずだ、わざと「巨人の凍拳《グロース・ツー・フリーレン》」を受けた上で何か仕掛けてくるはずだと。

「――あれ程驚異的な魔術を扱う男が、このまま終わるはずがない」と、全身全霊で警戒しながら壁際で倒れているシオンに注意を向けるエリザ。

しかし、その男はそのままゴロンと転がって仰向《あおむ》けになると、

「――参った、降参だ」

と、まるで小さな旗でも持っているかのように左右に手を振りながら、非常にあっさりと決闘の敗北を宣言するのだった。

◆

「ちょっと！　貴方《あなた》、一体どういうつもりよッ!!」

闘技場の壁際で仰向けに寝転がるシオンに対して、エリザは激しい怒りを露《あら》わにしながら詰め寄った。

エリザの一撃で闘技場の壁に強く叩きつけられ、そのまま地面に倒れ込んで降参したシオン。

それは一見順当な決着のように思えるが、エリザは納得していなかった。あの場でシオンが「巨人の凍拳《グロース・ツー・フリーレン》」を避けることが出来なかったとはエリザには到底思えないからだ。

亜音速の魔術の矢を無数に繰り出す「滅し穿つ灼熱の猛射《ヴィンディヒ・シュトゥルム・ランツェ》」を全て躱すという神業をみせた男が、不意打ちとは言え「巨人の凍拳《グロース・ツー・フリーレン》」程度の魔術を避けられないはずがない、と。

そもそも、エリザにとっては「巨人の凍拳《グロース・ツー・フリーレン》」はただの威嚇のつもりでしかなかった。

「チェックメイト」、と勝手に勝利を宣言したシオンに対する「まだ闘いは終わっていない」という意思表示であり、彼女はあの状況下でシオンに対して本気で魔術を当てるつもりすらなかった。

もし仮に「巨人の凍拳《グロース・ツー・フリーレン》」が当たったとしても、あれ程底知れぬ力を持った人間が簡単にダウンするとはエリザは思ってはいない。

他の魔術を防ぐのならまだしも、「滅し穿つ灼熱の猛射《ヴィンディヒ・シュトゥルム・ランツェ》」の全弾を躱すなど……。この学園内に同じ芸当が出来る人間などまず存在しないだろう。

決闘中、エリザの強力な魔術の数々を前に常に至って平静な様子で戦っていたのも、彼にとっては恐れるに値しないということだったはずだ。実はそれがただの虚勢だったということなど、まさか有り得はしないだろうとエリザは考えている。

今回の決闘でシオンが見せた力の一端から見るに、男の実力はA級か或《ある》いはそれ以上だろうとエリザは確信していた。

——魔術師は体内に保有する魔力量に比例して抗魔力《こうまりよく》という魔術に対する防御力を持つ。魔力量が多い魔術師ほど、魔術の攻撃を受けてもダメージを抑えることが出来る仕組みだ。

エリザから見たシオンの実力は確実にA級以上。だとすれば、抗魔力《こうまりよく》も確実にA級以上であるはず。「巨人の凍拳《グロース・ツー・フリーレン》」一発の被弾で力尽きると彼女が思わなかったのも至って自然なことだった。

しかし予想に反して、その男は「巨人の凍拳《グロース・ツー・フリーレン》」によって闘技場の壁に叩きつけられて地面に倒れ込むと、非常にあっさりと自身の敗北を宣言したのだ。

その淡々とした口調は未《いま》だ男に余裕があるとしか思えなかった。

それらの状況を照らし合わせて、エリザ・ローレッドは一つの結論に至った。

シオンはわざと「巨人の凍拳《グロース・ツー・フリーレン》」に被弾し、余力を残したままエリザに勝ちを譲ったのだと。

「ふざけんな……」

彼女は激情に顔を歪《ゆが》めながらシオンに歩み寄ると、未だ仰向けに寝転がったままの彼の身体《からだ》に跨《また が》り、その胸倉を掴み上げて怒声を上げた。

「あんた、私のこと馬鹿にしてんの!?」

「……何のことだ？」

エリザは憤怒の表情でシオンを睨《にら》みつけるが、対するシオンはまるで表情を変えない。

すると、エリザは更に激昂した。

「とぼけないでッ!!　あんた、今のわざと避けなかったでしょ!!　私の魔術を正面から全部躱しておいて、『巨人の凍拳《グロース・ツー・フリーレン》』が避けられなかったなんて言わせないわよッ!!」

「……いや、どう考えても無理だろう。ほぼ零距離だったぞ、あれ」

シオンはやはり表情を変えることのないまま答えた。

事実、「巨人の凍拳《グロース・ツー・フリーレン》」の魔法陣とシオンはほぼ密着状態にあり、魔法陣から氷の拳が繰り出されたタイミングとほぼ同時にそれはシオンに直撃していた。彼の言い分は理にかなっている。

「あれ程の動きが出来るんだから、私が魔法陣を展開してから魔術を繰り出すまでの時間があれば、避けるには十分だったでしょ……！」

「……確かに、俺があんたの魔術を躱した時に使用していた魔術を発動していたとしたら、避けるのも可能だったことは否定しない。――だけど、もう決着は付いたと思ってその魔術の発動は既に止めていた。もしあんたが決闘を続けようとするにせよ、まさかあそこから魔術を繰り出すとは思わなくて完全に不意を突かれたよ。あれを避けるのは流石《さすが》に無理だ」

「…………ッ!!」

つらつらと喋《しゃべ》る様子はでまかせとしか思えなかったが、その内容自体は合理的であると認めざるを得ず、エリザは言葉を詰まらせた。

……しかし、その直後。

「……じゃあ、なによ」

エリザは鋭い視線をシオンに向けた。

「往生際悪く負けを認めなかった私が悪いって言いたいの……ッ!?」

エリザは自身の非を強く否定するように声を上げた。それが逆ギレであることは彼女自身も重々承知していた。

彼女の渾身《こんしん》の魔術、最強の奥義のその全てを真正面から躱され、余力を残したまま零距離まで詰められた時点でエリザの魔術はシオンに完敗したも同然。彼女の積み上げてきた全ては、シオンの前で完膚なきまでに敗北したと言える。

それを認められず悪あがきをしたという事実は、エリザ自身よく理解していた。

しかし、そのせいでこのように不本意な形で決着となったという事実を彼女は受け入れることが出来ず、それを強く否定するように叫んだのだった。

「自分の往生際が悪かったせいなのか」、と。

「自分が負けを認めなかったのが悪かったのか」、と。

「――いや」

それに対して、シオンは言葉を返した。

「俺にとってこの決闘は勝とうが負けようがなんだって良いんだが……。でもな、負けを認めなかったあんたが悪いっていうのは、……それは違う」

「……っ」

先ほどからエリザに怒鳴られながらも一切平静さを崩さなかったシオンが、唐突にどこか力強い視線をエリザに向けて言い放った。

「どれだけ打ちのめされようと、どれだけ実力の差を突きつけられようと、どれだけ絶望的な状況になろうと。――諦めない限り、負けじゃない」

「……ッ」

彼が紡ぐその言葉には、なぜだか異様な重みがあった。

下から自分を見上げる男の圧力に、エリザは思わずたじろいだ。

「もし俺があんたの目の前に立ったあの瞬間、あのまま魔術を繰り出したとしても、あんたはそれを避けられたかもしれないし、防げたかもしれない。もしくは、当たったところでそれは効かなかったかもしれない。……あの時点では、あんたは間違いなくまだ負けていなかった」

そう言うと、シオンは更に言葉を続けた。

「どれだけ不利な状況だろうと、あんたが負けたと思っていなかったならそれは負けじゃない。俺が一人で勝った気になって、油断したところをあんたが突いた。――だから、この決闘は紛れもなく俺の負けなんだ」

「っ⁉」

淡々と、自身の敗北、そしてエリザの勝利を説明したシオン。

「俺があんたでも同じことをしていたはずだ。まぁ、俺があの時あれで諦めて降参して欲しいと思ったのは事実だが」と、彼は付け加えた。

「何なの、それ……ッ‼　じゃあ、そんだけ偉そうなこと言って、あんたは何であっさり負けを認めるのよ‼　まだ戦えるでしょ‼」

エリザはシオンに対して責めるように言い放った。

「無茶言わないでくれ、これ以上はもう無理だ」

「何が無理なのよ‼　まだ全然余裕そうじゃない‼」

淡々と返事をするシオンに対して、エリザはまるで聞く耳を持たない。

「……口で言うより、実際に見た方が早いな」

そう言うと、シオンはエリザに跨られたまま、上半身部分の戦闘服を脱ぎ始めた。

「はっ!?　ちょ、ちょっと!!　あんた、何でまた脱ぎ出して……」

用具倉庫内でのシオンの暴挙を思い出し、慌てふためくエリザ。……しかし。

「…………え？」

最初は顔を紅《あか》らめながら止《や》めさせようとしたエリザだったが、シオンの上半身のある一部が目に映った瞬間、その顔色は血の気を失い蒼白《そうはく》に変わった。

「なに……それ……」

エリザの視界に映ったのは、右胸部の周辺一帯が異様なほど青黒く変色したシオンの肌だった。

「これね、肋骨《ろっこつ》が折れてる」

そう言うと、シオンは自身の変色した右側の肋骨の辺りを指で押した。

「ほら」と言いながらシオンが指を押し込むと、その指はいとも容易《たやす》く、ミシ……という音と共に、本来なら有り得ない程深く肉体にめり込んだ。

「いてて」

「い、いやああああああああああ!!」

その異常な行動にエリザは絶叫した。

「あ、あんた!!　何やってんの、やめなさいよ!!　ちょ、ちょっと、痛くないの!?」

「肋骨が折れてるんだぞ、痛くない訳がないだろう。正気か？」

「こっちの台詞《せりふ》よ!!　痛いなら止めなさい!!　あんた正気なの!?」

「いや、こうした方が折れてるって分かりやすいかと思って」

「分かった、分かったから!!　今すぐその指離しなさい!!」

エリザが大変切迫した様子で言うと、シオンは「分かってくれたなら良かった」と、言われた通りに指を離した。彼が指を離すと、彼の上半身の一部だけに明らかに不自然な窪《くぼ》みを残した。

「あんた……、やっぱりイカれてるわ……」

エリザが言うように、その異常さこそが彼の本質だった。

全身の骨が一度にへし折れようとも、それは魔術師が「魔力切れ」を起こした際に伴う痛みに比べたら大したものではない。

そんな「魔力切れ」を毎日の鍛錬で何度も繰り返し行っているシオンにとっては、肋骨の数本が折れた程度の痛みであればいつものように平静を装えるものだった。

決して痛覚が麻痺《まひ》している訳ではなく、大声で喚《わめ》きたいほどの痛みを感じた上で平気なフリが彼には出来る。

その並外れた痛みへの耐性を利用し、手っ取り早く肋骨が折れていることをエリザに証明するためにシオンは先程のような異常行動に出た。

「分かったろ。俺はこれ以上戦えないし、こんな致命傷を負った時点でこの決闘は俺の負けだ」

そういう彼は、やはり淡々と自身の負けを主張した。

「負けを認めない限り負けじゃないとは言ったけど、俺はこの決闘に命を懸けてまで勝ちに行く理由がないし、負けを認めるにはもうこれで十分だ。それとも、あんたは俺をボコボコにしたくて決闘を挑んだって言ってたけど、この程度じゃまだ足りないか？」

「………っ」

「(くく、この論理武装……完璧だ)」と内心で満足気なシオンに対して、エリザは言葉を失った。

多少高慢が過ぎる面のあるエリザ・ローレッドだが、それでも最低限の良識は持ち合わせている。

自身が繰り出した魔術により結構な重傷を負った男に対して、まだ決闘を続けろとは言えるはずもなかった。それどころか、

「べ、別にここまでするつもりじゃ……」

と、自身の過剰な暴力の痕跡に動揺を露《あら》わにした。

「パンツ見られたからボコボコにしてやる！」と憤っていても、実際に自分が負わせた惨《むご》

たらしい生傷を少女が目の当たりにすれば、動揺するのも無理はなかった。

「いや、あんたの放った魔術の矢、あれ当たってたら普通に死んでたと思うんだけど」

「馬鹿言わないで、ちゃんと貫通力を調整して当たっても死なないように撃ってたわよ！」

シオンは自身の視界のやや右上、尋常でない破壊の痕が残されている闘技場の壁に一瞬目を向けて「（いや、これ仮に貫通しなくても普通に死んでたんじゃないか……？）」と思ったが、口にはしなかった。

ここで変に口答えをしてエリザを怒らせても得はない、とシオンが考えていたその時。

「……治癒魔術《ヒーリング》」

エリザは唐突にシオンの上半身の患部に手をかざし、回復魔術を発動した。

微《かす》かな黄緑色の光と共にシオンの痛みはみるみる引き、青黒い肌は本来の健康的な色合いに戻っていく。

「……？　何のつもりだ？」

「うるさいっ。黙ってなさいっ」

困惑するシオンに対して一喝すると、エリザは治癒を続けた。

「……応急処置は出来たわ。また折れるのが嫌なら安静にしときなさいよね」

暫《しばら》く回復を続けた後、彼女はそう言って回復魔術の発動を止めた。

「まさか、これでまた決闘を続けろって言うつもりか……？」

「ち、違うわよっ!!　その、ちょ、ちょっとやり過ぎちゃったからって言うか、えっと……」

勢いよく否定した割には続く言葉は弱弱しく。シオンにはよく聞き取れなかった。

「……？　何だ？」

「あーもうっ!!　うっさいわね!!　なに!?　私が治癒したことに文句でもあるわけ!?　ぶち殺すわよ!?」

やや俯《うつむ》いていたエリザは、バッと顔を上げて激昂《げきこう》した。

「……いや……、ないです、殺さないで」

唐突に理不尽な怒られ方をされ、気圧《けお》されるようにシオンは答えた。

するとエリザは、「ふんっ、それで良いのよ」と答えた。

「決闘は……もういいわ。ちゃんとボコボコに出来てスッキリしたし、もう終わりよ」

「土下座と靴舐《な》めは？」

「もうどうでも良いわよ。どうせあんたいま屈辱感もなにもないでしょ」

エリザはそう言うと、シオンから離れて立ち上がった。

「でも、あんたのその余裕たっぷりの態度が気に入らないから、いつかギャフンと言わせてやるわ」

彼女はシオンを見下ろしながら、彼に向かって指を指した。

「ギャフン。これで良いか？」

「良い訳ないでしょ！　馬鹿か!!」

「……やれやれ、面倒は御免被《こうむ》りたいんだが」

「その喋《しゃべ》り方《かた》、すっごくうざいからやめて」

「……やれやれ、参ったな」

「うざいっつってんでしょ!!　やめろ!!」

「……はぁ、もういいわ」と、これ以上このイカれ男と言い合っていても疲れるだけだ、とエリザは結論付けた。

「……帰る」

そう言うと、彼女は闘技場の出入り口に向かってツカツカと歩き出した。

そのまま闘技場から出ていくと思われたが、彼女は途中で一度シオンの方へ振り返った。

「いつか必ずちゃんと決着をつけるから、覚えてなさいよ!!」

と言うと、エリザは出入り口のドアを開き、

「ば――――――か！」

と言い残し、バタン！　と力強くドアを閉めて闘技場から去っていった。

◆

エリザ・ローレッドが闘技場から去り、一人場内に残ったシオン。

彼は壁にもたれ掛かりながら右足を伸ばし、左膝を立てた姿勢で座り込んでいた。

そしてその彼の顔は現在、――滅茶苦茶《めちゃくちゃ》ニヤついていた。

いつものようにクールな表情を作ろうとする、……が、駄目。直《す》ぐに表情筋が緩んでしまい、ニヤけを抑えることが出来ず、つい口角を上げてしまう。

表情を取り繕うことに関しては人一倍優れた技量を持つ彼をその有様たらしめるのは、先程のエリザ・ローレッドとの決闘内容であった。

エリザの一撃に叩《たた》き潰され、シオン自ら降参をした先ほどの決闘。

あの決着こそが、彼が決闘開始前に描いた明確な勝利のビジョンだった。

エリザの魔術を全て躱《かわ》し、いかにもそれが圧倒的な実力の片鱗であるように見せ、その後彼女の魔術にわざとらしく被弾して降参する。

その中でキーとなる条件だったのは、「その気になればいつでもトドメは刺せた」という印象をエリザに持たせる点、そして「パンツを見られた腹いせにボコボコにしたい」という彼女の望みを叶《かな》える為《ため》に彼女の魔術に被弾するという点だった。

更に言えば、ただわざと魔術に被弾するのではなく、彼女が被弾に納得せざるを得ないような状況で被弾することが重要だった。なぜならば、そうしないと話は解決しないから。

もし仮にシオンがわざと手を抜いて負けたとなればエリザは決着に納得せず、事態の収拾には更に時間が掛かり、未《いま》だにシオンを待つレスティアを余計に待たせることになっただろう。

そのような複合的な条件を全てクリアし、シオンは見事に自身が描いたビジョン通りの決闘を演じてみせたのだ。

結果的には負けているものの、この決闘において勝利したと言えるのは間違いなくシオンの方だろう。

魔術師としての才能をまるで持たずに生まれた凡人にも劣る彼が、圧倒的に格上であるエリザ・ローレッドから実質的な白星を手にしたのだ。

それ程までに見事な下克上を達成したとなれば、彼が現在ニヤけ面を抑えることが出来ないのも無理はなかった。

……しかし、実力面では間違いなくシオンはエリザよりも劣っていたという事実は揺るがない。

彼はエリザに対して「その気になればいつでもトドメを刺せた」という印象を持たせようと画策し、その目論見《もくろみ》は見事に成し遂げられた。

だが、「その気になればいつでもトドメを刺せた」というのは事実とは異なり、実際は印象を持たせただけに過ぎない。

「限界加速《リミット・アクセル》」を使用し、彼女の魔術を全て躱して接近した彼はエリザにトドメを刺すことは如何様《いかよう》にも可能だったかのように思えたが、実際にはそれは絶対に不可能なことだった。

なぜならば、彼がエリザに対して「チェックメイトだ」と宣言したあの瞬間、シオンは既に魔力切れを起こしており立っていることもままならないような状態だったからである。

「限界加速《リミット・アクセル》」は非常に強力な魔術であるがその分魔力の消費量も多く、保有する魔力量が少ないシオンがそれを使用できる時間は最大でも十数秒。

また、シオンはまだ「限界加速《リミット・アクセル》」のコントロールを十分に身に付けておらず、発動中は常に肉体に余計な負担が掛かり満足に身体《からだ》を動かすことが出来ない。

「限界加速《リミット・アクセル》」を完璧にコントロールすることが出来れば亜音速に達する速度で自由自在に動き回ることも可能になるが、現在のシオンにはそのような芸当は到底不可能であり、彼は歩行程度の小さな動きしか出来ない。

つまり彼は歩きながら余裕を持ってエリザの魔術を躱していたのではなく、それ自体が、彼の限界だったのだ。

わざと「巨人の凍拳《グロース・ツー・フリーレン》」に被弾したかのように演じて見せたが、魔力切れを起こしていたシオンは実際にはどう足掻《あが》いても避《よ》けることなど出来なかったというのが真実。

先ほどの決闘において、エリザが「滅し穿つ灼熱の猛射《ヴィンディヒ・シュトウルム・ランツェ》」を当てることに最後まで拘《こだわ》らず、シオンとの距離があるうちに遥《はる》か後方へ下がっていたならば、彼は途中で魔力を使い切ってしまいエリザに詰め寄ることは叶わなかっただろう。

もしくは、エリザが根負けせずにあと一秒でも長く魔術の矢を撃ち続けていたならば、彼は今頃ただの肉片となっていたかもしれない。

まずそもそも、シオンが「チェックメイト」を宣言した時点でエリザが冷静に仕切り直して続行していれば、彼はそのまま魔力切れによる醜態を晒《さら》して惨敗しただろう。

彼が自身の描いたビジョン通りの決着に至れたのは、奇跡的なタイミングが折り重なってくれたからに過ぎない。

先の決闘の決着は全てたまたま運が良かっただけである。

それにもかかわらず、彼は決闘後のエリザとの問答でいかにも「わざと負けてあげましたオーラ」を醸し出しながらやり取りをし、現在はエリザとの決闘の全てが自身の掌《てのひら》の上であったと信じて疑わず悦に浸る始末。

自身の持てる限りの力を出し切り渾身《こんしん》の「真の実力を隠している」ムーブをかますことに成功した彼は、未だにニヤけ面を抑えられずにいた……。

◆

「シオン君、やけに遅いですね……？」

学園内の植物学準備室にて、教員のリナ・レスティアは一人ぽつりと呟《つぶや》いた。

彼女は教え子のシオンに授業の準備を手伝って貰《もら》っており、現在は用具倉庫にある器具を取って来てくれるよう彼にお願いしていた。

レスティアは自身も作業を進めながら彼の到着を待っていたが、シオンが用具倉庫から戻ってくるのに妙に時間が掛かっていることが彼女の気に掛かっていた。

「(用具倉庫は確かにここから少し離れていますけど、こんなに時間が掛かるでしょうか……？)」

不思議がるレスティアだったが、学園の用具倉庫には植物魔術の授業で用いる器具以外にも様々な種類の用具が収納されているため、レスティアがシオンに依頼した器具が見つかっていないという可能性は十分にあった。

恐らくはそれが理由で遅れているのだろうと彼女は自分の中で結論付けた。

……実際にはシオンは闘技場にてエリザ・ローレッドとの決闘を行っていたのだが、彼女がそれを知る由はない。

「はぁ、私も一緒に行っておけば良かったなぁ」

と、レスティアは口惜しがった。

彼女にとっては、本来はそれこそが理想であった。

彼女の教える植物魔術の授業で実験を行う際には、生徒の人数分の器具や土、植物の種など、それなりの準備が必要となる。

そのための人手はもちろん必要だが、彼女にとって特に重要なのはシオンに雑用を済ませて貰うことではなく、彼と一緒に準備を進めること。彼と一緒の時間を過ごすこと。

だからこそ、シオンが一人で用具倉庫に器具を取りに行ってしまっているという現在の状況はレスティアにとっては大変好ましくなかった。

この状況に陥ってしまった原因は、先日の一幕。

先日、リナ・レスティアは不慮の事故によってシオンに対して覆いかぶさるように倒れ込んでしまい、互いの鼻先が触れあう寸前の距離でしばらく抱き着いた状態になってしまった。

その時の出来事を先ほどシオンと対面した際に思い出してしまい、レスティアは思わず言葉を詰まらせて顔を赤らめた。

そんな妙な様子のレスティアをシオンは心配したが、彼女は誤魔化しながら咄嗟《とっさ》に用具倉庫に器具を取りに行ってくれるよう彼にお願いした。

その結果、思いの外シオンが戻ってくるのに時間が掛かってしまい、現在レスティアはしょげながら一人で授業の準備を進めることとなっていた。

「はぁ……。私は何で生徒のことをこんなに意識してしまっているんでしょうか……」

その時、レスティアはふと思い改まった。

「……というか、なんで私だけこんなに一方的に意識してるんですかっ！　七歳差ってそんなに気にしますか!?　二十四って、まだ若いじゃないですかっ!!」

そういうと、レスティアは準備室内に置いてある姿見の前に立った。

「昔から植物にしか関心がなかったから気にしていませんでしたが、結構男性から言い寄られることも多いですし、これでも顔立ちは結構良い方……ですよね？」

鏡に映った自分の顔をポジティブに評価するレスティアだったが、客観的にはそれもまだ控えめな評価であり、彼女は紛れもなく特別綺麗《きれい》な顔立ちだった。

「それに胸だって大きい方ですし……。これが当たってても反応しないのって、男の人なら珍しいんじゃないでしょうか……？」

と、彼女は自分で大きさを確かめるように両手で横から軽く持ち上げた。

「それとも、普段の私の女性的なアピールが足りてないんですかね……？　例えば、こうして……」

そう言うと、レスティアはブラウスのボタンを上から三つほど外し、胸の谷間が見えるように開くと、身体を前屈《まえかが》みにしてその胸元を姿見に映した。

「……!!　わっ……。こうすれば、私だって結構――」

……その時だった。

「――失礼します。すみません、遅くなり……」

「…………」

「…………」

……入室してきたシオンと、姿見に映ったレスティアの目がばっちりと合った。

――その直後、シオンは一瞬にして全身を極太の植物の蔓《つる》に縛り上げられ、完全に身動きの取れない状態になっていた。

「先生、待って下さい、本当にやめましょう」

「……大丈夫です、一之瀬《いちのせ》君!! 上手《うま》くいけば今日一日の記憶が飛ぶだけで済むはずですから!!」

「先生、俺は先生の授業で習いました。その手に持ってる液体を飲まされたら一日の記憶が飛ぶ程度では済みません。どうか早まらないで下さい、マジで」

禍々《まがまが》しい色の液体が入った瓶を携えたレスティアの目は、完全に正気を失っている目だった。

「(……やばい、これは本当に殺されるっ!! なんか最近死にかけること多い気がするが、今が一番やばいだろこれ……!!)」

……その後、シオンの必死の説得によってレスティアが正気を取り戻すまでには随分と時間が掛かった。

正気に戻ったレスティアから土下座しながら必死に謝罪されたが、シオンはこの時人生

で一番リアルな死の危険を感じたという……。

◆

……エリザ・ローレッドと決闘を行い、レスティアからも無事解放された日の夜。

シオンはいつものようにCクラス生徒用の実技訓練場で魔術の鍛錬を行っていた。

彼は「限界加速《リミット・アクセル》」を発動し、静止した状態のまま魔力が切れるまで発動を維持する。

彼は十数秒後に魔力切れを起こし、激しく息を切らしながら全身に汗を滲《にじ》ませた。

全身の血管を異常に腫れ上がらせ、魔力切れに伴う全身を襲う激しい痛みに耐えながら地面に座り込むと、ポーションを飲んで魔力の回復を待つ。

魔力が回復したら再び立ち上がって「限界加速《リミット・アクセル》」を発動し、今度は「限界加速《リミット・アクセル》」の状態を維持したまま身体を大きく動かす練習を行う。

再び魔力が切れたらポーションを飲んで回復を待ち、今度は「限界加速《リミット・アクセル》」の発動と解除を素早く繰り返す。

その次は「限界加速《リミット・アクセル》」を発動した状態で別の魔術の発動を試みる、というようなことを続けていく。

一連の行動は全て「限界加速《リミット・アクセル》」を使いこなすための鍛錬だ。

「限界加速《リミット・アクセル》」を初めて発動したその日から、彼は一日も欠かさずに一切の妥協なく鍛錬を続けてきた。

今でさえ見掛け倒しレベルの性能でしかないが、彼が初めて「限界加速《リミット・アクセル》」の発動に成功したばかりの時は全く使い物になるような代物ではなかった。

彼が初めて「限界加速《リミット・アクセル》」を発動させた時には僅か〇・一秒程度しか魔術を維持出来ず、一瞬で魔力切れを起こして気絶した。

シオンは生まれつき「限界加速《リミット・アクセル》」に適応可能な性質の魔力を持っていたが、それはあくまでシオン基準の話。

……彼にとっては、高位の魔術はその有用性によらず発動出来ればそれだけで適性があると言える。

シオンは以前まで数え切れぬ程膨大な量の高位魔術の発動を試みていたが、その一切を発動さえ出来なかった。

そんな日々の中、あるとき商人である彼の両親は国の魔術図書館にさえ置いていないような珍しい魔術本を入手して来た。

それは中身が全て〝竜族語〟で書かれている魔術本だった。

〝竜族語〟――。現在世界中で広く使われている公用語とは異なる、ドラゴンや竜人族という亜人《デミヒューマン》が使用していた独自の言語だ。

竜人族を含めた多くの亜人達《デミヒューマンたち》は元々は人間達とは関わらずに暮らしていたが、長い年月の中で次第に様々な亜人《デミヒューマン》達が人間達と生活を共にするようになり、人間と亜人《デミヒューマン》のハーフ、半亜人《ハーフデミ》と呼ばれる人々も増えていった。

それに伴って人間達は亜人《デミヒューマン》達固有のものだった魔術や文化の多くを継承した。

竜人族は魔術の扱いに優れ、固有の魔術をいくつも持っており、人々がそれらを継承すると公用語に翻訳した魔術本を多く作った。

しかし、当時の竜人族に使い手がいなかった魔術や継承できる人間がいなかった魔術は公用語での魔術本が作られることはなく、竜族語でのみ書かれた魔術本が残った。

その内の一つが「限界加速《リミット・アクセル》」の魔術本であり、シオンの両親が入手したものであった。

その魔術の発動を試みるにはまず竜族語を覚えることから始めなければならないという途方もないものだったが、シオンは両親からその魔術本を与えられると迷わずに竜族語の勉強を始めた。

竜の血を持つ一族が作り上げた固有の魔術。古くに忘れ去られ、現在では誰一人として使い手がいないかもしれない魔術。

「もしかすると現代では一之瀬シオンだけが使える固有の魔術になるかもしれない」というそれらの事実が、彼を異常なほど滾《たぎ》らせた。

――「自分だけの切り札」、これほどシオンを震わせる響きは他になかった。

彼は両親の協力の下で竜族語を覚えながら「限界加速《リミット・アクセル》」の魔術本を解読してその構成と術式を覚えた。

初めから発動が出来た訳ではないが、彼は何千回と発動を試み、その末に「限界加速《リミット・アクセル》」の発動に成功した。

それでも、その結果発動出来た時間は僅か○・一秒。

身体《からだ》に強い負担が掛かり、微動だにすることが出来ないまま○・一秒が経過し、すぐに魔力切れ。

彼が膨大な時間を捧《ささ》げた魔術は、到底使い物になるような代物ではなかった。

一般の魔術師であれば「この魔術は自分に向いていない」と、即切り捨てるであろう悲惨さだった。

しかし、シオンは違った。

無数の魔術を必死に勉強しても発動さえ出来なかった彼が、たとえ使い物にならないレベルであろうと「限界加速《リミット・アクセル》」は発動することが出来た。

その事実を受けて、彼は「これこそが自分の切り札になる」と確信したのだ。

初めて発動に成功した日から、彼は一日も欠かさずに「限界加速《リミット・アクセル》」の鍛錬を続けて来た。

いつの日か、それが本当に自分の切り札になると信じて。

本日行われたエリザ・ローレッドとの決闘では、シオンはあくまでエリザの魔術を避《よ》けることしか出来ず、結果を見れば紛《まが》うことなき彼の惨敗であった。

エリザ・ローレッドは、シオンにとっては千回戦えば必ず千回負ける相手。

才能から魔力から何まで、全てに絶対的な差のある相手。

しかし、「限界加速《リミット・アクセル》」は間違いなくエリザ・ローレッドの切り札である「滅し穿つ灼熱の猛射《ヴィンディヒ・シュトウルム・ランツェ》」を上回っていた。

シオンが積み上げてきた努力は、磨き上げてきた刃《やいば》は、確実に彼女の喉元に届きつつあった。

もしあと数秒長く「限界加速《リミット・アクセル》」を発動出来ていたら、もし「限界加速《リミット・アクセル》」を発動しながら別の攻撃魔術を繰り出せたら、もっと上手く「限界加速《リミット・アクセル》」を使いこなせていたら、……もしかしたら、彼女に一太刀浴びせることが出来たかもしれない。

「限界加速《リミット・アクセル》」は、シオンがA級魔術師を超える可能性を十分に秘めていた。

——やはり自分が選んだ魔術は間違っていなかったと、シオンは確信した。

魔術の才能のない彼は、学園内の誰よりも努力しているが、その内の誰よりも成長が遅い。

長い年月を掛けて、尋常でない鍛錬を続けても、それでも「限界加速《リミット・アクセル》」発動中は十数秒間歩くだけで精一杯。

しかし、どれだけその歩幅が小さくとも、彼は常に前進を続ける。

彼は、決して立ち止まらない。
いずれは自分が最強の魔導剣士になれると信じて疑わない。
だからこそ、彼は今日も明日以降も日々の鍛錬を重ねていく……。

八話　エリザ・ローレッド

クロフォード魔術学園の第一演習ルームにて、二年Aクラスの生徒達は授業で模擬試合を行っていた。

八つ展開されている試合用フィールドの内の一つで向き合っている、二人の女子生徒。

一人はAクラスに所属する学園序列五位のエリザ・ローレッド。

そしてもう一人、彼女と向き合うように立つのは幻想的とも言えるほど美しい銀髪の少女。

「(──今日こそ勝つわ)」

敵意を剝《む》き出しに睨《にら》みつけるエリザとは反対に、見る者全てに冷たい印象を与えるような、感情をまるで感じさせない表情で佇《たたず》む銀髪の少女の名は、ユフィア・クインズロード。

クロフォード魔術学園では優秀な生徒に対して特別に優れていることを証明するA級の称号が与えられる。

そんな中、A級の範疇《はんちゅう》、そして魔術学生としての領域を遥《はる》かに超越した生徒にのみ特例として〝S級〟の称号が与えられることになっている。クロフォード魔術学園においては、これまでの学園史上でも僅か三人にしか与えられていない称号だ。

そして、実技試験において学園が始まって以来初めて基本属性でオールSの評価を叩《たた》き出し、議論の余地なくS級魔術学生の称号を与えられた傑物がいる。

それこそ、現在エリザと向き合う銀髪の少女、ユフィア・クインズロードだ。

彼女こそが現在のクロフォード魔術学園の学園序列一位であり、未《いま》だかつてエリザが一度も勝利したことのない相手である。

「いくわよ!!」

「……ええ」

強い口調で言い放ったエリザに対し、ユフィアは無表情のまま、ごく冷静な様子で答えた。

「滅し穿つ灼熱の猛射《ヴィンデイヒ・シユトウルム・ランツエ》!!」

「暴虐の碧水龍《グラオザーム・シユトルーデル》」

先手を取れるようにエリザはすぐさま詠唱を行い、ユフィアに向かって無数の炎を纏《まと》った風の矢を魔法陣から繰り出した。

対するユフィアは非常に淡々とした様子でやや遅れ気味に紺碧《こんぺき》色の魔法陣を展開し、龍を象《かたど》った巨大な水の魔術を魔法陣から放射した。

巨大な岩をも粉砕する無数の魔術の矢を真正面から受け、被弾した表層から飛沫《しぶき》を上げながらも水の龍は勢いを落とさずに轟音《ごうおん》を響かせながらエリザに迫る。

「くっ……!!」

間近に迫った水の龍に抵抗する為《ため》に、エリザは歯を食いしばりながら更に魔法陣に魔力を注ぐ。

「……はあああああっ!!」

エリザの咆哮《ほうこう》に呼応するように矢の弾幕は威力を上げ、それに塞《せ》き止められるかのように水の龍は勢いを落とした。

「……」

だが直後に水の龍はその口を大きく開き、まるで吼《ほ》えているかのような轟音を上げると、その口で全ての矢を飲み込みながら再び勢いを増してエリザに迫った。

「……ッ!!」

エリザは更に魔力を込めて対抗しようとしたが、それも虚《むな》しく巨大な水の龍に飲み込まれてそのままフィールドの障壁に叩きつけられた。

「……かはっ!」

障壁に追突した衝撃に耐え切れず、肺から込み上げてきた息を吐き出したエリザはそのまま地面に倒れ込んだ。

しかし、歯を食いしばりながらエリザはすぐに腕を支えに上体を起こす。

「まだ……負けてない……ッ!!」

「……」

　その様子を、ユフィアはやはり無表情のまま見つめる。

　エリザはフラフラと立ち上がりながら、力なく腕を上げて魔法陣を展開する。

　彼女はそのまま試合を続行しようとしたが、

「もう終わりですよ、エリザさん」

　と、模擬試合の監督を務める教師に背後から声を掛けられて止められた。

「……！」

「今、ユフィアさんはいつでもトドメを刺せる状況でした。エリザさんの負けです。次のペアが控えていますから、フィールドを交代して下さい」

　試合を止めに入った監督教師はエリザにフィールドからの退出を促す。

「まだ終わってません！　私は戦えます！」

「いいえ。模擬試合の監督者として、これ以上の試合の続行は認められません。疲弊した状態での試合は通常時より遥かに大怪我《おおけが》の可能性が高くなりますからね。模擬試合の授業はこれからもありますし、そもそも勝ち負けに拘《こだわ》るものでもないのですから。今日はこれで切り上げて下さい」

「……っ」

強く反発してきたエリザに対して、教師は諭すように言った。

少々気持ちが昂《たか》ぶっているエリザとは反対に酷《ひど》く冷静な態度の教師に対して、これ以上抗議したところで試合の続行は認めて貰《もら》えないとエリザは悟った。

「……分かりました」

ユフィアに対して一言「ありがとうございました」と模擬試合後の挨拶をし、悔しさを嚙《か》みしめるように俯《うつむ》きながらフィールドから退場した。

続いてユフィアも無表情のまま「こちらこそ、ありがとうございました」と言い、フィールドから退場した。

模擬試合のフィールドから出ると、エリザの方にチラチラと視線を向けながら、ヒソヒソと小声で会話をしている数人組の女子生徒達《たち》の姿がエリザの目に映った。

「……煩わしいわね、ホント」

決してその声が聞こえる訳ではないが、エリザにはその女子生徒達の会話の内容は大方予想がついていた。

「エリザさん、毎度よくやるよね」「ユフィアさんに勝てる訳がないのに」「ユフィアさんとじゃ、根本的に才能の差があるのが分からないのかしら」「エリザさん、プライドだけは高いっていうか」「あんなに必死になって、何だか哀れよね」、などと言っているのを偶然耳にしたことがあった。

恐らく今回も「エリザさん、またやってるわよ」などといった、エリザを哀れむような、蔑むような内容の話をしているのだろうとエリザには容易に想像が出来た。

外野に好き勝手言われるなどエリザにとっては非常に屈辱的なことであったが、彼女はそれを甘んじて受け入れていた。

彼女達に何か言い返したり、彼女達と今から模擬試合を行って力の差を思い知らせたりすることは容易《たやす》い。

しかし「そんなことをしたところでユフィア・クインズロードに勝てないという現状は変わらない」と自分に言い聞かせ、いずれユフィアに勝つことで彼女達を見返してやるのだと固く誓っている。

怒りをぶつけるように演習ルームの的に魔術を繰り出し続けているうちに監督教師が授業終了を告げたので、エリザは演習ルームから退出し、更衣室へ向かった……。

一年生の頃のエリザは、いつも今回のようにユフィアと模擬試合をしては決着を認めず、強引に試合を続行しようとしては監督教師に止められていた。

学園に入学するまでは稀代《きたい》の天才魔術師と言われていた自分が、同世代の生徒に負けるということが許せなかったからだ。

魔術師の名門ローレッド家に生まれ、小さな頃から周りの子達や大人の魔術師さえもを魔術で負かし、天才魔術師であるという強い自負を持っていたエリザ。しかし、彼女は学園に入学して初めて同世代の人間に魔術で敗北した。

初めはその現実を受け入れることが出来ず、それまで以上に魔術の鍛錬を行い、ユフィア・クインズロードに勝利しようと意地になっていた。

しかし、どれ程努力しようとユフィアとの差は開くばかりであった。

入学から一年が経《た》ち、二年生になった頃には、彼女は強引に模擬試合を続行しようとはしなくなっていた。

周りが言うように、自分とユフィア・クインズロードとではそもそも持って生まれた才能が根本的に違うのだと、彼女は徐々に受け入れられるようになっていたのだ。

ユフィアという本物の天才の前には自分など凡才に過ぎないということを、エリザは認めざるを得なかった。

どれだけ努力しようと、自分は決して彼女に追いつくことは出来ない。これ以上、決して越えられぬ壁を前に躍起になっても仕方がない、と。

近頃のエリザはユフィアに勝利することを諦め、彼女との才能の差を受け入れ始めていた。

しかし、エリザは最近になって再びユフィアに追いつこうと足掻《あが》き始めた。

きっかけは、先日エリザと決闘を行ったある男の言葉だった。

『どれだけ打ちのめされようと、どれだけ実力の差を突きつけられようと、どれだけ絶望的な状況になろうと。――諦めない限り、負けじゃない』

常にふざけた様子の男だったが、その言葉にだけは異様な重みがあり、エリザの中に反響するようにこびり付いていた。

なぜかは分からないが、男の言葉からはとてつもなく強い意志が感じられた。

彼の言葉が不気味なほど自分の中で繰り返される中で、エリザはかつて自分がユフィア・クインズロードに勝つために必死になっていた日々の想《おも》いを思い起こした。

――もう少しだけ、足掻いてみよう。

エリザにとっては非常に癪《しゃく》であったが、彼女がその男の言葉によって再び強い闘志を取り戻したのは揺るぎ無い事実であった。

それからの彼女は以前にも増して魔術の鍛錬を行い、再びユフィアを超えようと努力を始めた。

だが、本日の模擬試合で自身の全力をユフィアにぶつけたが、その全ては軽く蹴散らされた。それに対して、エリザはユフィア・クインズロードとの間にある絶対的な才能の差を前に、再び挫折しそうになっていた。

「(やっぱり、ユフィアは強い……。どうしたって、結局彼女に勝つことなんて……)」

……決して、エリザの意志が弱い訳ではない。

再び取り戻した闘志をいとも簡単に挫《くじ》くほど、ユフィア・クインズロードの実力は圧倒的なものだった。

どこまでも底が見えず、自身がどれほど努力をしようとも決して辿《たど》り着けない領域だと認めざるを得ないような才能の差を、エリザは改めて痛感した。

魔術の才能があるからこそ、エリザにはその実力差が嫌というほど分かってしまう。

僅かに俯きながらエリザが更衣室へ向かって廊下を歩いていると、向かいから歩いてきた一人の男子生徒の姿が目に映った。

エリザは、「あ」という言葉と共に顔を上げて足を止めた。

それに続くように、黒髪の男子生徒がエリザに気付いたように立ち止まった。

◆

「あ」

「(……げ)」

シオンが次の授業が行われる教室に向かう為に廊下を歩いていると、向かいから歩いて来ていた一人の女子生徒が自分を見て立ち止まったことに気が付いた。

その女子生徒に見覚えのあったシオンは一瞬つられて立ち止まったが、まるで何事もなかったかのように女子生徒の横を通り抜けようとした。

……だが、しかし。

「ちょっと、待ちなさいよ。なに無視してくれてんの」

「うっ」

その女子生徒、エリザ・ローレッドに制服の背中の部分をガシッと摑《つか》まれながら呼び止められた。

突然制服を引っ張られたことで若干バランスを崩しつつ、シオンの足は止まった。

「挨拶くらいしたらどう？」

「……ああ、お疲れ」

「(別に挨拶するような仲じゃないよな……)」と思いつつもエリザの方に振り向いて返事をし、「じゃあ、これで」と再び踵《きびす》を返して歩き出した。

「ちょ、ちょっと待ちなさいよ！」

「むっ」

エリザは焦った様子で言い、再び制服を摑んでシオンを呼び止めた。

「……俺に何か用か？」

「あ、いや……。別に、用があるって訳じゃないけど……」

「悪い、別に怒ってる訳じゃないが……。ただ、用がないならもう行くぞ」

「い、いえ……。こっちこそ、悪かったわね……」

エリザはバツが悪そうに言った。

彼女に摑まれていた服をそっと解放されたシオンは、向き直って再び歩き出した。

しかし、暫《しばら》くして二人の距離が開いた所で、

「あ、や、やっぱり用はあるわ！　待って！」

と、エリザはシオンを追って来た。

「（まずいマズイまずい。どうやって逃げようか……？）」

彼女から「また決闘をしろ」などと言われては堪《たま》らないと思ったシオンは、どうにか口実を作って彼女とのやり取りを切り上げようとした。

現在、彼にとってエリザ・ローレッドは最大の警戒対象。

シオンが彼女と関わると、再び何かの拍子にボコボコにされてしまうという可能性と、不意にシオンの魔術の才能の無さが露呈して先日の決闘で折角カッコ良く決めた「真の実力を隠しているムーブ」が台無しになってしまうという二つの危険性が常に付きまとってしまう。

特に、後者の方はシオンにとって絶対に避けたいことだった。……しかし。

「……！」

極力彼女と関わらない為《ため》に上手《うま》いこと言い逃れようとしたシオンだったが、振り向いた彼の目に映ったエリザの表情はとても真剣で、どこか思いつめたような眼差《まなざ》しをしていた。

「……どうした」

彼女の真剣さを察したシオンは、エリザの呼び止めに応えた。

「その……。あんたに、聞きたいことがあるの」

「……俺に答えられることなら」

シオンはエリザに問いを促した。

「あんた、私に言ったわよね。『諦めない限り、負けじゃない』って」

エリザは意を決したように一呼吸置いてシオンに問うた。

そう聞かれたシオンは、先日の決闘を思い出し、「（そう言えばそんなことも言ったか）」

と振り返った。

「……ああ、言ったな」

「なら、諦めなければ、どんな相手にもいつかは勝てると思う？」

「当たり前だろ」

「…………っ」

エリザからの問いに対して、その肯定に一切の躊躇《ちゆうちよ》は無かった。

たったの一言であるにもかかわらず、その言葉に込められた重みに対してエリザは僅かな動揺を露《あら》わにした。

「じゃ、じゃあ、あんたは私の実力は知ってると思うけど、もし、諦めなければ……」

僅かな逡巡《しゅんじゅん》が見られたが、エリザは意を決したように言葉を続けた。

「私でも、ユフィア・クインズロードに、学園最強の彼女に、勝てると思う……？」

――ユフィア・クインズロード。

学園の歴史上でも僅か三人しかいないS級魔術学生であり、二年生にしてクロフォード魔術学園の学園序列一位の生徒。

誰もが認める天才魔術師であり、最強の魔術学生。

常識的に考えて、A級止まりのエリザがユフィア・クインズロードに勝つことなど、どんな奇跡が起きようとも有り得る訳がない。

きっと、世界中の魔術師の誰もが口を揃《そろ》えてそう言うだろう。

エリザ自身、それは良く分かっていた。

だが、本心を言えば、エリザは目の前の男だけは「勝てる」と答えてくれることを期待していた。先日の決闘の時のように、エリザはシオンの言葉を聞けばまた奮起出来るかもしれないと。

あれほど底知れない不屈さを感じさせた男であれば、あるいはと。

しかし、目の前の男子生徒はエリザの実力を知っている。

あれほどの実力者であれば、自身とユフィア・クインズロードとの力の差、それがどれほど努力しようと決して埋まらないものであるかはエリザ以上に分かっているだろう。

もしかしたら、この男でも「流石《さすが》にそれは無理だ」と答えるかもしれない。

それを想像した瞬間、エリザはその回答を聞くことを本能が拒否しようとしているのを感じた。その言葉を聞いてしまえば、もう二度と立ち直れないような気がしたから。

それと同時に、エリザは無意識にその言葉を求めている部分もあった。「ユフィア・クインズロードには絶対に勝てない」という現実を受け入れようと、ここで諦めを付けようと心のどこかで思ってしまっていた。

──僅かに身体《からだ》を震わせるエリザに対して、シオンはすぐにその問いに言葉を返した。

「なにを言ってるんだ？」

「……っ」

その言葉とシオンの表情は、「分かりきったことを聞くな」と、言外に語っていた。

「そう……よね……。今のは忘れて──」「そんなの当たり前だ」

エリザは声を震わせながら言おうとしたが、それはシオンの言葉に遮られた。

「──……え？」

「相手が誰であろうと、勝つまで闘い続ければいずれ勝つ。当然のことだ」

彼は、堂々と言い放った。

「え、え……？」

「ん？　何かおかしいこと言ったか？」

目を丸くするエリザに、シオンは不思議そうな顔を向けた。

シオンの言葉は紛れもない本心だ。エリザの真剣な目を見て、シオンは彼女の言葉に真っすぐ向き合わなければならないと感じた。だからこそ自分が当たり前だと思っている考えを真剣に答えた。それに驚いた様子のエリザが、シオンには不思議に思えたのだった。

「いや、おかしいもなにも……」

――そんな理屈、滅茶苦茶《めちゃくちゃ》よ‼　なんの根拠もない‼　エリザはそう思った。

だが、目の前の男の顔は至って真剣。決して茶化そうとしているわけではなく、心の底からそう思って言っているということがエリザには嫌というほど伝わった。

そもそも、初めにその回答を期待していたのはエリザ自身だ。エリザはシオンの返事に対して突っ込みたい気持ちを堪《こら》えた。

……よく分からないが、この男ならどんな壁が立ち塞がろうと、歩みを止めることは決してないんだろうとエリザは感じた。

たった一度決闘を行っただけで買い被《かぶ》り過ぎている気もしたが、彼女はなぜかそう確信したのだった。

「いえ……、分かったわ。答えてくれてありがとう」

「ああ」

「じゃあ、もう一つ聞きたいんだけど」

エリザは質問を続けた。

「なんだ？」

「もしあんたに夢があって、それが絶対に叶《かな》わないと分かっていても、あんたは諦めない？」

「ああ、勿論《もちろん》。絶対に叶わないという程度のこと、夢を諦める理由にはならないな」

シオンは、やはり一切の躊躇なく答えた。

「……そう」

そう答えるであろうことは予想できていたかのようにエリザは返事をした。そして、彼女は質問を重ねた。

「でも、絶対に叶わないって分かってる夢を追うなんて、滑稽で、哀れで、愚かなことだとは、思わないの……？……きっと、周りの人達《たち》にも馬鹿にされ続けるわ」

それを口にした時、現在の自分と重ね合わせ、胸が苦しくなるのをエリザは感じた。

「自分の夢を追うのに、周りなんか関係ないだろ」

どこか悲痛な表情を浮かべるエリザに問われたシオンは、ごくあっさりと答えた。

「もし、叶わない夢は見ないことが賢い人間だとするなら、――――俺は馬鹿で良《い》い」

「――――!!」

シオンは、エリザに対して一点の曇りもない眼差しを向けた。

「必死になって努力して、足掻《あが》いて、もしそれを笑う奴《やつ》がいようが、――そんな奴よりも夢を追う馬鹿の方が、遥《はる》かにカッコいいと俺は思う」

「……っ」

それを聞いたエリザは暫く言葉を失った様子だった。

「……そう、分かったわ」

数秒経《た》って、ただそれだけの言葉を発するとエリザはシオンに対して背を向けた。

それを見たシオンはもう彼女の用は済んだと思い、「じゃあ」と言い残し、その場を離れようとした。

しかし、その直後。

「絶対に……ッ!!」

と、エリザが言葉を発した為、シオンは立ち止まった。

シオンが振り返ると、エリザは背を向けたままであった。その状態のまま、エリザは言葉を続ける。

「いつか、絶対にユフィア・クインズロードに勝つわ……ッ!!」

そう言うと、「そして、もし彼女に勝てたら」と言いながらシオンの方に振り向いた。

「その後は、必ずあんたとの決着も付けさせて貰《もら》うから……!!」

エリザは目元と鼻先を赤くしながらシオンに向けて人差し指の先を向けると、「覚えておきなさいよね!!」と言い放った。

「……ああ、楽しみにしておく」

「ほんと、その余裕がムカつくわね……」

はぁ、とため息を吐《つ》くとエリザは少し真剣な眼差しをシオンに向けた。

「ねぇ、あと一つだけ聞いても良い？」

「なんだ」

「……あんたって、一体何者なわけ？」

「……この制服見れば分かるだろ」

そういうと、彼はどこか得意気な笑みを浮かべた。

「俺は、ただのＣ級魔術学生だ。……じゃあな」

そう言うとシオンはエリザに背を向けた。そして、そのまま片手を軽く上げ、ひらひらと手を振りながら歩き出した。

「……っほんと、ムカつく男ね」

その後ろ姿を目で追うエリザの中には、強い決意が生まれていた。

……いつか必ず、ユフィア・クインズロードに勝つ、と。

どれだけ打ちのめされようと、どれだけ実力の差を突きつけられようと、どれだけ絶望的な状況になろうと、もう二度と挫《くじ》けない、立ち止まらない、と。

——決して諦めない、と。

シオンの後ろ姿が完全に見えなくなると、エリザは自身の目元を制服の袖で拭った。
◆

エリザとシオンとの決闘から数週間後、エリザは再び授業で模擬試合を行っていた。

エリザ・ローレッドの対戦相手は先日と同様、ユフィア・クインズロード。

エリザはここ数週間弛《たゆ》まず魔術を磨いて来たが、その試合の結果は以前と同様、エリザの惨敗であった。

以前の模擬試合と全く同じように、エリザの繰り出した渾身《こんしん》の魔術の全てをユフィアの「暴虐の碧水龍《グラオザーム・シュトルーデル》」という龍を象《かたど》った水の魔術に蹴散らされ、最後はエリザ本人がその魔術に飲み込まれてフィールドの障壁に叩《たた》き付けられた。

そのまま地面に倒れ込んだエリザに対して、ユフィアは完全に戦闘態勢を解いて冷たい表情でエリザを見つめるだけだった。

しかし、エリザは、

「まだよ……ッ。まだ、終わってないわ……!!」

と言いながら立ち上がり、ユフィアに向けて魔法陣を展開した。だが、

「エリザさん、もう終わりですよ。貴方《あなた》の負けです。次のペアにフィールドを譲ってあげてください」

以前と同様に、やはり模擬試合の監督を務める教師が止めに入った。

キッ、と睨《にら》みつけるように振り返ったエリザに対して、監督教師は「(……またか)」と思ったが、

「……お願いします、先生。まだ、続けさせて下さい」

「……！」

これまでとはどこか違った様子でエリザは言った。

以前までの駄々をこねるかのような様子とは違い、その目は監督教師がこれまで見たことがないほどの真剣さを帯びていた。その様子に監督教師は少し面食らっていたが、再びエリザに声を掛けた。

「……駄目です、認められません。何も、私だって意地悪で止めている訳ではないんです。これ以上続けるとエリザさんが危険だと判断したからであって……」

「お願いです先生、どうか、続けさせて下さい……!!」

「……っ」

諭すように言う教師に対して、それを遮るようにエリザは懇願した。

フィールドの外ではクラスメイトの女性生徒達がエリザを横目に何かヒソヒソと話して

いるのが見えたが、エリザはそんなことなど気にもしなかった。

エリザの中にあったのは、まだ諦めたくない、まだ試合を続けたいという強い意志。

その確かな思いは監督教師に十分伝わった。

「……貴方の真剣さは良く分かっています。ですがやはり、これ以上は危険なので……」

それでも、模擬試合の監督者としてやはり試合の続行は止めるべきという判断は変わらなかった。

「私からもお願いします、先生」

「え、ユ、ユフィアさん!?」

「ッ!!」

エリザと教師の間に入ってきた生徒に、監督教師とエリザは驚きの表情を浮かべた。

いつの間にか二人の側《そば》に来ていたユフィア・クインズロードに監督教師は思わず驚きの声を上げ、エリザも大いに動揺した。

そんな二人の様子には構わず、ユフィアは言葉を続けた。

「お願いします、試合を続けさせて下さい」

「で、ですが、ユフィアさんのお願いでも、安全性を考慮すると、やはり試合の続行は……」

「大丈夫です。何があっても、彼女の安全は保障します」

「……ッ」

相変わらずの無表情で試合の続行の許可を求めるユフィアに対して、なおも試合の続行を止《や》めさせようとする監督教師だったが、最後のユフィアの宣言を受けて自分の判断を改めて考え直した。

Ｓ級魔術学生のユフィア・クインズロードが安全だと言うのなら、彼女が手加減するにせよ直撃前に魔術を止めるにせよ、ほぼ間違いなくエリザの安全は守られるはずだ。

「ユフィアさんがそこまで言うなら、分かりました。試合の続行を認めます。ただし、私がフィールド内で立ち会い、もし危険そうなら止めに入りますからね」

その条件を付けた上で試合の続行を認め、監督教師はフィールド内に監督者立ち会い用の障壁を用意する為《ため》にフィールドの中央へ向かった。

「どうして……」

教師が少し離れた後、突然話に介入してきたユフィアに対して驚きを隠せない表情でエリザは問いかけた。

ユフィア・クインズロードという人物は常に無表情で誰とも関わろうとせず、入学から一年以上経った今でも授業で必要な時以外は誰も彼女の声を聞いたことがない程である。

それに、エリザはまだしも、ユフィアに模擬試合を続けるメリットなどないはずだ。

そのため、彼女がこのような行動を取ることがエリザには信じられなかった。

これまでも同じような状況はいくらでもあったにもかかわらず、一体どうして今回に限って……。と、エリザの頭の中は疑問に溢《あふ》れていた。

そんなエリザの問いかけに対して、ユフィアは答えた。

「――今のあなたの眼《め》が……。……私がこの世界で一番尊敬している人に、似ているから」

「……？」

そう答えたユフィアの表情はいつものように無表情だったが、エリザにはそれがどこか嬉《うれ》しそうな顔をしているように思えた。

その後、「よく分からないけど、取り敢《あ》えず礼を言うわ。遠慮なく、全力で行かせてもらうわね」とエリザは気合を入れ直して試合を再開したが、結果はやはりエリザの惨敗であった。

その日は流石《さすが》にそれ以上試合は続けなかったが、彼女は次の授業からもユフィアとの試合を行い続けた。

エリザ・ローレッドは、それから何度ユフィア・クインズロードに打ちのめされようと、どれ程才能の差を突きつけられようと、決して諦めることはなかった。

それがどれだけみっともなくとも、惨めでも、周りから笑われようとも。

もう二度と挫けはしないと、彼女は一人のC級魔術学生の言葉を胸に挑み続けた――。

九話　アルフォンス＝フリード

魔術学園内の第一演習ルームにて、二年Ａクラスの生徒達《たち》は模擬試合を行っていた。

演習ルームに八つ用意されている模擬試合用のフィールドのうちの一つ、他の生徒とは明らかに一線を画する規模の戦闘を行っている二人の生徒がいた。

一人はユフィア・クインズロード。学園序列一位のＳ級魔術学生である。

もう一人はアルフォンス＝フリードという名の学園序列二位の男子生徒であり、ユフィアと同じく学園史上僅か三人しか存在しないＳ級魔術学生の一人である。

現在、学園内で二人のみのＳ級魔術学生同士であり、学年だけでなく学園内全体でもそのまま一位と二位の実力を誇る二人の模擬試合。それは、まさに他のＡクラスの生徒とは次元の異なるものであった。

「暴虐の碧水龍《グラオザーム・シュトルーデル》」

フィールド内にて、龍を象った巨大な水の魔術を放射した銀髪の女子生徒、ユフィア・クインズロード。

「巨人の雷拳《グロース・ツー・ヴォルト》ッ」

対面するユフィアと同時に詠唱を行い、魔法陣から巨大な拳を象った雷の魔術を彼女に繰り出したのは金髪の男子生徒、アルフォンス＝フリード。

繰り出された水の龍と雷の拳は両者の中間地点で勢いよく衝突した。それに伴う衝撃波は二人の髪や戦闘服を大きく靡《なび》かせ、大地を震わせる程の轟音《ごうおん》をフィールド内に響かせた。

「はあっ!!」

始めはユフィアの繰り出した「暴虐の碧水龍《グラオザーム・シュトルーデル》」がやや押し気味であったが、アルフォンスの掛け声と共に、更に魔力を注ぎ込まれた「巨人の雷拳《グロース・ツー・ヴォルト》」は強烈なプラズマ音を上げながら威力を増し、水の龍を押し返した。

それに対抗するようにユフィアも更に「暴虐の碧水龍《グラオザーム・シュトルーデル》」に魔力を注ぎ込んで雷の拳を押し返し、再び両者の中間地点で拮抗《きっこう》状態となる。

両者が相手の魔術を押し返す為に自身の魔術に魔力を籠《こ》め続けると、同じタイミングでそれぞれの魔術が最高火力へと達した。

すると、術師から絶え間無く注ぎ込まれ続ける膨大な魔力と、衝突し合う相手の魔術との圧力に耐え切れず水の龍と雷の拳はその形を維持出来なくなり、大量の水と強力な稲妻が爆音を響かせながら同時に四散した。

二つの魔術の爆発は常人を軽く吹き飛ばす程の爆風を生んだが、それに一切動じることなくアルフォンスとユフィアはお互い続けざまに魔術を繰り出す。

「暴水の千刃《タオゼント・ラーゼン》」

「旋風の滅槍《ヴィント・ホーゼ・ツエアライセン》！」

ユフィアはその一刃一刃が鋼鉄を容易に斬り裂く程の威力の水の刃《やいば》を無数に繰り出し、アルフォンスは凄《すさ》まじい旋風で生成された一本の巨大なランスを繰り出した。

アルフォンスの繰り出した風の槍《やり》はユフィアに向かって前進していたが、その刀身に強烈な無数の水の刃を浴びせられ勢いが塞《せ》き止められた。

「旋風の滅槍《ヴィント・ホーゼ・ツエアライセン》」の表層は「暴水の千刃《タオゼント・ラーゼン》」を受けるたびに徐々に削られ、無数の炸裂音《さくれつおん》が鳴り響いた末に風の槍は砕け散った。

「堅牢なる鋼岩壁《フルメタル・シルド》!!」

自身の魔術が消滅した直後、アルフォンスは前方の地面から鋼鉄のような岩壁を作り出し、「旋風の滅槍《ヴィント・ホーゼ・ツエアライセン》」で相殺しきれなかった水の刃を凌《しの》いだ。

「堅牢なる鋼岩壁《フルメタル・シルド》」の表層を僅かに削られながらも、「暴水の千刃《タオゼント・ラーゼン》」の全弾を防いだアルフォンスは「堅牢なる鋼岩壁《フルメタル・シルド》」を展開したまま次なる手を繰り出した。

「鋼岩の一撃《ハンド・オブ・シルバー》！」

詠唱と共にアルフォンスは「堅牢なる鋼岩壁《フルメタル・シルド》」の中央から巨大な拳を繰り出した。

「蒼色の一撃《ハンド・オブ・アクア》」

対するユフィアは自身の全身を軽く覆うほどの魔法陣を展開し、巨大な水の拳を繰り出した。

巨大な二つの拳が衝突すると、耳を劈《つんざ》くような爆音と共にそれらは同時に四散した。

二つの魔術の爆発によって発生した尋常でない熱風が吹き荒れる中、二者は再び魔法陣を展開する。

だがしかし、その直後。

キン、キン、キンと連続した甲高い金属音がフィールド内に鳴り響いたことで、その一手一手が天変地異の如《ごと》き攻防は終わりを迎えた。

フィールド内に鳴り響いた金属音は魔力を動力としてベルを鳴らす機械仕掛けの装置によるもので、三分計の砂時計の砂が全て落ち切った瞬間にベルを鳴らす仕組みとなっている。それは、三分間と定められている模擬試合の終了を告げる為に使用されているベルだった。

そのベルの音を聞いた二人は展開していた魔法陣を消滅させ、互いに戦闘態勢を解いて歩み寄った。

「ハァ、ハァ……。ありがとうございました……」

「……ありがとうございました」

全身に汗を滲《にじ》ませて息を切らしながら試合後の挨拶を行ったアルフォンスとは対照的に、ユフィアは普段通りの無表情のまま、ただ淡々と挨拶を行ってフィールドから退場した。

息を整えつつ、額から顎まで流れる汗を袖で拭うと、アルフォンスもフィールドから退場した。

◆

模擬試合の授業が終わり、アルフォンス＝フリードが更衣室で制服に着替えていると、同じ更衣室内で着替えを行っている二年Aクラスの男子生徒達の会話がアルフォンスの耳に入る。

「見たかよ、今日のアルフォンスとクイーンの試合」

「ははは、いくらなんでも、あれはあんまりじゃないか!?」

「あれは酷《ひど》いよなぁ！　クイーンはまだまだ余力を残してる感じだったのに、アルフォンスの奴《やつ》があんまりにも必死でさぁ、くくく」

「試合後なんて、クイーンは涼しい顔してんのにアルフォンスがバテバテになって挨拶するもんだから思わず吹き出しちゃったぜ」

「どの魔術もほとんど打ち負けて、良くて相打ちなんて。本当情けない野郎だな」

「全くだ。あんだけ血統に恵まれておいてあの有様だなんて、大英雄の子孫が聞いて呆《あき》れるな！」

「救世の英雄もあの世で嘆いてるだろうなぁ……。自分の子孫があんなに情けなくっちゃな」

「「「ははははは」」」と、男子生徒達の下卑た笑い声が更衣室の中に響いた。

「……」

それらは偶然アルフォンスに聞こえたものではなく、男子生徒達がわざとアルフォンスに聞こえるように話していたものだった。

「(全く、その通りだよな……)」

男子生徒達の会話を聞いたアルフォンスは、怒るでも何か言い返すでもなく、ただ自嘲するように苦々しく笑いながら制服に着替えた。

「……」

着替え終えたアルフォンスは表情を曇らせながら、未《いま》だ彼への嘲罵が続く更衣室から退室した。

暗い表情で更衣室を後にしたアルフォンスを見て、彼への嘲罵を行っていた男子生徒達は、ニヤニヤと下卑た笑みを浮かべていた……。

◆

――十年前。

アルフォンスが七歳になる年に、彼の父親はアルフォンスに初めて〝それ〟を見せた。

「いいか、アルフォンス」

まだ幼いアルフォンスに、彼の父親は険しく厳しい口調と表情で語りかける。

「この怪物を真の意味で滅するのが、我らフリード一族に課せられた宿命だ。このあまりにも大きな責務を完遂するには、半端な力では駄目なんだ」

〝それ〟を目の前に本能的な恐怖を覚え、両目に涙を浮かべて全身を震えさせるアルフォンスに対して、父親はなおも厳しい言葉を紡いだ。

「アルフォンス。お前はまだ、あまりにも弱い。弱過ぎる。他の同世代の子と比べたってお前はまだまだだ。……良いか、お前は将来必ずこの怪物を討ち滅ぼさなければならないんだ。お前は、誰よりも強くならねばならないんだ」

――父親のその言葉は、十年後の現在でさえもアルフォンスの中に刻み込まれている。

◆

――時は戻り、現在。

この日、魔術学園内のほとんどの教員が王都に招集されたことにより、十四時過ぎから行われる四限以降の授業は全て休講となった。

三限の授業が終了した後、アルフォンス＝フリードは昼食を済ませる為《ため》に学園内の食堂へ足を運んだ。

クロフォード魔術学園内の食堂では朝から夕方まで常に食事が提供されており、生徒や教員達は各々自由な時間に食堂に訪れる。

自由な時間に利用できるとはいえ、基本的には正午に終了する二限の授業後に設けられている九十分間の昼休憩時間に食堂を利用する教師や生徒がほとんどだ。

そのため昼休憩時間には二階席まで混雑する食堂内も、アルフォンスが訪れた三限後の時間に利用している生徒は少なく、多くの空席が視認出来た。

混雑時には空席を確保した後にカウンターで料理を注文する必要があるが、今はその必要がないことを確認したアルフォンスは真《ま》っ直《す》ぐ食堂のカウンターへ向かった。

「シチューとパン、蒸《ふ》かし芋とソーセージ、あと、野菜のスープをお願いします」

「かしこまりました」

アルフォンスがカウンターで調理員に対して注文すると、調理員は頷《うなず》いて一度調理場へ下がった。

学園内の食堂の料理は生徒と教員には無料提供となっている。生徒や教員はカウンターでメニューを注文し、金銭の受け渡しを省略して注文した料理を受け取るという方式だ。

「お待たせ致しました」

アルフォンスが僅かな時間カウンターの前で待っていると、調理員が食器の載ったトレーを運んできた。

「ありがとうございます」

調理員に対して頭を下げながらお礼を言い、アルフォンスはトレーを受け取りカウンターを離れた。そのままトレーを手近な長机に置き、席に着いたアルフォンス。

すると、

「……チッ」

と、数席分離れた対面側の席から舌打ちが聞こえてきた。

「?」

不思議に思ったアルフォンスが音の方へ視線を向けた先で、緑がかった金髪の男子生徒が露骨に不機嫌そうな視線をアルフォンスに向けながら荒々しく立ち上がった。

「あっ、ごめ――」

アルフォンスが言い切る前に、男子生徒は苛立《いらだ》った様子で自身のトレーを手に取り、席を離れた。

それを目にしたアルフォンスは「しまった」、と顔を歪《ゆが》めた。

そのツンツンとややはねた髪型の男子生徒はアルフォンスと同じ二年Aクラスの生徒、

デゼル・エヴァンズであった。

彼は日頃からアルフォンスを毛嫌いし、彼に対して露骨に聞こえるように陰口を叩《たた》いているグループの一人だ。

つい先日も授業の模擬試合後に陰口を叩かれていたばかりのアルフォンスは、当然それを知っている。

「(そりゃ僕が近くに座ったら嫌だろうな……。随分と無神経なことをしてしまった……)」

アルフォンスはデゼルに対して後ろめたさを感じ、「(ちゃんと座る前に確認しておけば良かった)」と内心で深く反省した。

「……いただきます」

苦い表情を浮かべたまま、アルフォンスは俯《うつむ》きがちに昼食を摂《と》り始めた。

◆

緑がかった金髪の男子生徒、二年Aクラスのデゼル・エヴァンズ。

彼はいつも同じクラスの生徒と四人組で行動している。

その四人組はアルフォンス＝フリードに対する共通の敵意を持ち、入学当初に徒党を組んだ、学年内で上位の成績を誇る四名のグループである。

それぞれが互いに特別気心が知れた仲間という訳ではないが、四人は共通の怨敵を持つ同じクラスの生徒同士、共に過ごす時間は長い。それはまるで趣味の合う者同士が仲良くなるように、あるいは、志を同じくする者同士が輪になるように。

そんなグループで日々行動を共にしているデゼルは本日いつものメンバーと共に食堂へ行く予定だったが、他の三人は課題の提出で少し遅れるということで、デゼルは一人先に食堂を訪れていた。

「(……三限後は席が空《す》いてるな)」

閑散とした食堂内を確認すると、わざわざ他のメンバーの席を取っておく必要もないと判断したデゼルはカウンターに近い適当な席に腰掛けた。

デゼルがしばらく合流予定の他の三人を待っているとき。

「……ッ」

彼がこの学園内で最も見たくない顔が食堂内に現れた。

他でもない、アルフォンス＝フリードだ。

アルフォンスの顔を見た瞬間、デゼルは無意識に顔を顰《しか》め、強く歯を噛《か》み締めていた。

二年前にアルフォンスが口にした〝とある発言〟を、当時の屈辱を、デゼルは未だに忘れてはいない。

トレーを持って食堂内を歩くアルフォンスをデゼルはずっと睨《にら》みつけていたが、アルフォンスは彼に気付くことなくそのままデゼルと同じテーブルに着席した。

「……チッ」

「あっ、ごめ――」

デゼルは苛立ちを隠そうともしないまま舌打ちを鳴らし、アルフォンスを睨みつけながら立ち上がると自身のトレーを持って席を離れた。

アルフォンスが何か言いかけていたが、デゼルは一切聞く耳を持たずにその場を立ち去った。

長机二つ分の間隔をあけた席に座り直すと、デゼルは再び合流予定の三人を待った。

デゼルが苛立ちを静めるように足を上下に揺すっていると、間もなく彼が待っていた三人が食堂を訪れた。そのままカウンターでトレーを受け取った三人はデゼルの姿を見つけ、四人は合流した。

「待たせたな」

「……おう」

「……？　やけに機嫌が悪そうだな。そんなに遅かったわけじゃないだろ？」

「ああ、いや。お前らに怒ってる訳じゃないんだ。ただ……」

「ただ？」

「……ちょっと胸糞《むなくそ》悪い顔を見ちまってな」

「?」

デゼルが顔を顰めながら視線を向けた先に、他の三人も釣られるように目を向けた。

「あぁ、そういうことか」

おおよその事情を察した一人が納得したように言うと、デゼルは頷いた。

「ああ。さっきまであのテーブルに座ってたんだが、あいつがすぐ側《そば》に座って来やがってよ。それでここに移動したんだ」

デゼルは酷《ひど》く憎らしげな口調で言い放った。

「はあ? わざとやってんのか? それ」

「あいつ、自分が嫌われてるって自覚がないのか? 無神経にも程があるだろ」

「ま、そんなんだからいっつも一人で飯食ってるんだろ」

「ククッ、違いねぇな」

「世界中から敬愛されてる大英雄とは大違いだ、ははっ」

デゼルが出す負の感情に共鳴するように、次々に他の三人もアルフォンスに対する雑言を口にする。

アルフォンスに対して悪口を言うことが余程気分が良いのか、三人はゲラゲラと笑い声を上げる。

「……」


デゼルらの話し声が聞こえたのか、アルフォンスは分かり易《やす》く苦々しい表情となった。

それを見たデゼルは「（……いい気味だ）」と、内心で嘲笑《あざわら》った。

◆

……デゼル達《たち》はアルフォンスのことを小馬鹿にするような会話をしているが、実際のところアルフォンス＝フリードの実力は彼らに小馬鹿にされるようなものではない。

勿論《もちろん》、アルフォンスを笑い物にしていた男子生徒達も魔術学園のAクラスの生徒であり、彼らは間違いなく学年内でトップクラスの実力を有してはいる。

それでも、学園序列二位であると同時に傑出した才能を証明するS級の称号を持ったアルフォンス＝フリードと、他の男子生徒達との間には絶対的な実力差がある。

たとえ彼らが複数人で襲い掛かろうとも、アルフォンスはそれを返り討ちにするのに十秒も必要としない。

当然、アルフォンスを嘲笑していた男子生徒達もその実力差はしっかりと理解している。

その実力差を理解していてなお、デゼル達がアルフォンスを侮辱するような行動を取る理由の半分は……、純粋な〝嫉妬〟である。

第一に、アルフォンス＝フリードという男は容姿に恵まれている。

美しい金髪に輝く碧眼《へきがん》を持ち、色白でスタイルも整った、誰もが認める美少年である。

更に、彼は血統に恵まれている。

デゼル達の会話に度々登場する「大英雄」や「救世の英雄」というのは〝ジーク＝フリード〟という名の英雄を指している。

ジーク＝フリードは世界の歴史上で唯一「SSS級」の称号を与えられ、史上最強と謳《うた》われている人物だ。

……四百年前、〝終焉の黒殲龍《シユヴアルデイウス》〟と呼ばれる漆黒のドラゴンがいた。

〝終焉の黒殲龍《シユヴアルデイウス》〟は圧倒的な力で世界中の国々をいくつも滅ぼし人々を恐怖の渦に陥れた最凶のドラゴンだった。

その〝終焉の黒殲龍《シユヴアルデイウス》〟をたった一人で討伐し、世界を救った人物こそがジーク＝フリードという名の大英雄であり、アルフォンス＝フリードの先祖にあたる人物だ。

ジーク＝フリードは竜人族と人間との半亜人《ハーフデミ》であり、純粋な人間と比べると膨大な魔力量と強靱《きようじん》な肉体を保有し、いくつもの強力な魔術を扱えた。

魔力量や魔術を扱う才能はほとんどが遺伝で決まる。そのため、世界最強の男の血を引くアルフォンス＝フリードは世界で最も恵まれた血統の持ち主であると言えるだろう。

血統に恵まれるということは、常人以上の才能を持ち、常人の何倍も早く実力が伸びることが生まれた時点で既に約束されていると言っても過言ではない。

「ただ生まれた家が良かった」、「ただ運が良かった」というだけで自分達が必死に努力しても絶対に追いつけない圧倒的な実力を持ち、自分達より遥《はる》かに楽に強くなることが出来る。そしてその上で、容姿まで恵まれている。

そういった要素が他の男子学生達に疎まれてしまうのも無理はないだろう。

だが、二年Aクラスの男子生徒達がアルフォンス＝フリードを目の敵にするのは、なにも嫉妬だけが理由ではない。

アルフォンスが嫌われる何よりも大きな理由は、二年前の入学試験の時の出来事であった……。

――クロフォード魔術学園の入学試験は、定期試験と同様に学園が用意した的に各基本属性の魔術を繰り出して実力を測定するという内容だった。

アルフォンスは当時弱冠十五歳でありながらも、学園の教師陣でさえ比較にならないような威力の魔術の数々を繰り出し、果てに彼は試験会場を半壊させた。

その規格外な火力に試験監督の教師や他の受験生達はどよめき、驚愕《きようがく》や賞賛の言葉を彼に向けた。

「……………？」

……しかし、アルフォンスにはその状況が理解出来なかった。

なぜならば、アルフォンスは幼少期から「お前の実力は凡人レベルだ」、「これではフリード一族の恥だ」、「まだまだ外では通用しない」と常日頃言われて育ってきたから。

実際にはアルフォンスは特別優れた素質を持っていたが、彼の両親はその才能を更に伸ばす為《ため》に敢《あ》えて厳しい言葉を用いてスパルタで彼を育てた。

しかし、そんな事実を知らないアルフォンスは「自分の実力は平凡である」と信じきっていたため、実技試験で自身の魔術を見た周りが驚いていることが理解出来なかった。

そして、彼は非常にきょとんとした顔で試験会場にいる周りの人々へ向けて言った。

……言ってしまった。

「これって普通じゃないんですか？」――と。

その結果、――彼は滅茶苦茶《めちゃくちゃ》嫌われた。

彼に一切の悪意はなく、もはやそれは不幸な事故といえるものであったが、周りの人々は事の真相など当然知らない。

周りの人々からしてみれば、彼の発言は「これって普通でしょ、こんなことも出来ないんですか？」と自分達の能力を侮辱されたとしか思えなかった。

そして、その出来事が原因でアルフォンス＝フリードは「高慢で嫌味な人間」という印象を周囲に与え、クラスメイトから目の敵にされるようになってしまったのだった……。

◆

学園の食堂内にて、デゼル達四人はアルフォンスに対する陰口でしばらく盛り上がっていた。

しかし、いつまでもその話題だけが続くということはなく、徐々に授業の話や、他愛も無い雑談に話題が移っていた。

「──あ、そう言えば、なんで今日先生達が王都に招集されたか知ってるか？」

「あー、そうぃや、緊急の会議としか言ってなかったな」

「ほとんどの教員が緊急で招集されるなんて、ひょっとして大事《おおごと》なのか？」

「お前、何か知ってるのか？」

話題を切り出した人物にデゼルは問いかけた。

「噂《うわさ》なんだが、──ドラゴンの目撃情報があるらしいんだ」

「ドラゴン？　それが先生達の招集と関係してるのか？」

「かもしれない、って噂だ」

「そりゃドラゴンは強いって聞くけどよ、上位のギルドの人達がドラゴンを狩ったって話も珍しくないだろ。わざわざドラゴン退治の為に学園勤務の魔術師まで総動員して討伐隊を組むってのか？」

「いくら何でも、そりゃ大袈裟《おおげさ》だろ」

「だな。ドラゴンったって、〝終焉の黒殲龍《シュヴァルディウス》〟じゃねぇんだからよ」

「……いや。それが、その黒殲龍かも知れない、って話らしい」

「……は？」

一同は怪訝《けげん》な表情を浮かべた。

「目撃されたドラゴンは、全身が漆黒だったらしい」

「いや、漆黒って。だからなんだよ、別にそれだけじゃ黒殲龍ってことには……」

ならないだろう、とデゼルは否定しようとした。

「知らないのか？　全身が漆黒のドラゴンは、歴史上で終焉の黒殲龍《シュヴァルディウス》たった一頭しか確認されていないんだよ」

「!!」

「……ッ」

「じゃ、じゃあ、目撃情報がマジなら、本当に……」

本当に、――〝終焉の黒殲龍《シュヴァルディウス》〟が再び現れたのか。

想像したデゼルは自身の背筋が冷えるのを感じた。

かのドラゴンの行った破壊の記録、その規模から推測出来る強さは、現在の人類の戦力で到底太刀打ち出来るものではないはずだ。

大英雄がいなければ間違いなく人類は〝終焉の黒殲龍《シュヴァルディウス》〟に滅ぼされていたとされ、現在の有識者の誰もがその結論を肯定している。

四百年前にはジーク＝フリードという規格外の戦士がいた。

しかし、その大英雄はもう存在しない。

「（もし、本当に〝終焉の黒殲龍《シュヴァルディウス》〟が現れたとしたら、この世界は――）」

ゾクッ――と、三人は背筋が冷える感覚を覚えた。

「――なんてな。冗談だよ、冗談」

「……え？」

「黒いドラゴンっぽいもんの目撃情報があったらしいって話は確かに聞いたが、それ自体も信憑《しんぴょう》性《せい》が疑わしい話だ。真に受けんなよ」

この話題を切り出した生徒はそう言って笑った。

「じゃあ〝終焉の黒殲龍《シュヴァルディウス》〟は……」

「有り得ないだろ。そもそも、記録では黒殲龍は大英雄に跡形も無く消し飛ばされたって話じゃねぇか。もし黒いドラゴンの目撃情報がマジだとしても、〝終焉の黒殲龍《シュヴァルディウス》〟じゃない別の黒いドラゴンだろ」

「お、お前、さっき自分でそれを否定しておきながらっ」

「ははっ、騙《だま》される方が悪い。未確認のドラゴンくらい、この世界にはいて当然だろ」

先程の重苦しかった場の空気は一変し、一同は安堵《あんど》した様子を見せる。

「き、肝冷やしたぜ……」

「ああ、冗談で良かった……」

「……あれ？　じゃあ先生達は何で王都に招集されたんだ？　まさか、国がそんな眉唾な噂話を真に受けたのか？」

「そりゃないだろ。ほら、二ヵ月後に騎士学校との対抗戦が王都であるだろ。多分、その関係の会議とかじゃないか」

「あぁ、なるほど。それならありそうだ」

教員が王都へ招集された理由の推測にも一同は納得した。

「にしても、マジで黒殲龍なんて現れたら洒落《しゃれ》になんねぇよな」

「ああ、それは間違いねぇな。どんだけ世界中から戦力を集めたって、多分黒殲龍には勝てないだろうしな」

「四百年前に黒殲龍を討伐した英雄の子孫も、あ、あ、あんなだしな」

「全くだな、はは。ほんと、何で大英雄の子孫があんなのなんだろうな」

と、再びアルフォンスに対する誹謗《ひぼう》に火が付いた。

雑談をしていようと、何をしていようと、何かにつけて無理矢理アルフォンスへの誹謗中傷に繋《つな》げて嘲笑する。

それが、デゼルらにとっての日常であった。

……そして、普段と変わらぬ日常を送っていたのはデゼルらだけではない。食事を摂《と》っている生徒、授業の予習復習を行っている生徒、友人と談笑している生徒。

食堂内には、生徒達《たち》にとって何の変哲もない日常が広がっていた。

――しかし、突如としてその日常は崩壊した。

普段と変わらぬ学園の食堂を襲ったのは、突然の爆音と衝撃。

食堂の壁が突如として凄《すさ》まじい勢いで爆発し、そこには巨大な穴が空いた。

生徒達の悲鳴と困惑の声が上がる中、壁に空いた巨大な穴から姿を見せたのは――全身が、漆黒のドラゴンだった。

◆

クロフォード魔術学園二年Aクラス、アルフォンス＝フリード。

――彼は才能に恵まれていた。

四百年前、最凶のドラゴンを単独で打ち倒し世界を救った英雄〝ジーク＝フリード〟。

彼の血が流れるフリード一族は魔術や剣術に優れ、歴史に名を残す功績を数多く挙げてきた。

そのような一族の中でもアルフォンスは特別優れた才能を持ち、幼少期から並外れた力を持っていた。

――彼は環境に恵まれていた。

彼の父親は王国騎士団の団長で、母親は王国内最高峰の魔術研究者である。

そんな両親の下に生まれた彼は、物心付いた頃には既に剣術や魔術において一流の指導を受けていた。

両親が家にいる間は両親から。両親がいない間は、両親の知り合いである一流の騎士や魔術師から。

また、当然与えられる教本や良質な食事にも不自由することはなかった。

――彼は容姿に恵まれていた。

すらりと伸びたスタイルで、美しい金髪碧眼《へきがん》に整った目鼻立ち。

誰もが美男子と認める容姿を彼は持っていた。

――彼は強い向上心を持っていた。

幼少期のアルフォンスは両親から指導を受ける時間以外にも自主的に鍛錬や魔術の勉強を行っていた。

クロフォード魔術学園に入学してからも朝早く起きて剣の鍛錬を行い、帰宅後も日が暮れるまで剣を振り、夜遅くまで魔術本を広げている。

彼は決して驕《おご》ることなく、日々の努力を欠かさない。

それらは偏《ひとえ》に、大英雄の子孫としてその名に恥じぬ実力を身に付ける為に。

――そのように、まるで人生の成功が神に約束されて生まれてきたような男、アルフォンス＝フリード。

しかし彼は、恵まれた才能や環境を持つと同時に、激しい劣等感も抱いていた。

親や周りの人々、何よりアルフォンス自身が常に大英雄と自分を比べ続ける。

ジーク＝フリードは、歴史上でさえ比肩する者が存在しないと言われている史上最強の人物。

対する自分は、その血を引いておきながら同学年の魔術学生の中でさえ一番になれない未熟者。

仮にどれ程アルフォンスが騎士として成り上がろうと、冒険者として名声を得ようと、魔術師として歴史に名を刻もうと、それらがジーク＝フリードの偉業には遠く及ばないのは明らかであった。

大英雄のようになれない自分を親に責められ続け、周りから嗤《わら》われ続け、激しい劣等感を拭えぬまま、足掻《あが》き続け、苦しみ続けて、アルフォンスは一生を終えるはずだった。

――しかし、ある男との出会いがアルフォンス＝フリードの運命を変えた。

大英雄の子孫という、一生涯消すことの出来ない呪縛に等しい血を持ったアルフォンスの運命を、一人の男が変えた。

アルフォンスがその男と出会ったのは、四百年前に討伐された筈《はず》の最凶のドラゴン〝終焉の黒殲龍《シュヴァルディウス》〟が、クロフォード魔術学園に突如現れた日であった……。

十話　襲来

その日、クロフォード魔術学園内の平穏な日常を崩壊させたのは突然の爆音と衝撃であった。食堂の壁が爆《は》ぜ、凄まじい爆風と共に瓦礫《がれき》を四散させた。

そして、壁に空いた穴から姿を覗《のぞ》かせた巨大な〝それ〟は咆哮《ほうこう》を上げた。その振動で建物を崩壊させかねない程に空気を震わせる、それだけで災害に匹敵すると思わせるような恐ろしい咆哮だった。

激しく大地を震わせた咆哮が鳴り止《や》んだ直後。

漆黒の〝それ〟を見た生徒の一人は目を見開き、その身を震わせながら恐怖に染まった声を上げた。

「ド、ドラゴンだあああああああ!!」

その悲鳴を皮切りに、まるで堰《せき》を切ったように食堂内の生徒達は次々と恐怖に声を上げた。

「うあああああああ!?」

「どうしてドラゴンがここに!?」

「に、逃げろおおおおおおおお!!」

「誰かっ、誰かあああぁ!!」

突如として訪れた絶望的な脅威に対してのリアクションは様々。壁が爆発した際の瓦礫にぶつかり怪我《けが》をした者、恐怖に身が竦《すく》み動けなくなった者、パニックを起こし、絶叫しながら一目散に後方の出口へ駆け出す者。

学園に突然現れた漆黒のドラゴンは、その光景を愉快そうに見つめていた。

「〝良《い》いぞ、良い。この快感、実に四百年振り……か。もっと啼《な》け。もっと喚《わめ》け〟」

〝もっと我に――恐怖しろ〟

後方の出口へ向かって駆け出した集団の先頭が出口を抜けようとした、その直後。

「――……ッ!!」

ボンッ! と、先頭を走っていた生徒の目の前で爆発が起こり、出口付近にいた数名の生徒は爆風に吹き飛ばされた。

「ぐっ……、うぅ……」

地面に倒れこんだ生徒が呻《うめ》き声《ごえ》を上げる中、足を止めた生徒達から困惑の声が上がる。

「何だ!?」

「な、何が起きた!?」

すると、直前にドラゴンの行動を見ていた生徒が声を上げた。

「ひ、火の玉だ!!　あのドラゴンが口からでかい火の玉を吐いた!!」

それを聞いた生徒達は更にドラゴンに対する恐怖心が増し、次の火の玉が飛んで来る前に脱出しようと、悲鳴を上げながら再び出口へ向かって駆け出した。

「……おい!!　早く行けよ!!　何やってるんだ!!」

「前が詰まってるんだっ!!　やめろ、押すな!」

出入り口の上部から落下して来た瓦礫によって出口が塞がり、生徒達は脱出に時間が掛かっていた。

非現実的な緊迫感の中、恐怖で呼吸を乱す生徒達。その中の一人の生徒が振り返ってドラゴンの方へ目を向けると、その生徒は思わず声を上げた。

「お、おい!　見ろ!!　また火の玉が!!」

「!!」

生徒達の後方では、ドラゴンが再び口を開いて火の玉を生成していた。

「クソッ!!　火球《ファイアボール》!」

生徒達のうちの一人がドラゴンに向けて魔術を放つと、それに触発された周りの生徒達も必死に抵抗するように魔術を繰り出した。

「うおおおお!!　水弾《ウオーターバレット》!!」

「風刃《ウインドカッター》!」

生徒達から放たれた魔術は次々とドラゴンに直撃したが、動きを止めることはおろか掠《かす》り傷《きず》一つすら付く様子がない。

「……まずい!! 火の玉が来るぞっ」

「うわあああああっ!!」

ドラゴンが僅かに頭を引き、火の玉を放つ予備動作を取ったその直後。

「巨人の雷拳《グロース・ツー・ヴォルト》!!」

「……っ!!」

拳を象《かたど》った巨大な雷が凄まじい轟音《ごうおん》を響かせながらドラゴンの顔面に直撃した。

ダメージを負った様子はなかったが、ドラゴンは火の玉を消滅させて雷の飛来した方向、自身の左側へ視線を向けた。

「〝酷《ひど》い悪臭がすると思って来てみたが。やはりあいつの血族か〟」

そこに居たのは学園序列二位のアルフォンス＝フリードであった。

アルフォンスは出口付近にいる生徒へ向けて声を上げた。

「僕が時間を稼ぎます!! 落ち着いて、怪我人を連れて逃げて下さい!!」

そう言うと、アルフォンスはドラゴンへ向かって前進し、次々と高位の魔術を繰り出した。

凄まじい威力の魔術の数々がドラゴンに次々と炸裂《さくれつ》する。

「あいつ、二年のアルフォンス＝フリードだ!!　あのS級のっ」

「アルフォンス＝フリードって言えば、あの大英雄の子孫か!!」

「すげぇ！　たった一人であのドラゴンの動きを止めてるぞっ」

「今なら逃げられる！　瓦礫をどかして、怪我人を連れて逃げるんだ!!」

その光景を見た生徒達《たち》は落ち着きを取り戻し、生徒達はアルフォンスが戦っている間に次々と脱出していった。

「〝逃がさぬ〟」

アルフォンスの攻撃を捌《さば》きながらそれを横目で見ていたドラゴンは、再び出口へ向けて火の玉を放った。

「させない!!　堅牢なる鋼岩壁《フルメタル・シルド》!!」とアルフォンスは素早く詠唱を行い、強靭《きょうじん》な岩の壁を火の玉の軌道上に作り出してそれを防いだ。

「〝僕が相手だ、終焉の黒殲龍《シュヴァルディウス》……!!〟」

漆黒のドラゴンに対してアルフォンスは竜族の言葉で叫ぶと、ドラゴンは再びアルフォンスへ視線を向けた。

「〝……相手？〟」

そして、その直後。

――――ドッ。

「──っ!?……がはっ」

建物の外にいたはずのドラゴンがまるで瞬間移動でもしたかのような速度で食堂内に現れ、その尻尾を目にも留まらぬ速さでアルフォンスに叩《たた》き付けた。

凄《すさ》まじい衝撃を受けて吹き飛ばされたアルフォンスは、遥《はる》か後方の壁に勢いよく衝突した。その衝撃を受けて、アルフォンスがぶつかった壁は大きく損傷した。

「〝……相手だと？　笑わせる〟」

「ぐっ……、は……っ!!」

「〝貴様如《ごと》きが、この我の相手になるものか〟」

食堂内に侵入したドラゴン。そして先ほどまで凄まじい魔術の数々を見せていたアルフォンス＝フリードが一瞬でやられた姿を見せつけられた生徒達は、再び絶望に襲われた。

「うわあああ!!　か、彼がやられたぞ……っ」

「クソッ!!　急いで出ろ!!」

生徒達は再び焦り出し、脱出を急いだ。

だが、しかし。

「おいっ、まずいぞ!　壁が崩れちまうっ!!」

先程ドラゴンが火の玉で爆破した出入り口の上部の壁が再び崩れ落ち、今度は完全に出口が塞がれた。

「そ、そんな……っ」

「向こうだっ!!　向こうから逃げるしかない!!」

生徒の一人が声を上げると、塞がった出入り口とは反対方向——ドラゴンが穴を空けて現れた場所へ向かって駆け出した。

それを見た生徒達は、後に続くようにドラゴンが崩した壁の方へ向かって走り出した。どの生徒達も、その表情は必死さと恐怖に染まっている。

「〝くっくっく……。良いぞ、良いぞ……〟」

そんな生徒たちの必死な姿を、ドラゴンは実に楽しそうに眺めていた。

「〝やはり、人の恐怖心は堪《たま》らない〟」

駆け出した生徒達へ向けてドラゴンは次々と小さな火の玉を繰り出し、生徒達の周りを爆発させた。

生徒達は悲鳴を上げながら、辺りが爆発を繰り返す食堂内を必死に駆ける。

「〝もっとだ。もっと我を恐れろ〟」

ドラゴンは更に火の玉を繰り出した。

「きゃあっ！」

逃げている最中にすぐ側《そば》の地面が爆発し、一人の女子生徒がその爆風によって吹き飛ばされて地面を転がった。

「うぅ……」

痛みを堪《こら》えながら女子生徒が立ち上がろうとすると、飛び交う火の玉の一つが女子生徒の目前に迫っていた。

「――っ!!」

女子生徒は思わずギュッと目を瞑《つぶ》り、自身の死を覚悟した。

だが、火の玉が女子生徒に着弾することはなかった。

「……？――!!」

女子生徒がそっと目を開くと、目の前にはフラフラの状態のアルフォンス＝フリードが立っていた。更にその前には彼が地面から作り出した壁が作られており、飛んできた火の玉はその壁によって防がれていた。

「……はぁ、はぁっ。大丈夫……？　立てるかい？」

「……はっ、はいっ……!!」

アルフォンスにそう問われた女子生徒は歯を食いしばり、痛みに耐えながら何とか立ち上がった。

「……よし、じゃあ早く逃げるんだ」

女子生徒は恐怖で言葉が上手《うま》く出せず、ただコクリとだけ頷《うなず》くとドラゴンが空けた巨大な壁の穴へ向かって駆け出した。

「……」

その様子を見送ったアルフォンスは振り向いてドラゴンへ目を向けた。そんなアルフォンスに対して、ドラゴンは声を掛けた。

「〝今は人間共の恐怖を楽しんでいた所だ。邪魔をするな。――貴様はまだだ、〟」

「〝はぁ……はぁ……。まだ……？〟」

「〝あの男の血族は徹底的に嬲《なぶ》り殺す。決して楽には殺さない。貴様は後の楽しみだ〟」

〝だから〟――と言うと、再び目にも留まらぬ速度でアルフォンスの目の前に現れ、

「!!」

「〝少し退《ど》いてろ〟」

ドラゴンはその前脚をアルフォンスに叩き付けた。

まるで羽虫でも払うかの如く軽く前脚を上げるだけの動作であったが、その威力は凄まじく、アルフォンスは天井を突き抜けて食堂の二階席まで吹き飛ばされた。

「〝……さぁ、邪魔者は消えた。人間共、恐怖の続きだ〟」

◆

……怪我をして逃げ遅れていた生徒達は、その光景を前に深い絶望に襲われていた。

「ぐっ……、うぅ……」

ドラゴンによって二階席まで吹き飛ばされたアルフォンスは少しの間床に倒れこんでしまっていた。

だが彼はすぐに気力を振り絞り、腕を支えに立ち上がった。

「……!?」

……そして彼は、そこで衝撃の光景を目にした。

食堂の二階席にあった机や椅子は散乱し、先程まで生徒達が使っていたと思われる食器や料理もあちこちに散らばっている。

只事《ただごと》ではない地響きや、下の階からのドラゴンの咆哮《ほうこう》や生徒達の悲鳴を聞いて、ここで食事を摂《と》っていた生徒達は異常事態を察して逃げ出したのだろう。

二階席にいた生徒達はこの階にある渡り廊下から避難したのか、誰一人として残っていない——と思われた。

しかし、目を丸くするアルフォンスの視線の先にいたのだ。

何事も無いかのように平然と食事を続けている男子生徒が。

アルフォンスは、目の前の光景に理解が追いつかなかった。

二階席でただ一人食事を続けていた生徒は、灰色のラインが制服に入った黒髪黒目の生徒であった。

その生徒に対して、アルフォンスは純粋な疑問のままに声を掛けた。

「ちょ、え、……え？　き、君、ここで一体なにを……」

「……なにって、見たら分かるだろ。昼飯を食ってるんだよ」

「……え？」

異常だった。

それは下手をすると終焉の黒殲龍《シュヴァルディウス》の出現に匹敵するレベルの異常な光景であった。

机や椅子、食器や料理の散らばった二階席の惨状を見るに、尋常でない破壊の衝撃がこのフロアにも及んでいたのは間違いが無い。

そして、他の生徒は既に全員このフロアから避難している。

――だと言うのに、なぜ。

――なぜ目の前の男子生徒は、さも当然のように食事を。

男子生徒からの返答を聞いて一層理解が困難になって言葉を失ってしまったアルフォンスであったが、直《す》ぐに現状を思い出し、その男子生徒に声を掛けた。

「昼食って……、今はそんな場合じゃないよっ！　終焉の黒殲龍《シュヴァルディウス》が現れたんだ……!!」

「……終焉の黒殲龍《シュヴァルディウス》が？　四百年前、完全に消滅したはずだろ」

アルフォンスが現れてからも黙々と食事を続けていた男子生徒だったが、アルフォンスの言葉を聞いた瞬間に手を止めて問い掛けた。

「……史実ではそうなってるけど、事実とは違うんだ。……黒殲龍は絶対的な不死の力を持っていて、ジーク＝フリードでも完全消滅させることは出来なかった。だから、封印の力を込めた剣を使って地下深くに封印して、四百年間厳重に閉じ込め続けて来たんだ」

「……その封印が解けたのか」

「正直信じられないけど、多分そうなんだと思う……。僕は一度封印されてる姿を見たことがあるけど、間違いなく、この学園に現れたのは終焉の黒殲龍《シュヴァルディウス》だ」

「……そうか」

「分かっただろう、今は本当にマズイ状況なんだ。だから、早く逃げた方が良《い》い」

「……お前は逃げないのか？」

「ああ、まだ下に逃げ遅れた怪我人《けがにん》がいるから……」

そう言うと、フラフラの状態でアルフォンスは少し歩いて床に転がっていた剣を拾い上げた。食堂の二階席の高所に装飾品として飾られていたものが先程までの衝撃で落下したのだろう。

「それ、模造品だぞ」

「みたいだね……。硬化と属性付与《エンチャント》の魔術を使うよ。何も無いよりはマシさ」

「そうか」

「はぁ、はぁ……っ。じゃあ……僕はもう行くよ。君も、出来るだけ早く逃げてくれ」

それだけ言うと、アルフォンスは先程吹き飛ばされた際に空いた床の穴から一階へ飛び降りた。

◆

デゼル・エヴァンズは今、絶体絶命の危機に瀕《ひん》していた。

火の玉の爆発によって食堂の出入り口が完全に塞がった際、デゼルはドラゴンが現れた際に空いた穴のほうへ駆け出した生徒達《たち》の中の一人だった。

しかし、途中でドラゴンの火の玉によって爆《は》ぜた地面の瓦礫《がれき》が直撃してしまい、デゼルは左足と左脇腹を負傷した。

地面に伏して這《は》ってでも逃げようとしたデゼルだったが、その途中でデゼルの直ぐ右側の地面が爆発し、受身も取れないまま高温の爆風に吹き飛ばされた。

「ぐっ……!!」

激しい痛みに呻《うめ》くデゼルだったが、内心では「(あ、危ねぇ……、もし今のが当たってたら……)」という安堵《あんど》もあった。

……しかしそこで、デゼルの中にある違和感が生まれた。

「(こんだけ火の玉が飛び交ってるのに、直撃してる奴《やつ》がいない……)」

デゼルは周囲を見回して、更に違和感が強まった。

「(……ッ!! まさか!!)」

——最初から違和感はあった。

——あのドラゴンが現れてすぐ、出口に向かって走り出した生徒の集団ではなく、敢《あ》えて出口上部の壁を破壊したこと。

——あのアルフォンス＝フリードを瞬殺する程の力を持っていながら、わざわざ小さい火の玉をいくつも繰り出していること。

——そして、今なお飛び交う数々の火の玉、そしてその爆風に吹き飛ばされ地面を転がりながら呻く生徒達を見て、デゼルの中に生まれた疑惑は確信に変わった。

「(あいつ……!! 楽しんでやがる!! 俺達を虫けらみたいにいたぶって、必死にもがく様を楽しんでるんだ!!)」

「……ふざ、けんなッ」

「(この俺を……、魔術師の名家エヴァンズ家の長男である、この俺を……!!)」

終焉の黒蠟龍《シュヴァルディウス》に対する恐怖を超えて、デゼルの中で何か強い感情が弾《はじ》けた。

「ふざけんなよ、テメェ……ッ!!」

怒りのままに吼《ほ》えると、デゼルは自身が扱える最高位の魔術を黒蠟龍に向けた。

「螺旋の豪雷風《スピニング・リボルト》!!」

デゼルの展開した魔法陣から強力な螺旋状《らせんじょう》の雷が放たれた。

そのままデゼルの魔術は見事に黒殲龍に直撃し、大きな雷鳴を響かせた。

「はぁ、はっ……。どうだ……っ!?」

しかし、やはり黒殲龍には傷一つ付いていなかった。

「く、そ……」

ほとんど全ての魔力を消費し、デゼルは力なく地面に倒れ込んだ。彼は、もはや残った気力でドラゴンをただ睨《にら》みつけることしか出来なかった。

「〝……もう少しじっくり遊びたかったが……。そうか……。貴様、死にたいのか〟」

デゼルの方へ視線を向けると、ドラゴンは淡々と呟《つぶや》いた。

「〝ならば、殺そう〟」

そう言うとドラゴンはデゼルへ向けて口を開き、火の玉を生成し始めた。

「（ちくしょう……ッ）」

竜族語を知らないデゼルには黒殲龍が何を言ったのかは分からなかった。しかし、これから自分が死ぬということだけは容易に理解出来た。

ドラゴンが火の玉を放つ予備動作に入った、その直後。

「獄炎の鎖《チェイン・ヴォルケーノ》!!」

「……!!」

突如、終焉の黒殲龍《シュヴァルディウス》はその全身を瞬く間に炎に包まれ、デゼルに放たれるはずだった火の玉は阻止された。

「はぁ、はぁ、……良かった。無事で……」

そう言いながらボロボロの状態でデゼルの側《そば》に駆け寄ってきた男に対して、デゼルは目を見開いた。

「どう……して……ッ」

「『獄炎の鎖《チェイン・ヴォルケーノ》』なんて、あのドラゴンに対してはただの温風みたいなものだろうけど、少しの時間の目くらましくらいにはなるはず……。今のうちに、君の怪我を治すね……」

フラフラな状態で息も絶え絶えにそう言うと、その男はデゼルに対して回復魔術を掛け始めた。

「どうして……ッ、お前が俺を助ける……ッ!!」

込み上げて来る様々な感情のままに、デゼルはその男の名を呼んだ。

「──アルフォンス……ッ!!」

「……はぁっ……はぁ……。回復《ヒーリング》……っ」

「……ッ！」

デゼルの問いかけに答えることなく、満身創痍《まんしんそうい》のまま息も絶え絶えに回復魔術を施し始めたアルフォンス。そんな彼の姿に、デゼルは言葉を失った。

後方のドラゴンはアルフォンスによる螺旋状の業火に全身を覆われたまま、大きく動く様子はない。

アルフォンスの回復魔術によってデゼルの全身複数個所《かしょ》に及ぶ打撲や骨の損傷が徐々に回復し、デゼルは患部から痛みが引いていくのを感じつつあった。

しかし、それと同時にアルフォンスの疲弊感は増していった。より息が上がり、発汗も激しくなり、回復魔術の質も少しずつ衰えていく。

「……ッ！　もういいッ……!!」

その様子を見るに耐え切れず、再びデゼルが声を張り上げる。

「俺のことは放っといて、てめぇだけ一人で行けよ!!」

その言葉に対し、アルフォンスは力なく首を振った。

「駄目だ……。はぁ、見捨てたりしない……、君を、絶対に助ける……」

「……っ!!……どうしてだッ!!　お前が俺にそこまでする義理なんかねぇだろ!!　俺は、お前に助けられる筋合いなんて……ッ!!」

デゼルが歯を食いしばり顔を顰《しか》めながら言うと、アルフォンスは答えた。

「夢が、あるだろう……？」

「は……？」

突然、予想だにしていなかった返答をするアルフォンスに対してデゼルは戸惑った目を向けた。

「君にだって……、生きたい未来が、叶《かな》えたい夢が、あるだろう……。だから、助けるんだ……」

「そんなのッ!! お前に関係──」

「──僕の夢は」

「！」

反発しようとしたデゼルの言葉をアルフォンスが遮る。

「僕の夢は……、強くなって……、誰かを助ける為《ため》に、皆の未来を守る為に戦える人になることなんだ……」

「だから」と、アルフォンスは言葉を続けた。

「──絶対に、君を助ける」

「ッ……」

憔悴《しょうすい》し切っていてなお力強く言い放たれたその言葉に、デゼルは一瞬言葉を失った。

「お前……。なんで、そこまで……」

「情けない子孫だけど、周りから蔑まれるけど……。それでも、世界を救った英雄の、皆の未来を守った英雄の子孫であることは……、『フリード』の名は……」

どこか誇らしげな笑みを薄く浮かべながら、アルフォンスは続けた。

「――僕の、たった一つの誇りだから……」

「……ッ、アルフォンス……」

デゼルはアルフォンスに対して何か言葉を掛けようとしたが、それよりも早くアルフォンスが「よし」、と切り出した。

「取り敢えず、これで、動けるようになったと思う……、さぁ、立っ……」

「――アルフォンスッ!!」

「!!」

アルフォンスがデゼルに手を伸ばそうとした瞬間、デゼルがアルフォンスの後方に目を見開き、声を上げた。

それに反応したアルフォンスが咄嗟《とっさ》に背後へ振り向くと、先程まで業火に身を包まれていたドラゴンがその姿を現し、火の玉を二人に向けて放つのが目に映った。

「付与魔術《エンチャント》!!」

アルフォンスは携えていた模造品の剣に瞬時に魔力を込め、眼前に迫っていた火の玉を両断した。

二つに裂かれた炎の塊は二人の後方でそれぞれ着弾し爆音を上げながら爆ぜた。

「〝必死の治療を台無しにしてやろうと思ったが、残念だ〟」

「立って!!」

「あ、ああ……！」

アルフォンスは剣をドラゴンに向けたままデゼルの方へ振り向き、血相を変えて行動を促した。

致命的な負傷は治ったものの、未《いま》だ全身に残る鈍い痛みを堪《こら》えながらデゼルは立ち上がり、ドラゴンが崩壊させた食堂の壁の穴に向かい駆け出した。

「……っ!!」

しかし、後ろに続く足音が聞こえないことを不審に思い後方へ振り返ると、アルフォンスは未だドラゴンと対峙《たいじ》していた。

「……おいっ！　アルフォンス、何やってんだ!!　お前も早く来いっ!!」

「……僕は、一緒には行けない」

「……は!?　お前何言ってんだ……っ!!」

アルフォンスは僅かに後方へ振り向いて視線を向けた。

「出口の側で、倒れてる生徒がいる。……多分、足を怪我《けが》してる」

デゼルはアルフォンスの視線の先の出口に目を向けて、食堂内に唯一取り残されているその生徒の姿を確認した。

「黒gin龍が黙って僕たち三人を見逃すはずがない……。僕が奴を食い止めるから、その間に彼を連れて逃げて欲しい」

「おっ、お前は、お前はどうする!!」

「君達《たち》が逃げられたら、僕も隙を見て退避するよ」

「お前死にてぇのかっ!!　良《い》いから早く……」

「──このままじゃ!!」

アルフォンスを説得しようとするデゼルに対して、アルフォンスは声を張り上げた。

「このままじゃ、三人とも死ぬだけだッ」

「……ッ!!」

アルフォンスの言葉に対して、デゼルは反論することが出来なかった。

今はどこか不敵な笑みを浮かべたまま二人を見ているだけのドラゴンだが、いつまた攻撃をしてくるか分からない。

怪我人一人を抱えて三人一緒にドラゴンから逃げ延びることは、まず不可能だろう。

仮にデゼルがアルフォンスに加勢しようにも、まさに足手まといになるだけ。

この状況では、いくら説得しようとも絶対にアルフォンスは一人で残る。

全員が生き残る可能性が最も高い選択肢があるとすれば、少しでも早くデゼルと怪我人の生徒がこの場を去り、アルフォンスが一人でドラゴンの隙を見つけて逃げること。

それらを理解したデゼルは、自分の中で結論を出した。

血が滲《にじ》むほど強く拳を握り締めて僅かに俯《うつむ》くと、デゼルは顔を上げて「……分かった」

とアルフォンスに声を掛けた。

「悪いな、アルフォンス。お前をここに残して、俺は逃げる」

「……ありがとう。彼を、頼んだ」

アルフォンスは強張《こわば》った表情を僅かに緩めてデゼルの決断に感謝を伝えると、向き直って再びドラゴンと対峙した。

「……っ」

滲んだ視界でその姿を見届けるとデゼルも出口の方へ向き直り、出口の側に倒れている生徒の方へ向かって駆け出した。

「〝行かせぬ〟」

「〝させるか!!〟」

駆け出したデゼルの背中に向けてドラゴンが放った火の玉を、アルフォンスが斬り裂く。

「〝面白い。あの男の贋物《にせもの》が……。精々足掻《あが》いてみるが良い〟」

歪《いびつ》に笑ったドラゴンは、駆けるデゼルに向けて次々と火の玉を放つ。

高速で飛び交うそれらに対し、アルフォンスはデゼルに当たらぬように軌道上で両断していく。

全身の負傷と疲労によって意識が霞《かす》んで行く中、アルフォンスはただひたすら火の玉を斬り裂くことだけに意識を集中させた。

模造品の剣に掛けた付与魔術《エンチャント》の力が弱まり、火の玉を斬り裂く精度も段々と下がり、防ぎ切れなかった火の玉が徐々にアルフォンスの身体《からだ》に当たるようになるが、それでも彼はただひたすらに剣を振り続けた。

……そんな中。

「……アルフォンス!!」

と、遠くの後方からデゼルの声が響いた。

「(アルフォンス、お前は……)」

ぐっ、とデゼルは俯いて歯を噛《か》み締めて顔を上げた。

「お前には、言いたいことが山ほどある!!　だから……!!」と、デゼルは言葉を続けた。

「……絶対に、死ぬんじゃねぇぞ!!」

「……!」

その言葉に対してアルフォンスは……。

「(……ああ!!)」

声には出さずとも胸の中で答え、剣を握る両手に力を籠《こ》めた。

◆

今や見る影も無いほど崩壊し、至る所に瓦礫《がれき》の散乱しているクロフォード魔術学園の食堂内に、更なる破壊を知らせる爆音が響き渡る。

「ぐっ……、……ッ！」

背中から広がる、全身を襲う激しい衝撃。

もう何度目かも分からない、自身が終焉の黒殲龍《シュヴァルディウス》によって壁に叩《たた》きつけられた衝撃だ。

ほとんど意識がない中で、黒殲龍を足止めするために幾度となく立ち上がり剣を振るい続けて来たが、いよいよ身体中のどこにも力が入らなくなったようだ。

「〝どうした、もう立てぬのか〟」

黒殲龍が、どこか呆《あき》れたように問いかける。

――身体が痛い。苦しい。もう嫌だ、立ちたくない。もう戦いたくない。

どこからか、誰かの情けない声が聞こえてくる。

――戦うのは怖い。自分が傷つくのも、誰かを傷つけるのも嫌だ。今すぐ逃げ出したい。

分かってる。僕だ。アルフォンス＝フリード《僕自身》の声だ。

そうだ、僕は戦うのが嫌いだ。戦って傷つけられるのは怖いし、誰かを傷つけるのだって嫌だ。

本当は終焉の黒殲龍《シュヴァルディウス》が現れた時だって逃げ出したかった。立ち向かうのは凄《すご》く怖かった。

「〝所詮は、あの男の贋物。貴様ではあの男のようにはなれない。貴様はあの男とは比べ物にならない程に弱い。貴様では、どんなに必死に足掻こうが英雄にはなれない〟」

黒殲龍が言う人物は、僕の先祖で、四百年前に終焉の黒殲龍《シュヴァルディウス》を打ち倒した大英雄、ジーク＝フリードのことだろう。

「〝そうだ……、僕は、英雄じゃない……〟」

地面を押す手と両足に力を込め、立ち上がろうとする。

「(分かってる。今までだって、周りからずっと言われてきた)」

上手《うま》く力が入らず僅かにガクガクと震えるが、それでも力一杯踏ん張って立ち上がった。

「〝僕じゃ、英雄にはなれない……〟」

先程攻撃を受けた際に刀身をほとんど欠損した模造品の剣を、強く握り締める。

「〝それでも、僕は……〟」

僅か十数センチメートルの刀身に魔力を込めて、黒殲龍へ向けた。

「〝僕は、僕自身を全うする……ッ!!〟」

戦うのは好きじゃなかった。

それでも、一生懸命に剣を振り続けてきた。

精一杯魔術を勉強してきた。

親に失望されて、周りから馬鹿にされて、嫌な思いを沢山してきたけど、それでも、強くなる為《ため》に努力してきた。

親や周りの期待に応えたいとか、名誉を得たいとか、そんな理由じゃない。

たとえ英雄になれなくても、誰かの為に戦える人間になりたかったんだ。

戦えない人達の代わりに戦えるよう、理不尽に傷つけられる人達を守れるようになりたかった。

僕は英雄じゃない。僕じゃ英雄にはなれない。僕じゃ世界を救うことなんて出来ない。

それでも、必死に強くなって、僕が守れるものくらいは守りたい。

最後の最期まで、立ち上がり続ける。

「〝だから、お前を皆の所へは行かせない……ッ!!〟」

黒殲龍へ向けて吼《ほ》えた。

それを見た黒殲龍の表情が僅かに歪《ゆが》む。

「〝あの男によく似た、忌まわしい目だ……〟」

先刻まではどこか余裕に溢《あふ》れた黒殲龍だったが、今は憎悪を孕《はら》んだ目に変わっている。

「〝……死に損ないの虫ケラを小突く遊びにも飽きたところだ〟」

黒殲龍は自身の尻尾を大きく振り上げ、「〝もう死ぬがいい〟」と、勢い良く振り下ろした。

先程までの、痛めつけることを目的とした攻撃ではない。

明確に〝殺す〟為の一撃。

この日最大の爆音と共に強い衝撃波が生まれ、辺りの瓦礫も吹き飛ばされた。

だが――。

「〝まだ……、死ねないな……〟」

終焉《シュヴァルディウス》の黒殲龍は目を見開いた。

黒殲龍の一撃を、僕は受け止めた。

「〝お前を止める為に、僕はまだ死ねない〟」

……自分の身体に何が起きているのか、僕自身はまるで理解が出来なかった。

体力は限界を迎え、手にしていた剣も折れ、満身創痍《まんしんそうい》状態だった僕に振るわれた黒殲龍からの止《とど》めの一撃。

振り下ろされた巨大な尻尾は、僕には到底防げるものではないはずだった。

黒殲龍もまた、それが止めとなるという確信があっただろう。

しかし、その一撃を僕は防いだ。

刀身を殆《ほとん》ど失った剣で受け止めた。

終焉《シュヴァルディウス》の黒殲龍の表情に、確かな驚愕《きょうがく》が見て取れた。

五体満足のまま立ち続ける僕の姿を確認すると、黒殲龍は僕を睨《にら》み付け、まるで息の根を止めることを急《せ》くかのように次々と攻撃を繰り出した。

直撃すれば即死。

そのような攻撃を僕は幾度と無く躱《かわ》し、防ぎ、そして負けじと打ち返した。

瀕死《ひんし》の虫螻《むしけら》が小突かれ弄ばれているかのような光景は、もうそこにはなかった。

圧倒的な力を持つ終焉《シュヴァルディウス》の黒殲龍との攻防。意識が擦り切れるほどの集中の最中《さなか》、不思議な感覚に包まれていた。

先程まで立っていることさえままならない程憔悴《しょうすい》し切っていたにもかかわらず、なぜか黒殲龍の一撃を防ぐことが出来た。

そして更に、満身創痍だったはずの肉体に力が戻り、今は全身に魔力が漲《みなぎ》っている。

黒殲龍と打ち合う為に尋常でない魔力量を身体強化魔術や付与魔術《エンチャント》に注ぎ込んでいるが、魔力の減る感覚や疲弊感がまるでない。

それどころか逆に、氾濫した川のようにとめどなく魔力が溢れてくる。

「〝貴様、その力……‼〟」

黒殲龍は目を見開き、思わず驚きの声を漏らしたという様子だった。

気が付けば、僕の身体は燃ゆる炎のように揺らめく金色の光に包まれ、手に握る剣は失われた刀身の先から光の刃《やいば》が伸びていた。

黒殲龍はその様子を忌々しそうに睨み付けると、一層激しく攻撃を振るった。

僕は金色の軌跡を描きながら黒殲龍と打ち合った。

こんな金色の光の力を使うのは初めてだった。

扱い方を聞いたこともない、名前も知らない強大な魔力。

でも、まるでそれが初めから自分の一部であったかのように自然と扱えた。

僕の魂に刻まれた意思が、強く訴えかける。

――人々を守れ。

――かの黒き龍を打ち倒せ、と。

黒き暴力と金色の光による凄烈たる攻防。

その衝撃は壮絶で、学園の食堂はもはや面影を残さぬ程に崩壊している。

魔力が次々と溢れてくるが、それでも僕の力が黒殲龍を超えることはない。

しかし、黒き龍を打ち倒すため、その一撃一撃が厄災の如《ごと》き攻撃に何とか食らい付く。

そして、打ち合いの最中に見えた一筋の隙。

前脚によって繰り出された横薙《よこな》ぎの攻撃を光の刃で上方へ弾《はじ》いたことによって生まれた、黒殲龍の上体の隙。

その隙を見つけた瞬間に無意識に剣を後方へ引き、金色の魔力を剣へ込めていた。

やるべきことは唯《ただ》一つ。

この一縷《いちる》の好機に、渾身《こんしん》の一撃を黒殲龍に打ち込む。

――僕は、この力を使ったことがない。

――だけど、分かる。

――この技には想《おも》いが込められている。

――かつて、人々を守る為に闘った、英雄の想いが。

「栄光の煌き《スパークル・エーレ》」

僕の振るった剣から、眩《まばゆ》い光の刃が放たれた。

凄《すさ》まじく甚大な魔力が凝縮されたその一撃は、眩《くら》む程の光と共に黒殲龍の上体へと炸裂《さくれつ》した。

直後、技を放った自分自身が吹き飛ばされそうな程の衝撃波に襲われた。

自分でも信じられない程の威力を見せた技に驚きつつも、僕は会心の手応えを感じながら多量の瓦礫や砂埃《すなぼこり》の舞っている正面を見据えた。

暫《しばら》く砂埃が落ち着くのを待っていると徐々に視界が開け、前方の様子を確認することが出来た。

そして、その先に広がっていた光景に僕は目を見開き、――言葉を失った。

◆

そのドラゴンは、幾千年もの間厄災として言い伝えられてきた。

数百年に一度、人々の前に現れては虐殺の限りを尽くす。

村を、畑を、命を、黒き炎で焼き尽くす。

かのドラゴンに、人々は何度も抗《あらが》った。

果敢なる抵抗の中、幾度と無く人々の希望となる者が現れた。

時に巨漢なる剣士が、時に幾千の魔術師が、かのドラゴンを討ち取らんと立ち上がった。

しかし、その希望は何度も何度も潰《つい》えた。

どれだけ優れた戦士が剣を振るおうと、何百何千の術師が集い強力な魔術を振るおうと、攻撃を受けたドラゴンは何食わぬ顔で戦士達《たち》を薙ぎ払う。

かの黒き龍が現れると、人々の平穏は終わりを迎える。

人々の希望を、光を、祈りを、尽《ことごと》く圧倒的な暴力によって殲《ほろぼ》す。

故に名付けられた。

——終焉の黒殲龍《シュヴアルディウス》と。

……いかなる希望も、黒き龍の前では絶望に帰す。

◆

「そん……な……」

アルフォンスの目に映ったのは、渾身の一撃を受けてなお傷一つ負っていない終焉の黒殲龍《シュヴアルディウス》の姿だった。

無傷どころか、その身体《からだ》は先程より一回り大きくなり、漆黒だった体軀《たいく》には罅《ひび》割れのように禍々《まがまが》しい本紫色の光が走っていた。

迸《ほとばし》るようなその光からは、尋常でない程強力な魔力が感じられた。

会心の一撃を与えてなお、より力の増した黒殲龍を前にアルフォンスは思わず愕然《がくぜん》とした。……が、すぐに我にかえった。

倒せなかったのならば、再び闘うしかない。

先程の技を放った時から徐々に力が失われつつあるのを感じるが、それでも諦める訳にはいかない。

アルフォンスは再び気を引き締め、黒殲龍と相対した。

しかし──。

「〝やはり、あの男の血は危険だ〟」

「…………ッ!!」

アルフォンスが自身を襲った途轍《とてつ》もない衝撃を感じた時、既にその身体は空高く打ち上げられていた。

黒殲龍に攻撃されたことは間違いないが、アルフォンスはその始終を一切捉えることが出来なかった。

そして、自身の身体が宙を舞っていると認識した次の瞬間には、アルフォンスの身体は地面にめり込む程強く叩《たた》きつけられていた。

「が……ッ……ぁ……ッ」

全身を強烈に打ち付けられたことによって呼吸機能が麻痺《まひ》し、顔を歪めながら呻《うめ》くような声を出すアルフォンス。

その眼前に、忽然《こつぜん》と巨大な黒い影が現れる。

「〝どうやら、流石《さすが》にもう立つことも叶《かな》わぬようだな〟」

先程までの焦った様子とは異なり、どこか落ち着いた様子でアルフォンスを見下ろす黒殲龍。

アルフォンスは立ち上がろうとするが、身体がガタガタと震えるばかりで、力を入れることすらままならない。

「〝……どれほど薄まろうと、侮り難いものだ。あの男の血は……〟」

そう言うと、黒殲龍は口を大きく開き、どす黒い炎を蓄えた。

「〝この我に僅《わず》かながらにも抗《あらが》えたことを称《たた》え、灰も残さず消し飛ばしてやろう〟」

黒殲龍は口の前に巨大な、とてつもなく巨大な黒炎の塊を練り上げた。

畳み掛けるような攻撃から、間髪容《い》れずに入った止めの姿勢。

もはや、二度と奇跡も希望も生ませないという気迫が感じられた。

そして黒炎の塊は、なんの猶予もなく、一切の容赦なく、アルフォンスへ向けて放たれた。

黒き炎は、「破壊する」でなく、「消滅させる」といった表現が近いほど、一瞬で大地を消し飛ばした。

黒炎が完全に燃焼しきった時、黒殲龍の眼前には底が見えぬ程の巨大な大地の窪《くぼ》みが出来ていた。

今度ばかりは、疑う余地もなくアルフォンスを仕留めたと黒殲龍は確信した。

——しかし、黒殲龍の中に強い違和感が生まれた。

その違和感の正体を、視覚ではなく、嗅覚が捉えた。

今しがた確かに消し飛ばした筈《はず》の匂いが、後方に在る。

黒殲龍が後方へ振り向くと、そこには横たわるアルフォンス、
そして、その傍《かたわ》らにはもう一人の男が立っていた。

薄れゆく意識の中、アルフォンスの視界に一人の男の姿が映った。

その男の姿にどこか見覚えのある気がしたアルフォンスだったが、すぐに気が付いた。

先程食堂の二階で騒動の中悠長に食事を続けていた男子学生であった。

「よく戦ったな。あとは、俺に任せろ」

アルフォンスに真《ま》っ直《す》ぐ向けられた眼《め》は、先程と少し様子が異なっていた。
先ほど会った時には黒かったはずの瞳は、金色に光り輝いていた。
男子学生は立ち上がると、振り返り、終焉の黒殲龍《シュヴァルディウス》へ向けて悠然と言い放った。
「〝久し振りだな、黒いやつ《ブラッキー》〟」
——と。
その光景を最後に、アルフォンスの意識は途切れた。

十一話　C級魔術学生、参戦

三限の授業終了後、シオンは昼食を済ませるべく学園の食堂へ足を運んだ。

食堂の人混みのピークは二限後の昼休憩の時間である為《ため》、三限後の時間帯は席が空《す》いていた。

一階のカウンターで注文した料理を受け取ると、彼はいつも利用している二階席へ向かった。

シオンが二階席へ上がると、そこを利用していた生徒は一階席よりも遥《はる》かに少なく僅か十数名ほどだった。

ガラガラの席の中、他の生徒達から幾らか距離を空けた席に座った彼が昼食を食べ始めようとしたその時……。

——突如として惨劇は始まった。

突然下の階から響いた爆発音と激しい振動。

穏やかな昼下がりから一変し、魔術学園内の食堂の二階席はどよめきに包まれた。

皆が怪訝《けげん》そうな表情を浮かべ、「なんだ」「どうした」と口々に言い合う中、一階と繋《つな》がる階段付近にいた生徒の一人が事態の確認に向かった。

そして、すぐに戻ってきたその生徒は酷《ひど》く青ざめた表情で呟《つぶや》いた。

「ど、ドラゴンだ……」

「は……?」

生徒の知人達は呆気《あっけ》に取られたようなリアクションを取ったが、生徒はそれを意に介さず、大声で叫んだ。

「ドラゴンが出た!! 皆逃げろォッ!!」

その直後、再び下の階から大きな爆発音が響いた。

いくつかの悲鳴が上がる中、先程一階の様子を確認した生徒はすぐさま隣の棟へ繋がる渡り廊下へ向かって走り出した。

「……!! あっ、おいっ」

走り出した生徒の知人は声を掛けたが、止まることはなく隣の棟へと逃げるように駆けていった。

「うわあああああ!! 本当にドラゴンだあああ!!」

更に、続いて一階の様子を確認したもう一人の生徒が酷く怯《おび》えた様子で先に逃げた生徒の後を追うように渡り廊下へと駆け出した。

三度《みたび》、下の階から尋常でない爆発音と強い振動が響いた。

「……っ。お、おい、ドラゴンってマジかよ!!」

「やべぇじゃねーか!!　俺たちも逃げよう……っ」

どよめきから一転、完全に恐怖に包まれた空間から次々と生徒達は逃げ出していく。

下の階からの爆発音、衝撃、生徒達の悲鳴が響き渡り、次々と机や椅子、食器などが散乱していく中。

――唯《ただ》一人、この異常事態をまるで意に介していないかのように黙々と食事を続ける生徒がいた。

「(……今の俺、すごく大物っぽくて良《い》いな……)」

例の男、一之瀬《いちのせ》シオンだった。

無表情で食事を続ける彼の内心は、緊急事態にまるで動じない大物のように振舞うことでテンション爆上がり中であった。

彼は最初の爆発音の時から一切の動揺を表に出さず、静かに食事を始め、周りがざわつくほど、阿鼻叫喚《あびきょうかん》に包まれるほど、彼はウキウキで昼食を食べていた。

学園の食堂にドラゴンが襲撃するという異常事態に匹敵する程の異常者、それがシオンという男だった。

「(くっくっく……。これ、すごく良いな……)」

下から響く強い衝撃によって椅子や机、食器などがガタガタと揺れる中での食事を「心地好《よ》い」と感じる程の異常者は、きっと彼の他にはいないだろう。

止《や》まない騒音の中でシオンが食事を続けていると、突如彼の席からそう遠くない距離で床が大きく爆《は》ぜ、側《そば》に一人の生徒が転がった。

「(うおぉ……っ!?)」

彼は内心ではかなり動揺しつつも、極めて平静を装いながら地面に倒れ込んだ生徒の姿を確認した。

美しい金髪と碧眼《へきがん》を持った男子生徒。学園内屈指の有名人で、全く関わりの無いシオンでも顔と名前くらいは知っていた。

アルフォンス＝フリード。

竜の血を引く大英雄ジーク＝フリードの子孫、クロフォード魔術学園内で学園序列二位のS級魔術学生。

「ぐっ……、うう……」

そんなアルフォンス＝フリードはボロボロの格好で少しのあいだ床に倒れこんでいたが、力を振り絞るように立ち上がった。

……そして顔を上げた時に視界に映ったシオンに対して、アルフォンスは思わず声を漏らした。

「ちょ、え、……え?」

理解が追いつかないと言わんばかりに目を丸くし、彼はシオンに問いかけた。

「き、君、ここで一体なにを……」

「……なにって、見たら分かるだろ。昼飯を食ってるんだよ」

問われたシオンは、さも当然のように答えた。

「………え？」

アルフォンスは更に困惑した様子だったが、シオンは意に介さず黙々と食事を続ける。

「(くふふ……)」

まるで「当たり前のことを聞くな」と言わんばかりの態度を取ったシオンだが、その実聞いて貰《もら》えたことが嬉《うれ》しくてたまらなかったようだった。

そのような実態を知らぬアルフォンスは、理解が及ばないその光景に言葉を失っていたが、すぐに現在の深刻な状況を思い出し、シオンに声を掛けた。

「今はそんな場合じゃないよっ！――」

◆

「自身が大物っぽく振舞えている時間」をたっぷり堪能すべく、シオンはゆっくりと良く嚙《か》み丁寧な食事を行っていたが、ついには料理の入った容器は全て空となった。

最後の一口を飲み込んだシオンは、静かに席から立ち上がった。

ついに彼は食堂を離れ、避難を始めるのかと思われた。

……だが、しかし。

「よし、おかわりだ」

昼食、続行――。

未《いま》だ下のフロアからの衝撃が止まぬ中、まだこの状況を楽しみたかった彼はまさかのおかわりを行った。

食堂の二階席に厨房《ちゅうぼう》はないもののパンとスープのみセルフ式で置いてある為、彼はそこへおかわりを取りに向かった。

スープは鍋が倒れてその殆《ほとん》どがこぼれており、バスケットに沢山盛られていたパンも多くが床に落ちて汚れてしまっていたが、辛うじてバスケット内に入っていたパンをトレーに取ると、シオンは再び席に戻り食事を再開した。

「(さっきのやり取りも、良かったなぁ……。……くくく)」

先程、アルフォンス＝フリードはシオンに対して現状を説明し終えると、シオンに避難を促してすぐに下のフロアへと飛び降りて行った。

そんな彼に対し、まるで自分がドラゴンの襲来にも動じないような強者であるかのように振舞ったやり取りを思い出し、夢心地に浸るシオン。

「(世界最強のドラゴン、終焉の黒殲龍《シュヴァルディウス》が真下で暴れている中、何事もないかのように食事をする。……すご過ぎないか、俺……)」

「あれ、待てよ……」

震え上がる程の興奮の最中、シオンはふと我に返った。

「終焉の黒殲龍《シュヴァルディウス》って……。……マジか」

……ついに、彼は事態の深刻さに気が付いた。

幼い頃から英雄譚《たん》を好んで読んでいたシオンは、大英雄ジーク＝フリードの物語も何度も読み返し、ジーク＝フリードや終焉の黒殲龍《シュヴァルディウス》に関する多くの文献にも目を通してきた。

だからこそ、彼はかのドラゴンがどれほど強大な力を持っているのかをよく理解している。

四百年前に完全に消滅させられたとされていたドラゴンが実は封印されており、その封印が解かれたなどという話は到底信じ難い。しかし、その真実を語ったのがあの大英雄の子孫であるならば恐らく真実なのだろう。

察するに、人々に不安を抱かせないようにジーク＝フリードの一族だけで、或《あ》るいは世界中でも限られた人達《たち》だけで封印を守ってきたのだと思われる。

しかし、その封印が破られ終焉の黒殲龍《シュヴァルディウス》が再び世に現れたとするならば、まさに世界の危機。

今更……本当に今更ながら、シオンはそのことに気が付いた。

「……悠長に飯を食べている場合じゃないな」

先程にも増して激しい爆発音と衝撃が続く中、シオンはついに立ち上がった。

いつ学園の食堂ごと、あるいは学園諸共《もろとも》消し飛ぼうともおかしくない状況。

終焉の黒殲龍《シュヴァルディウス》と戦う力など到底持たないC級魔術学生の彼が取るべき行動は唯一つ、迅速な避難、それ一択。

立ち上がった彼の足が向かうべき方向は隣の棟へ続く渡り廊下。そこから避難し、飛行魔術に用いる魔術箒《ぼうき》に跨《またが》って出来るだけ遠くへ逃げることが最善の行動。

だがしかし、席を立ったシオンは渡り廊下の方へは向かわなかった。

彼が向かった先は食堂の一階席へと続く階段。

「終焉の黒殲龍《シュヴァルディウス》、か……」

不敵な笑みを浮かべながら、彼は呟いた。

「──お手並み拝見と行こうじゃないか」

彼はそのまま歩みを止めることなく階段へと向かった。

……この異常事態において、彼もまたそれに匹敵するほどの異常者だった。

◆

食堂の二階席から一階席へ繋《つな》がる階段。

その階段の手摺《てすり》に身を隠すシオンの目に映ったのは、予想だにしていなかった光景だった。

彼は、下のフロアで終焉の黒殲龍《シュヴァルディウス》と激しい攻防を繰り広げていたのは何人もの優秀なる魔術学生や、騒動後すぐに駆けつけた冒険者や衛兵、騎士団員達だとばかり思っていた。

しかし今、シオンの目の前で黒き龍と凄《すさ》まじい打ち合いを行っているのは、たった一人の男子学生……アルフォンス＝フリードだった。

『お前は逃げないのか？』

『ああ、まだ下に逃げ遅れた怪我人《けがにん》がいるから……』

先ほどシオンに問われたアルフォンスは、そう答えて再びドラゴンの下へ向かった。

そして現在、学園の食堂の一階には負傷者一人見当たらない。

いくらかの血痕は見受けられるものの、人の死体やそれに類するものも見当たらない。

黒殲龍は人々を焼き殺そうとも決して食べることはなかったと記録されているため、生徒が喰《く》われたということも恐らくないだろう。

……ということは、つまり。

護《まも》ったのだ。彼が。たった一人で。

傷だらけになりながら、一人であの終焉の黒殲龍《シュヴァルディウス》と戦い、何人もの生徒達を逃がし遂《おお》せたのだ。

「……大した奴《やつ》だ」

自分と同じ歳《とし》の身でありながら、まさに偉業としか言いようのない戦果、そして何よりも勇敢なるその姿を目の前にし、シオンは思わず言葉を漏らした。

表面上は上から目線に取れる言葉だが、それにはシオンにとって最大限の敬意に満ちていた。

そして、シオンがアルフォンスに対して驚いたのは「生徒達を逃がした」という結果だけではない。

シオンが何より衝撃を受けたのは、かの伝説のドラゴンである終焉の黒殲龍《シュヴァルディウス》相手に食らい付き、ともすれば互角の戦いを繰り広げていることだった。

シオンが様子を見に来た時、始めはうっすらと光を帯びていたアルフォンスだったが、今では燃ゆる炎のように揺らめく金色の光が全身を覆うように煌《きらめ》いている。

光が眩《まばゆ》くなる程にアルフォンスの力は目に見えて増し、より一層黒殲龍との打ち合いは激しくなった。

金色の軌跡を描きながら天変地異のような闘諍《とうじょう》を繰り広げる姿はまさに――、

「……ジーク＝フリード……」

幼い頃に何度も読んだ物語の中の光景が、目の前に広がっていた。

「限界加速《リミット・アクセル》」の鍛錬の影響によってシオンの動体視力は通常時でも並外れたものになっているが、そんな彼でもほとんど目では追えない程に速く、激しい闘い。

アルフォンスは地面に限らず、壁や柱、天井までもを足場として跳び回り、巨大な黒殲龍に対して立体的に立ち回る。

そのような二者の戦いの余波は壮絶で、建物は次々と爆ぜ、砕け、崩れていく。

シオンが身を潜める階段付近は奇跡的に無事なものの、先ほどまでシオンが食事をしていた二階席はほとんど瓦解している。

そんな中でも、「もし、あのまま悠長に食事を続けていたら……」などと怖気《おじけ》づくことはなかった。

彼は今ただひたすらに、目の前で繰り広げられる奇跡のような戦いに集中している。

……そして、ついにその瞬間は訪れた。

「栄光の煌き《スパークル・エーレ》」

壮烈たる打ち合いの最中で終焉《シュヴァルディウス》の黒殲龍の僅かな隙を逃さずにアルフォンスが放った、身の丈を越す程に大きく、そして眩い光の刃《やいば》。

眩《くら》むほどの強い閃光《せんこう》と、凄まじい衝撃波が辺り一帯に広がった。

「ッ!!」

階段の手摺を前にして屈《かが》み、衝撃波と飛び交う瓦礫《がれき》から身を守るシオン。

――シオンには、S級の魔術師の知り合いがいる。彼はこれまで、その知り合いのS級たる凄まじい魔術の数々を目にしてきた。

しかしそんな彼が見た限り、アルフォンスの放った技は明らかにS級の枠組みを超越しており、これまでの人生で見た中で間違いなく最高威力の技であることは明らかだった。

巨悪を打ち倒さんと煌々《こうこう》と煌く黄金の刃は、まさにかの大英雄の伝説そのもの。

もしかすると、本当にアルフォンス＝フリードが終焉の黒殲龍《シュヴァルディウス》を討伐したかもしれない。

「栄光の煌き《スパークル・エーレ》」の衝撃の余波が落ち着いた時、シオンは顛末《てんまつ》を確認すべく顔を上げた。

そしてその目に映ったのは、まさに伝説を再現したかのような光景。

伝説の光景ではあるが、それは決して打ち倒された黒き龍の姿ではなかった。

……そう、伝説は大英雄だけではない。

人々の希望を、光を、祈りを、尽《ことごと》く圧倒的な暴力によって殲《ほろぼ》した黒殲龍もまた伝説の存在。

アルフォンス＝フリードの渾身《こんしん》の一撃が直撃してなお傷一つ付かず、更には身体《からだ》が一回り以上大きくなり全身に強力な魔力を帯びた終焉の黒殲龍《シュヴァルディウス》の姿は、まさに絶望の化身のようだった。

そして、黒き絶望は一切の希望を絶つように一瞬にしてアルフォンスを打ちのめした。

もはや、遠目から見ているシオンにさえ捉えられぬ速度で、黒殲龍はアルフォンスを地面にめり込む程強く叩《たた》き付けたようだ。

それから僅か一呼吸程の間を置くと、黒殲龍は身動きの取れぬアルフォンスへ向けて黒き炎の塊を蓄えた。

――殺される。アルフォンス＝フリードが。瞬きする間も無く、無残に、容赦なく、殺されてしまう。

……それを悟った時には既に、考える間もなくシオンの身体は動き出していた。

「限界加速《リミット・アクセル》――!!」

それはシオンが扱える最上級の魔術であり、術師の動作と諸々《もろもろ》の感覚を全て桁外れに加速させる、歴史上でも数える程の使用者しか存在しない非常に優れた高位の魔術。

それは本来であればシオンが限界加速《リミット・アクセル》を使用出来る時間は十数秒で、可能な動作に関しては歩くことが精々といった程度である。

……しかし今。舞った砂埃《すなぼこり》が散らぬままの、崩れ落ちる瓦礫が空中で静止したままの、まるで時が止まっているかと錯覚する程動きのない世界を、彼ただ一人が駆け抜けていた。

――人の意識は、極稀《ごくまれ》に「トランスゾーン」と呼ばれる領域に入ることがある。

その領域に入る者は主に戦場で戦っている最中に入る場合がほとんどであり、「トランスゾーン」を経験した者は皆が口を揃《そろ》えて言う。

命懸けの斬り合いの最中、「まるで相手の動きが止まっているように見えた」と。

「トランスゾーン」とは、極限まで集中力が高まった際に人の意識が突入する、通常時とは比較にならない程に意識が加速した領域。

そして、「アルフォンス＝フリードを助けたい」という凄まじく強い意志、更に、一瞬の猶予さえないような極限状態で限界加速《リミット・アクセル》を発動したシオンの意識は今、その「トランスゾーン」へと突入していた。

「(間に合え……ッ!!)」

通常、集中力が高まれば高まるほど魔術の精度は向上する。しかし、あくまで細かいコントロールが利くようになるだけで、威力に影響が出ることは少ない。

しかし、「限界加速《リミット・アクセル》」に関しては話は変わる。

発動に高い集中力を要し、シオンが普段は発動した状態の魔力を上手《うま》くコントロールすることの出来ない「限界加速《リミット・アクセル》」は、たった今「トランスゾーン」に入ったことによりその能力が爆発的に向上した。

それは通常時であれば「限界加速《リミット・アクセル》」の発動中に歩くことが精一杯というシオンが、「限界加速《リミット・アクセル》」を発動しながら悠然と駆け抜けることが出来るほどに。

そしてシオンが愚直に磨き上げて来たその魔術は、彼の中の「アルフォンスを助けたい」という強い意志は、世界最強のドラゴンから英雄の子孫を救った。

全てを焼き尽くす黒き炎がアルフォンスを包む前に、彼は瞬き程の間に終焉の黒殲龍《シュヴァルディウス》の前からアルフォンスを救い出したのだった。

黒殲龍の背後から幾らか離れた場所で、シオンは抱えていたアルフォンスをそっと地面に寝かせた。

……無事、窮地からアルフォンスを救うことは出来た。

しかし、これだけでは終わらない。

まだ、すぐ背後には黒き龍がいる。

いつものような「限界加速《リミット・アクセル》」を使った後の酷《ひど》い反動はなく、僅かながら魔力も残っている。

だが、だからと言ってシオンに終焉の黒殲龍《シュヴァルディウス》を倒す力など当然ありはしない。

黒殲龍の圧倒的な破壊力を前に、アルフォンスを守り抜くことなど出来はしない。

「(――なら、俺に出来ることは唯《ただ》一つ……)」

シオンは、「自在なる光彩《ブライト・アイズ》」を発動した。

「……っ」

するとそこで、殆《ほとん》ど意識のない様子のアルフォンスと目が合う。

アルフォンスは何かを言おうとしたが、もはや言葉も紡げないようだった。

そんなアルフォンスに向けて、シオンは優しく声を掛けた。

「……よく戦ったな」

——本当に、よく戦った。

——こんなにボロボロになるまで、皆を守る為《ため》に、たった一人で。

——この男はきっと、これから先の未来で何百何千という人々を救うだろう。

……だから、

「あとは、俺に任せろ」

——こんな所で、死なせる訳にはいかない。

今この状況でシオンに出来ることは、精々時間稼ぎくらいだろう。

ひょっとすると、非実戦的で手品じみた手札しか持たない彼は、終焉の黒殲龍《シュヴァルディウス》に対して時間稼ぎさえ出来ないかもしれない。

アルフォンスと二人揃って、すぐにあっけなく殺されるかもしれない。

——しかし。

「(今この瞬間を諦めない限り、希望は必ず先に繋がる。——だったら俺は、俺に出来る最善を尽くすだけだ)」

——アルフォンス＝フリードを救うため、一秒でも長く、時間を稼ぐ。

シオンは、この絶望的な状況を前に、微塵《みじん》も臆することなどなかった。

終焉の黒殲龍《シュヴァルディウス》を倒す力はない。攻撃を防ぐ術《すべ》もない。

それでも、僅かながらに魔力はある。

立ち上がる体力も気力もある。

言葉を発することが出来る。

「(……時間を稼ぐのに、これだけあれば十分だ)」

――シオンが選んだ戦略は口八丁だった。

……だがしかし、例のように強者ぶった演技をしたところで相手は世界最強のドラゴン。

ハッタリを信じさせたところで、それに怖気づくような相手ではない。

ならば終焉の黒殲龍《シュヴァルディウス》が怖気づく程の、とびっきりの人物を演じる必要がある。

文字通り世界最強の終焉の黒殲龍《シュヴァルディウス》に勝てる相手など、世界中には誰一人として存在しない。このドラゴンが怯《おび》えるような強者など、この世界のどこにもいない。

しかし、歴史上には存在した。

四百年前、終焉の黒殲龍《シュヴァルディウス》を打ち倒し、史上で唯一SSS級の称号を与えられた人物。

大英雄ジーク＝フリードその人だ。

黒殲龍を相手に時間を稼ぐには、ジーク＝フリード本人であると信じ込ませる以外に方法はない。

だが、ジーク＝フリードを騙《かた》るには、実際のシオンはあまりにも弱過ぎる。

〝力の証明〟が必要となる場面も当然訪れる可能性が高い。もしもそうなれば、その時点で全てが破綻する。

何より、過去にジーク＝フリードと邂逅《かいこう》している終焉の黒殲龍《シュヴァルディウス》を前に、彼は姿形があまりにも違い過ぎる。

そんな状況で黒殲龍に自分をジーク＝フリードだと信じ込ませるのはあまりに難易度が高いだろう。

「（大英雄のように振舞うだけじゃ足りない……。ジーク＝フリードのフ、リ、を、す、る、だけじゃ足りない）」

僅かにでも虚勢が露呈すれば、一瞬にして看破されるだろう。

「（相手に疑う余地を与えるな。本人でしか有り得ないと思わせろ。——完全になりきるんだ。俺にはジーク＝フリードの力があると、心の底から信じろ）」

——自分をＳＳＳ級だ、と、思、い、込、め。

……そして、シオンは立ち上がって振り返った。

彼は、二人の様子を窺《うかが》っていた終焉の黒殲龍《シュヴァルディウス》に対して金色に光る瞳を向けながら、龍族の言葉で悠然と声を掛けた。

「〝久し振りだな〟」

「（……さぁ、人生最大の大勝負だ）」

◆

――かつて人々は、黒き龍に対して畏怖の念を込めて「終焉の黒殲龍《シュヴァルディウス》」と名付け、その名で呼ぶようになった。

しかし、世界中で唯一人、ジーク＝フリードだけが「あんなのは大したもんじゃない」と、黒き龍のことをこう呼んだ。

「〝黒いやつ《ブラッキー》〟」――と。

その呼び方を受けた黒殲龍は、両眼《め》を金色に光らせる男に対して訝《いぶか》しむ視線を向けた。

「〝久し振りだと……？　誰だ、貴様〟」

「見知った風な口の利き方だが、此方《こちら》はお前など知らぬ」と、終焉の黒殲龍《シュヴァルディウス》はシオンを睨《にら》み付けた。

「〝まあ……。この見た目じゃ、そりゃ分からないだろうな〟」

前方にいるのは、自身の命など息をするように簡単に奪えるような最強のドラゴン。そんな相手から明らかな敵意を向けられながらも、シオンは軽々とそれを受け流した。

「〝でも本当は俺が誰なのか、薄々感づいてるんだろ？　ブラッキー〟」

シオンは勝負に出た。

〝ある人物〟と同じ目の輝きを持ち、同様に終焉の黒殲龍《シュヴァルディウス》に対して〝ある人物〟と同じ呼び方をし、そして〝ある人物〟と同じ言語を扱う。

それらの情報を与えた上で、相手の中に疑惑の芽を植えつける。「ひょっとしたら」の小さな疑念を相手に持たせる。

「〝……言っているだろう。貴様のような男に、……見覚えなど無い〟」

黒殲龍は、改めて否定を口にする。

しかし、その言葉は先程までと比べると心なしか圧がなかった。

「〝そっか。分からないか〟」

僅かながら手応えはあるものの、今出している情報だけでは終焉の黒殲龍《シュヴアルディウス》を完全に欺くにはまだ不十分。

「〝分からないなら、それでも良い〟」

決して状況が良くなった訳ではない。

それでも、シオンは余裕を失わない。

「〝すぐに、嫌でも思い出す〟」

「〝何……？〟」

不気味なほど自信に溢《あふ》れた言葉に対し、黒殲龍は怪訝《けげん》そうな目を向けた。

そして、その視線をたっぷりと受け止めながらシオンは右手で地面に触れるように屈《かが》み、掌《てのひら》の先に魔法陣を展開した。

シオンはその金色の輝きを放つ魔法陣から引き抜くかのように、一本の剣を創り出した。

シオンが行ったのは武器創造の魔術。それは以前三人の悪漢に襲われている少女を助ける際に使ったものと同様の魔術だった。

しかし、今回創り出した剣は前回のような刀ではなく、青い柄《つか》に純白の両刃のロングソード。

そして特筆すべき最たる特徴は、金色の鍔《つば》と、その鍔に刻まれた「三本角の龍」を模した赤い印。

右の角は「力」、左の角は「勇気」、そして中央の角は「希望」を表す、竜人族において戦士を意味するシンボル。

「〝そ、その剣は……っ〟」

シオンの右手に握られる剣を見て、黒皺龍は明らかに動揺した。

なぜなら、黒皺龍にはその剣に強い見覚えがあったから。

「〝龍殺しの剣《バルムンク》……ッ!!〟」

黒皺龍はその剣の正体を確信し、思わずその名を口にした。

それはかつてジーク＝フリードが振るった愛剣「龍殺しの剣《バルムンク》」。世界最高強度を誇るアダマンタイト鉱石を加工し、当時の武器職人最高峰と言われたドワーフの名匠によって打たれた、歴史上に名立たる名剣の一本。――それを、忠実に再現した模造品。

シオンは、武器創造魔術によって大英雄の愛剣を完全に再現してみせたのだ。

「龍殺しの剣《バルムンク》」は過去、武器創造の魔術を扱えるようになったシオンが様々な名剣を再現して遊んでいた時期に繰り返し創っていた剣の一本。

過去と言っても幼少期の話ではなく、たった一年前の話。ごっこ遊びのため一生懸命剣を創っていたことは小恥ずかしい話ではあるが、今回ばかりは彼の奇妙な趣味に基づく経験が活《い》きた結果となった。

「トランスゾーン」に入り桁外れの集中力となっている今、その再現度は過去最高の仕上がり。

……しかし、いくら見た目を完璧に模したとしてもそれはあくまで外観だけ。

世界最高強度を誇るアダマンタイト鉱石で作られた本物の「龍殺しの剣《バルムンク》」とは剣としての質がまるで違う。

シオンが右手に握る剣は、岩を叩《たた》けば簡単に折れてしまう程に脆弱《ぜいじゃく》な代物。

……しかし。

「〝貴様ッ……!!　一体何者だ……ッ!!〟」

終焉の黒殲龍《シュヴァルディウス》を欺くには、外観《それ》だけで十分だった。

本物を完璧に模した剣を前に、黒殲龍はそれがまさか偽物であるとは疑っていない様子だった。

黒殲龍にしてみれば、シオンの右手に握られるそれは決して忘れようが無い、かつて自身を幾度となく切り伏せた剣そのもの。

因縁の代物の唐突な出現に、思わず声を荒らげる黒殲龍。

そんな凄《すさ》まじい気迫が混じった問いかけに対して、シオンはやはり余裕の表情で答えた。

「〝誤魔化すなよ、ブラッキー。……俺が何者か、お前はもう分かってるはずだ〟」

……ある人物と同じ目の輝きを持ち、終焉の黒殲龍《シュヴァルディウス》に対してある人物と同じ呼び方をし、ある人物と同じ言語を扱い、そして、ある人物と全く同じ剣を握る。

これだけの要素が揃《そろ》えば、答えは殆《ほとん》ど限られたも同然だろう。

たっぷりの余裕を孕《はら》ませ、シオンは黒殲龍へ対して鎌をかけた。

「〝……ッ!!　答えぬか……ッ!!　貴様は一体、何者だ……!!〟」

それでも終焉の黒殲龍《シュヴァルディウス》はシオンの言葉に耳を貸さず、繰り返し問いかける。

そう、今はまだ、確信的な決定打に欠けていた。

大英雄と同じ目の色の輝きを持ち、終焉の黒殲龍《シュヴァルディウス》の呼び方、言語、そして愛剣までもが同じであろうと、まだ「ジーク＝フリードの類縁者」である可能性も有り得る状況。

ここでシオンから「俺がジーク＝フリードだ」と名乗ることは簡単である。

今のように、敢《あ》えて名乗らずにはぐらかすことは相手を刺激し、激情した黒殲龍にいとも容易《たやす》く殺されてしまうリスクもある。

しかし、それでもシオンは自分がジーク＝フリードであるとは名乗らない。

相手が此方《こちら》の正体を探っている内に自発的に名乗れば、相手の中には必ず拭い切れぬ疑惑が残る。

自分がジーク＝フリードであると完全に相手に信じさせるには、終焉《シュヴアルディウス》の黒殲龍自身に答えに辿《たど》り着いて貰《もら》う必要がある。

だからこそ、あえてシオンは黒殲龍の問いに対して名乗ることなく、代わりに決定打となる最後の情報のピースを相手に与えた。

「〝四百年も会わない内にすっかり耄碌《もうろく》したか？　ブラッキー〟」

「〝……!!〟」

その言葉を聞き、黒殲龍は一瞬大きく表情を歪《ゆが》めた。

「〝四百年だと……ッ!?　貴様、やはり……ッ!!〟」

「四百年」という、まさに自身がジーク＝フリードに封印された直後から今に至るまでの時間を表す単語が、終焉《シュヴアルディウス》の黒殲龍自身の中にあった疑惑を確信的なものへと変えた。……しかし。

「〝いや、そんなはずはない……っ!!　それこそ、四百年だ!!　奴《やつ》はとっくに寿命で死んでいる!!　ここにいる筈《はず》がない!!〟」

黒殲龍は、自ら辿り着いた可能性を強く否定した。

そう、疑惑が確信的なものに変わったからこそ、黒殲龍にとってそれはあまりにも信じがたい現実。

もしも目の前の男がジーク＝フリードだとするならば、竜人族と人間の半亜人《ハーフデミ》の平均的な寿命である約百五十年を超越し過ぎている。

竜人族と人間の半亜人《ハーフデミ》が四百年生きたなどという前例は一切無い。事実、かの大英雄とてその平均的な数値を超えることはなく、既にこの世には存在しない。

そして更に黒殲龍は言葉を続けた。

「〝それに貴様は、あの男とは姿形や匂いもまるで違う!!　貴様が、あの男である訳がない!!〟」

目の前の現実を強く払い除《の》けるかの如《ごと》く、黒殲龍は声を荒らげた。

今まさに黒殲龍が指摘したその事実こそが、シオンが終焉《シュヴァルディウス》の黒殲龍を騙《だま》す上での最大の障壁。

自分がジーク＝フリードであるという設定に矛盾を生ませない為《ため》には、四百年以上経《た》った今ここに立っている理由、そして姿形や匂いまでもが異なる理由を終焉《シュヴァルディウス》の黒殲龍に納得させなければならない。

この問答こそが正念場。

シオンが過去に自身が読み漁《あさ》ってきたジーク＝フリードに関する文献の知識を基に

「ジーク＝フリードは不死の魔術や変化の魔術を扱えた」という嘘《うそ》を辻褄《つじつま》を合わせながらでっち上げることは、出来なくはない。

しかし実際のジーク＝フリードを知っている相手に対してここで僅かにでも無理のある理由を述べて疑惑を持たれようものならば、今後シオンの演技を完全に信じ込ませることは確実に叶《かな》わない。

必ず疑念は残り続けてしまうだろう。

また、どうにか通用する可能性に賭けながらその場しのぎの嘘を並べた所で、そのような半端な口八丁は恐らく通じはしないだろう。

シオンはこの正念場において絶対的な最適解を出さなければならない。

——酷《ひど》く興奮した様子の黒殲龍を前に微塵《みじん》も動じる気配もなく、シオンは一呼吸置いて呟《つぶや》くように口を開いた。

「〝ここにいる筈がない……か……〟」

そう言うと、シオンは黒殲龍の目を真っすぐ見つめた。

「〝——じゃあ、何でいるんだろうな？〟」

「〝——……は？〟」

まるで予想だにしていなかった突然の問いかけに、黒殲龍は困惑の声を漏らした。

「〝……なぁブラッキー。全部、偶然だと思うか？〟」

「〝何の……、話だ……〟」

——前方にいる男が何を言おうとしているのかまるで分からない。しかし、なぜか黒殲龍の中には得体の知れぬ不安感が湧き上がった。

言いようの無い不気味な不安が、焦燥感が纏《まと》わり付くように黒殲龍の全身に走る。

「〝お前の封印が四百年経って解けたこと〟」

「〝お前がこの学園に現れたこと〟」

「〝そして〟」

「〝俺が今お前の目の前にいること〟」

「〝——全部、ただ、ただの偶然だと思うか？〟」

「〝……ッッ!?〟」

瞬間、息が詰まるほどの恐怖感が黒殲龍を襲った。

「〝……なん、だと……？　お前は、一体何を……〟」

謎の恐怖感に包まれるも、男が何が言いたいのか解せない黒殲龍は問い返した。

だが直後、その男の言わんとする意味を、黒殲龍は悟った。

「〝まさか……、貴様……ッ!?〟」

「〝……ああ〟」

シオンは薄く笑みを浮かべ、得意気に言葉を返した。

「〝分かってたよ、全部な〟」

「〝!!〟」

「〝四百年経ってお前の封印が解けることも。鼻の利くお前がこの時代の俺の子孫の匂いを嗅ぎ付けてここに来ることも。初めから全部分かってた〟」

あまりの動揺で言葉を失っている様子の黒殲龍に対して、シオンは更に言葉を続ける。

「〝だから俺は、こうしてお前を待ってたんだ〟」

「〝こうして、だと……!?　まさか貴様、その身を転生させたなどと馬鹿げたことを言うつもりではあるまいな……!?〟」

黒殲龍は酷く焦ったような様子で聞き返した。

「〝そのまさかだよ、ブラッキー。俺は以前のジーク＝フリードの肉体の死と同時に、魂を四百年後の新たな肉体へ移したんだ〟」

驚きで血相を変える黒殲龍を相手に、相変わらずどこか得意気にシオンは言い切った。

……一から十まで、何もかもが嘘。

彼は黒殲龍がここに来ることはおろか、つい先程まで終焉の黒殲龍《シュヴァルディウス》が封印されていたということさえ知らなかった。

にもかかわらず、そのような事実を微塵も感じさせない程自信満々に彼は言い切った。

まさに、堂々たるハッタリ。

「〝そっ、そんなッ!!　そのような馬鹿な話があるものか……ッ!!　そのような魔術、聞いたことが無い!!　そんなこと、出来る訳がないのだっ!!　そうとも、有り得るものか……!!　戯言《たわごと》も、大概にしたらどうだ……ッ!!〟」

シオンが最後に吐いた大嘘に、さしもの黒殲龍も取り乱した様子だった。

シオンはここまで相手に嘘が露呈しないように言葉を選んで来たが、その大嘘ばかりはあまりにも信憑性《しんぴょうせい》が無さ過ぎた。

転生魔術など、数千年の時を生きたドラゴンでさえ聞いたことのない話。

ともすれば、まだ不死の魔術や変化の魔術の方がよっぽど現実味があるほど。

激しい動揺を見せながら、強く否定するように叫ぶ黒殲龍。

そのような状態の相手に「転生魔術を使用した」などというデタラメを信用させるには、相応の根拠の説明が不可欠だろう。

「〝有り得ない……？　戯言……？　くっくっく……〟」

しかしシオンは説明となる言葉を並べることもなく、呟くように黒殲龍の言葉を繰り返すと、肩を揺らして小さく笑った。

「あっはっはっは、ハーッハッハッハッハ!!」

そして今度は、堪《こら》えきれないと言わんばかりに大きく、左手で目元を隠しながら高らかな嗤《わら》い声《ごえ》を上げた。

「〝な、何が可笑《おか》しいかッ!!〟」

あまりに状況にそぐわないその光景に対し、男の言動が理解出来ない黒殲龍は怒声を上げる。しかしそれさえもお構いなしに、シオンは高らかに嗤い続けた。

そして、一頻《ひとしき》り嗤い続けた彼は、ようやく落ち着いたように一息吐《つ》くと、改めて黒殲龍へ向き直った。

「はー……。〝なぁ、ブラッキー……〟」

「〝――――ッ〟」

一転、その顔からは一切の笑みが消え、まるで波一つ立たない湖のように、抑揚の消えた声で、彼は黒殲龍に問うた。

「〝本気で出来ないと思うのか？　この俺に〟」

「〝……ッ!!〟」

――黒殲龍が納得するだけの根拠が必要なこの状況で、シオンは今度は強行突破を選択した。

それは、理屈をかなぐり捨てたあまりにも強引過ぎる言い分。

下らない理屈や根拠など必要ない。

自分がジーク＝フリードであるから、史上唯一のSSS級である故に、そこに不可能はないという確固たる自負。

「〝そ、そんな……、馬鹿げた……〟」

本人以外では有り得ない程の、圧倒的な自信と気迫。

本来ならば、相手が納得するような嘘を言葉巧みに並べて騙すのが最善策だっただろう。

しかし彼はその瞬間、まさに自分がジーク＝フリードであると信じ切っていた。

自分こそがジーク＝フリードであると思い込んだ彼に、下らない嘘やハッタリは必要なかった。

……そして、ついに。

「〝いや……。……そうか。そうだろうな……〟」

僅かな時間黙り込んだ末に、先程までとは打って変わり黒殲龍は観念した様子で静かに口を開いた。

「〝貴様なら、それくらい出来るだろうな……〟」

両眼《め》を金色に輝かせて黒殲龍を見据えるシオンに対し、黒殲龍もまた、シオンの両眼をしっかりと見据え、声を掛けた。

「〝——ジーク＝フリード〟」

ついに、この日初めて終焉《シュヴァルディウス》の黒殲龍はその名を口にした。

それは、黒殲龍が「目の前の人間こそがジーク＝フリードの転生者である」と認めた瞬間であった。

本物の大英雄と見紛《みまが》う程のシオンの気迫は、終焉《シュヴァルディウス》の黒殲龍を完全に欺いたのだ。

いや、気迫だけではない。嘘の選択、ハッタリ、鎌かけ、煽《あお》り、駆け引き。間とタイミング。それらを巧みに駆使した上で、終焉《シュヴァルディウス》の黒殲龍を騙し遂《おお》せたのだ。

世界最強のドラゴンを相手に、ただ強者だと思わせたところで怖気付《おじけづ》くなど有り得ない。

……しかし、ジーク＝フリードだと思わせたならば。

かの黒き龍を唯一倒しうる人物だと思わせたならば、状況の有利はシオンに大きく傾く。

このまま上手《うま》い具合に言葉の駆け引きを続け、救援が来るまでの時間を稼げばアルフォンスを救えるとシオンは確信した。

……だが彼のこの考えは、直後一瞬にして大きく変わることとなる。

「〝久し振り、か……。そうであるな。実に久し振りだ……〟」

先程までの取り乱した様子はすっかりと落ち着き、静かに、どこか懐かしむような口調で語り掛ける黒殲龍。

「〝……会いたかったぞ、ジーク＝フリード……。また貴様に逢《あ》えるとは、こんな奇跡願ってもいなかった……〟」

そこまで言うと、十メートルは離れていたはずの黒殲龍は一瞬にしてシオンの目の前に現れた。

その挙動に伴った突風により、シオンの髪や制服が激しく靡《なび》く。黒殲龍による大きな影は、目の前のシオンの全身を覆った。

「〝何故《なぜ》ならば〟」――と、シオンの眼前まで顔を近づけて黒殲龍は言葉を続けた。

「〝この我は四百年もの間、貴様に復讐《ふくしゅう》することだけを考えていたのだからなぁ……ッ!!〟」

……終焉《シュヴァルディウス》の黒殲龍は心底嬉《うれ》しそうに、歪《いびつ》な笑みを浮かべていた。

閑話　歴史に消えた男

ギルバート王国の位置する大陸を中心とした時、大陸の東側の海の先に「和ノ國《わのくに》」と呼ばれる国が存在する。

和ノ國《わのくに》は大陸とは少々異なった独自の文化を持つ、大陸の百分の一にも満たない土地面積の非常に小さな島国である。

そこにはかつて二十にも上る領土と領主が存在し、侍と呼ばれる戦士達《たち》による領土争いの合戦が続いていた。

そして後に「戦国時代」と称される歴史上最大規模の領土争いが、実に百年に亘《わた》り和ノ國《わのくに》で行われた。

その末に一人の男が史上初めて国土中全ての領土を統一し、「和ノ國《わのくに》」初の国王が誕生した。

国王となった男は、かつては土地が小さければ人も少なく、武力も碌《ろく》に持たないような弱小領土の領主だった。

しかし、男は並み居る強豪の武将達を次々と打ち倒して勢力を拡大させ続け、その果てに全ての国土を統一した。

和ノ國《わのくに》の歴史では、「初代の国王は並外れた知力と策略によって圧倒的な戦力差を覆し、常勝無敗を誇った」とされている。

……だが、事実は少々それと異なる。

事実としては、弱小領土を全国統一に導いたのは初代国王本人ではなく、彼の側近であり参謀を務めた男の功績というのが正しい。

側近とは言っても、その参謀を務めた男は初めから初代国王の家来だった訳ではない。

その男は、元々は初代国王が治めていた領地のしがない農民であった。

その農民は「天下人」となる野望や「地位を上げたい」といった願望などは持ち合わせておらず、平凡な農家としての暮らしを営んでいた。

しかし、自身の村が大規模な合戦に巻き込まれそうになった出来事を切っ掛けに、二度と村が戦火に巻き込まれることがないよう、和ノ國《わのくに》に悠久の平穏をもたらせるよう、自らの手で天下を統一することを決意した。

だが、腕力や剣術の才能、弓術や槍術《そうじゅつ》、忍術或《ある》いは妖術と称される術を扱う才能などの戦う為《ため》の才能を、ただの農民だったその男は欠片《かけら》も持ち合わせていなかった。

だが男は、相手の考えを尽《ことごと》く見抜く恐ろしい程の観察眼と洞察力を持っていた。

加えて、状況に最も適した台詞《せりふ》を導き出し、話術で相手を欺く能力、先を見通し自分が思い描いた状況を作り上げる先見性、そして何より、度胸が桁違いに優れていた。

男はその能力を惜しみなく駆使し、開戦間近の兵たちを言葉巧みに騙《だま》し、村が巻き込まれそうになった大規模な合戦を阻止することに成功した。そして、その成果を手土産に初代国王になる前の当時の領主に取り入り、瞬く間に参謀としての地位まで上り詰めた。

参謀となった後は汚い策略と口八丁のオンパレード。

時に敵対する二つの強豪陣営を騙して潰し合わせ、時に馬借と呼ばれる運送業者を騙して敵地に鈍《なまくら》を流通させ、時に敵陣の足軽を騙して補給物資を奪い、時に近隣の領主を騙して戦力を借り、時に相手兵士を騙して自陣に取り込み、時に敵将相手に虚偽の情報を信じ込ませて降参させた。

和ノ國《わのくに》で「正々堂々」「礼儀を重んじる」「誇り高く」といった意味を持つ「武士道」と呼ばれる理念を踏みつけ蹴飛ばし唾を吐きかけるような戦を続けた男だったが、それが結果として最小限の流血で戦国の世を終わらせた。

本来ならば、彼は稀代《きたい》の策士として和ノ國《わのくに》で未来永劫《みらいえいごう》語り継がれたはずだっただろう。

……しかし、彼の功績とその名前が世間に知られることはなかった。

戦時中においては、彼の役割上その存在は秘匿せざるを得なかった。

その後、初代国王は国土統一後に改めて彼の功績を世間に明かし、国王の立場を明け渡すことを参謀の男に提案した。

国王となれば国内最大の地位と名誉を取得し、一生涯贅沢《ぜいたく》な暮らしが保障される。真に天下を統一した男こそ、その待遇を受けるべきであると。

だが、彼はそれを頑《かたく》なに拒否し、本人たっての希望で彼の存在は秘匿され続けた。

曰《いわ》く、――「〝陰の参謀〟って、なんかカッコ良くね？」と。

初代国王の参謀を務めたその男の名は、一之瀬《いちのせ》一平《いっぺい》。

国土統一後、一平は国王の家臣としての立場をあっさりと放棄し、自身が戦乱を終わらせた国を見て回る旅に出た。

そして後に彼の子孫は大陸へと渡り、先祖から受け継いだ卓越した洞察力と話術を駆使し、商人としての成功を収めた。

――……それから時は流れ、一族の末裔《まつえい》は今、世界最強のドラゴンと対峙《たいじ》していた。

十二話　黒き龍の瞳に映るは

「〝この我は四百年もの間、貴様に復讐することだけを考えていたのだからなぁ……ッ!!〟」

「……」

巨大な口が自身を飲み込む程の至近距離で放たれた言葉を前に、シオンは一切動じることと無くただ正面を見据えた。

「(……やっぱり、そうだったか)」

終焉の黒殲龍《シュヴァルディウス》の言葉を聞いて、内心ではそれが凡《およ》そ予想出来ていたようにシオンは納得した。

「(まぁ、そりゃそうだよな。だって、終焉の黒殲龍《シュヴァルディウス》は――――)」

それは、黒殲龍が大英雄ジーク＝フリードに対する復讐心を滾《たぎ》らせているという事実、――ではない。

シオンは生まれつき並外れた観察眼と洞察力を持ち合わせている。

そしてその感覚は「トランスゾーン」に入り普段より桁違いの集中力となっている今、

普段以上に研ぎ澄まされていた。

　そんな彼は、先程の黒殲龍の発言を受けて勘づいた。――終焉の黒殲龍《シュヴアルディウス》の言葉は、全く、の大嘘であると。

『〝また貴様に逢えるとは、こんな奇跡願ってもいなかった……〟』

『〝この我は四百年もの間、貴様に復讐することだけを考えていたのだからなぁ……ッ!!〟』

　これらの黒殲龍の言葉が全て嘘《うそ》、それはつまり……。

「終焉の黒殲龍《シュヴアルディウス》はジーク＝フリードの手によって四百年もの間封印されていたにもかかわらず、彼とは二度と会いたくないと思っており、復讐などもっての外」という真逆の真実を意味していた。

　しかしそれは、シオンにとっては何ら予想外のことではなかった。

　寧《むし》ろ、彼はその可能性が大きいことを最初から分かっていた。

　だからこそ、自身がジーク＝フリードであると信じ込ませる策に出たのだ。

　……本来ならば、自身を四百年間も封じ込めた相手に対して強い憎しみを抱いているはずだろう。

　だがそれでも、終焉の黒殲龍《シュヴアルディウス》がジーク＝フリードに対して強い恐怖心を抱いているであろうことは想定内だった。

なぜなら、黒殲龍に関する文献において、史実では必ず次のように記されているからだ。

……終焉の黒殲龍《シュヴァルディウス》は初めてジーク＝フリードと邂逅《かいこう》し深手を負わされた時から三年もの間、ただひたすらジーク＝フリードから逃げ回って生き延びていた——と。

終焉の黒殲龍《シュヴァルディウス》とジーク＝フリードとの戦いの歴史を掻《か》い摘《つま》むと、「初めて出会った時に黒殲龍はジーク＝フリードに半殺しにされ」、「逃げ延びた黒殲龍を有志の仲間と共に見つけ出したジーク＝フリードが再び半殺しにし」、「またもや逃げ延びた黒殲龍を追い詰めたジーク＝フリードが半殺しにし」、「辛うじて生き延び密《ひそ》かに隠れ続けていた黒殲龍を炙《あぶ》り出したジーク＝フリードが欠片も残さず消し飛ばし」、「ついに殺し切ったと思った黒殲龍が実は生き延びており、それを知ったジーク＝フリードが——」、といったことを、終焉の黒殲龍《シュヴァルディウス》が打ち倒されるまで（実際は封印されるまで）続けていた、というもの。

そう、終焉の黒殲龍《シュヴァルディウス》はその絶対的な不死性を持つあまりに、無限に殺しに来るジーク＝フリードからただひたすら逃げ続けていたのだ。

そんな黒殲龍が四百年の封印が解けた際にジーク＝フリードに対する復讐を狙うなど、到底あり得ないだろう。

そして、シオンが「黒殲龍はジーク＝フリードを最大限警戒するだろう」と想定した理由はもう一つ。

それは今の黒殲龍があまりにも弱過ぎるということ。

先程までアルフォンス＝フリードとの戦いを見ていたシオンは、まさに世界最強たる力を目の当たりにした。

しかしそれでも、かつての終焉の黒殲龍《シュヴァルディウス》の記録と比べるとあまりに弱過ぎた。

かつての黒殲龍は前脚の一振りで大きな山を半分以上削り、黒炎の塊を放てば一つの都市諸共《もろとも》消滅させたとされている。

それと比べると、今の黒殲龍は比較にも及ばない程に弱い。

恐らく、封印が解けて間もない今はまだかつての力がほとんど戻っていないのだろう。

そのような状況で、全盛期でさえ足元にも及ばなかった自身最大の脅威であるジーク＝フリードに対する復讐《ふくしゅう》など、実行する訳がない。

それらを考慮した上で、「自身をジーク＝フリードであると思わせることが出来れば黒殲龍は警戒し、安直に攻撃はして来ないだろう」と、シオンは考えたのだ。

そして、黒殲龍がジーク＝フリードのことを自身を唯一倒しうる存在として多少なりとも警戒しているならば、救援が来るまでの時間稼ぎが出来ると思っていた。

だが、相手が酷《ひど》く怯《おび》えながら虚勢を張るほどジーク＝フリードに対して恐怖心を抱いているならば、話は変わってくる。

「（折角封印が解けて自由の身となったのに、運が無かったな、終焉の黒殲龍《シュヴァルディウス》……。もし今ここにいるのが俺でなければ、お前はこれから世界中を蹂躙《じゅうりん》し、大好きな〝人々の恐怖心〟を存分に楽しむことが出来ただろう……。……だけど、相手が悪かったな）」

そしてシオンは、「限界加速《リミット・アクセル》」を発動した。

——こっからは、俺の独壇場だ。

◆

——実のところ、シオンと邂逅して間もない段階から「恐らく目の前の男がジーク＝フリードであろう」という強い確信が、黒殲龍の中にはあった。

自身の目にも留まらぬ速度でジーク＝フリードの子孫ごと移動してみせたという行動だけを見ても、少なくとも只者《ただもの》ではない。

更に、紛《まが》うことなく純粋な人間の匂いであるはずなのに龍族の言葉を操り、ジーク＝フリードと同じ金色に輝く瞳を持ち、自身のことを〝黒いやつ《ブラッキー》〟と呼ぶ。

ただそれらの事実だけでも、黒殲龍が「もしかしたらジーク＝フリードなのでは？」と思うには十分だった。

しかし、黒殲龍にとっての最たる根拠はそれらではなかった。

何より黒殲龍の確信を強くしたのは、「目の前の人物が、自身に対して一切の恐怖を抱いていない」というものだった。

終焉の黒殲龍《シュヴアルディイウス》には元来「生物が抱く恐怖心」を感じ取る力がある。

そして黒殲龍にとっては生物が自身に対して抱く恐怖心を浴びることこそが何よりの快楽であり、数千年に亘《わた》って快感を求め暴虐の限りを尽くしていた。

終焉の黒殲龍《シュヴアルディイウス》を知る者も、知らぬ者も、あらゆる生物が黒殲龍を前にすると確かな恐怖心を抱いた。

かつて勇猛果敢に黒殲龍に立ち向かった戦士達《たち》であろうと、どれほど己を鼓舞し奮い立たせた戦士であろうと、本能的な恐怖心は必ず生じていた。

だが、数千年間で唯《ただ》一人、黒殲龍に対して一切の恐怖心を持たぬ者がいた。

その者こそが、後の大英雄ジーク＝フリードであった。

ジーク＝フリードが初めて黒殲龍と邂逅した時から三年間、彼は終焉の黒殲龍《シュヴアルディイウス》に対して微塵《みじん》も恐怖心を抱くことがなかった。

彼はまさに例外中の例外であり、黒殲龍にとってもそのような人物はジーク＝フリード以外有り得ないという絶対的な確信を持っていた。

……にもかかわらず、突如として目の前に現れた男は自身に対して一切の恐怖心を抱いていなかった。

それこそが、終焉の黒殲龍《シュヴアルディイウス》が一之瀬シオンに対して「ジーク＝フリードではないか」という思いを強く持った最たる要因。

黒竜龍の感覚が鈍って恐怖心を感じ取れなかった訳ではない。

つい先程までの学園の生徒達から非常に強い恐怖心を感じ取り、ジーク＝フリードの子孫であるアルフォンス＝フリードからでさえも強い恐怖心を感じ取っていたからだ。

つまり、目の前の男は黒殲龍に対して間違いなく微塵も恐怖を感じていないということになる。

そのような人物が龍族語を話し、金色の目を持ち、自身を「黒いやつ《ブラッキー》」と呼ぶ。

終焉の黒殲龍《シュヴアルディウス》にとって、それでジーク＝フリードを連想しない方が無理な話であった。

しかしだからと言って、黒殲龍にとっては到底受け入れ難い話。

だからこそ黒殲龍は目の前に押し付けられた可能性の塊を振り払うように、目の前の男に対して「見覚えは無い」と言い張った。

すると、出てきてしまったのだ。

――「龍殺しの剣《バルムンク》」が。

それは四百年前、終焉の黒殲龍《シュヴアルディウス》を幾度と無く斬り刻んだ代物。

「真っ二つ」や「首を落とされる」なんて生易しいものではない。

驚異的な回復速度を持ち、どれだけ身体《からだ》が欠損しようと一瞬にして元通りに戻る黒殲龍でさえ、その回復が及ばない程に斬り刻み、木っ端微塵にまでした剣。

切断される度に回復する己の肉体を、無限にも思えるほど何度も何度も斬り刻んだその剣は黒殲龍にとっての恐怖の象徴。

目に映る度に自身を震え上がらせたその剣を、黒殲龍が忘れようはずがなかった。

そして目の前の男が握る剣が「龍殺しの剣《バルムンク》」であると悟った時、終焉の黒殲龍《シュヴァルディウス》の考えは明確なものに変わった。

しかしもしジーク＝フリード本人であるならば、四百年も生き永らえている上に姿形や匂いまでもが異なっている理由が気に掛かる。

一縷《いちる》の望みを掛けて、目の前の男がジーク＝フリードではない最後の可能性に賭けて、その事実を突きつけた。

しかし、結果的に得られたのは想定しうる限り最も最悪の返答。

自身の封印が解け、自身がジーク＝フリードの子孫の匂いに釣られてここまで来ることを見越した上で転生して待ち構えていたという、あまりにも絶望的な答えだった。

全てがジーク＝フリードの掌《てのひら》の上だったという事実と、四百年経《た》ってなお自身を狙い続ける凄《すさ》まじい執念に身体の底から恐怖心が湧き上がるのを感じた。

しかし、そのように不安定な精神状態であっても「転生魔術」というのはあまりに信じ難い話だった。

だがそれも、目の前の男から発せられる圧倒的な気迫と自信を前にした時には信じるほかになかった。

「〝いや……。……そうか。そうだろうな……〟」

どれだけ有り得ない話であろうと、ジーク＝フリードならば有り得てしまう。

ジーク＝フリードは剣の腕は勿論《もちろん》、魔術に関しても歴史上最高峰の能力を有していた。

四百年前、絶対的な不死性を持つ黒獵龍に対して、ありとあらゆる魔術を駆使して殺害を試み、果てには黒獵龍の魔力を封じる封印魔術まで編み出した男。

「〝貴様なら、それくらい出来るだろうな……〟」

冷静に考えれば、あの男に転生は出来ないと言う方が不自然な話。

もっと言うなれば、あのジーク＝フリードによる自身への封印がたった四百年であっさり解けてしまったことも辻褄《つじつま》が合う。

もはや、疑う余地などどこにも無かった。

「〝ジーク＝フリード〟」

黒獵龍は、目の前の男がジーク＝フリードであると認めざるを得なかった。

◆

「〝会いたかったぞ、ジーク＝フリード……〟」

――嘘じゃ、二度と会いとうなかった。何でここにおるんじゃ、意味が分からん。

「〝また貴様に逢《あ》えるとは、こんな奇跡願ってもいなかった……〟」

——嘘！　全部嘘！　四百年経ってこの世にお主がおらぬことが唯一の心の救いじゃったのに!!

「〝何故《なぜ》ならば、この我は四百年もの間、貴様に復讐することだけを考えていたのだからなぁ……ッ!!〟」

——もう無理じゃあ!!　あまりの絶望に気が動転して意味不明な虚勢張ってしもうた!!　許してください!!

自身にとっての恐怖の化身を前に、顔が引き攣《つ》ってしまっていることが黒殲龍は自分でも分かった。

——怖っ!!　めっちゃ真顔で目ぇ見てくるんじゃけど!!　怖い!!　怖過ぎる!!　儂《わし》の目をこんなに真っすぐ見てくる生き物他におらんて!!　終わった!!　儂、終わった!!

黒殲龍が奥歯と後ろ脚をガタガタと震わせながら、自身の言動を激しく後悔していると、その目の前にいたはずの人物が突如として視界から消えた。

「〝復讐……か〟」

瞬間、自身の喉下に冷たい金属が触れる感覚が黒殲龍を襲った。

「〝————ッッ!?〟」

反射的に黒殲龍が大きく飛び退《の》くと、先程まで自身の喉下に位置していた場所には

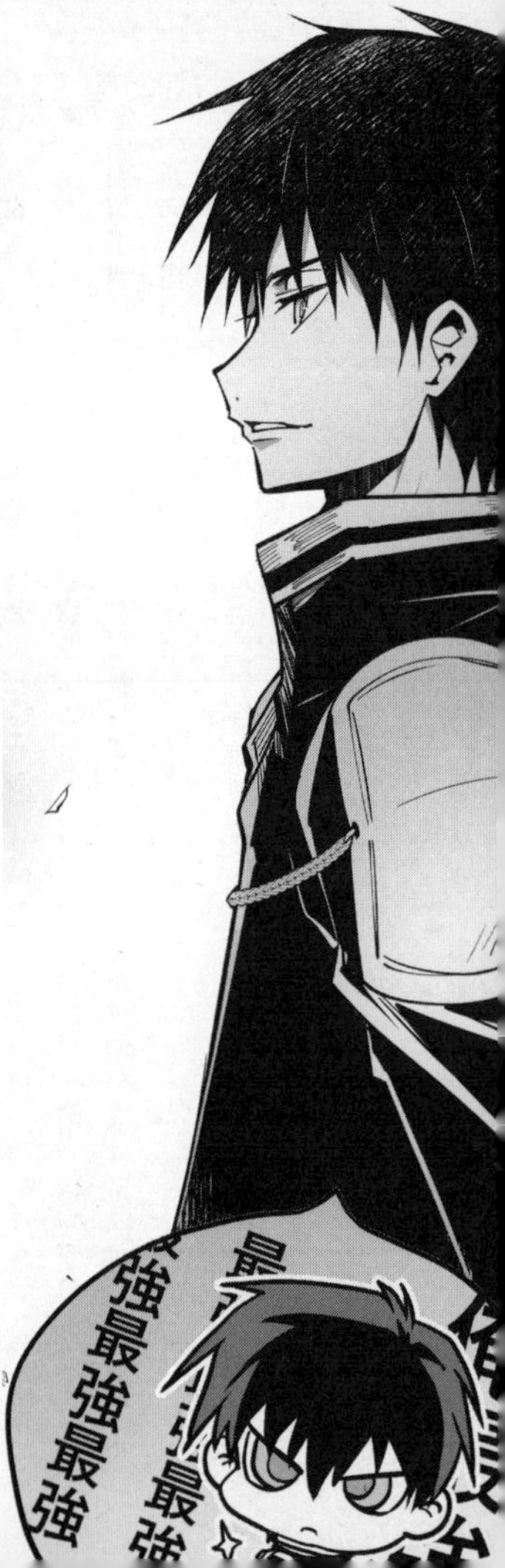

「龍殺しの剣《バルムンク》」を軽く掲げる一之瀬《ジーク＝フリード》シオンが立っていた。

――…………ッッッ!?　あばばばば、い、今、あ、当たってたのう!?　バ、「龍殺しの剣《バルムンク》」が、儂の、の、のの喉下に当たってたのう!?

――え、儂、大丈夫!?　頭、ある!?　儂、まだ生きてる!?

過去、自身が一瞬知覚出来ぬ程の速度で首を落とされた経験が何度もある黒殲龍は、自身の頭と首が繋《つな》がっていることを両の前脚を使って確認する。

――よ、良かった……。ちゃんと頭ある……。

……しかし、安堵《あんど》も束《つか》の間《ま》。

「〃ッ!?〃」

黒殲龍の様子などお構いなしに、ジーク＝フリードが「龍殺しの剣《バルムンク》」を片手に表情一つ変えず歩み寄ってくる姿が目に映った。

「〝なぁ、ブラッキー〟」

完全に脚が竦《すく》んで動けなくなってしまった黒殲龍の側《そば》まで歩み寄ると、ジーク＝フリードは問いかけた。

「〝お前、そんな絞りカスみたいな力で俺に勝てる気でいるのか？〟」

「〝――――ッ!!〟」

——ば、バレておる～～!?

そう、頭だけの状態に封印の剣を突き刺されたまま四百年もの間封印されていた黒殲龍は、封印が解けた後も肉体の回復に多くの魔力を要し、現在その力は全盛期の十分の一にも満たない不完全な復活となっている。

更に、先程のアルフォンス＝フリードとの闘いの最中、彼が繰り出したかつてのジーク＝フリードの技「栄光の煌き《スパークル・エーレ》」を前に盛大にビビってしまい、魔力消耗の激しい第二形態にまでなってしまった。そのため、黒殲龍にはまさに絞りカスのような力しか残っていない。

ただ、そのような状態になってなお、現在の人類の精鋭達を軽く蹴散らして余りある程の力は残ってはいる。……とは言え、全盛期に手も足も出なかったジーク＝フリードが相手ではもはや闘いにさえならない。

その衰弱具合までもが見抜かれてしまっていることに黒殲龍は深く絶望した。

——もう、お仕舞いじゃ……。今度こそ、儂は死ぬんじゃ……。

しかし、直後。

——……死ぬ？　はて……？

強烈な違和感が黒殲龍を襲った。

——一体なぜ、儂はまだ生きておる……？

……それは、自身の死を悟ったからこそ生まれた違和感。

——何故、奴《やつ》は儂に攻撃して来ない……？　さっきのことも含め、儂を仕留める機会など奴にはいくらでもあったはず……。

かつてのジーク＝フリードであれば、黒殲龍を前にすれば問答無用で殺しに掛かっていただろう。

いくらか言葉を交わしたことはあるが、精々ジーク＝フリードが黒殲龍へ怒りの言葉をぶつけ、それに対して黒殲龍が軽く返していたという程度。

——奴は、こんなに長々と儂と会話をするような男ではなかった……。そもそも、四百年経って封印が解けることが分かっていたなら、初めからそこで改めて封印を施すなり、仕留めるなりすれば良かったのではなかろうか……？

——一体何故、奴はわざわざこんな状況になるまで儂を放っておいた……？

目の前の男がジーク＝フリードであることは、もはや疑う余地はない。

しかし、ならばなぜ未《いま》だに彼は自身に一度も攻撃をして来ないのか。

——まさか……。

そして黒殲龍は、一つの結論に辿《たど》り着いた。

――ジーク＝フリードに、かつての力は残っていない……？

黒殲龍の中に生まれた一つの疑念。

なぜ、未だに彼は自身に攻撃して来ないのか。そもそもなぜ、封印が解けることが分かっていながら、みすみす封印を解かせたのか。

それらにもし辻褄の合う事実があるとすれば、「今のジーク＝フリードには四百年前の力が残っていない」……という可能性であった。

常軌を逸した魔術の才能を持ち、転生魔術という前代未聞の大魔術を完成させたジーク＝フリードとて、その行使が不十分だったという可能性は有り得る。

――いや、有り得るなんて話ではない!!　むしろ、そんなぶっ飛んだ魔術が完璧に成功するという方が不自然ではないか!!　そうじゃ!!　そもそも奴が儂に施した封印魔術は永遠に封じることの出来ない不完全なものじゃった!!　あのジーク＝フリードとて、魔術で失敗することはあるじゃろうて!!

転生魔術が不完全だった結果、ジーク＝フリードは四百年前の能力を引き継ぐことが叶《かな》わなかった。

もしもそうだとすれば、黒殲龍の解放をみすみす見逃し、今なお黒殲龍との交戦を行わないことにも納得がいく。

――奴は今、間違いなく儂との交戦を避けておる!!

それは絶体絶命と思われた黒殲龍が助かるかもしれない、一縷の希望。

黒殲龍の想像通りならば、彼はかつての力を失っていることを決して悟られたくはないだろう。

先程、黒殲龍はその虚栄心からジーク＝フリードの目前まで迫り偽りの殺意を彼に向けたが、それでも彼から恐怖心は感じなかった。

それどころか、堂々と黒殲龍に対して刃《やいば》を向けてきた。

──もし力が無いことを隠しているのならば、流石《さすが》は大した胆力と言わざるを得まい……。じゃが、その余裕は恐らく、儂からは絶対に手を出してこないという確信があればこそだったのではないじゃろうか……？　もし力を失っていることを直接指摘されれば、さしもの奴だろうと、否《いや》が応でも動揺が生まれるはずじゃ!!

動揺は心の隙となり、強固な胆力を以《もっ》てしても恐怖心を生む。

いくら表面上で余裕を取り繕おうと、本能的な生物の恐怖心を感じ取る黒殲龍を前に誤魔化しは利かない。

あのジーク＝フリードが黒殲龍に対して極僅かにでも恐怖心を抱いた時点で、疑惑はほとんど確信へと変わる。

そしてその疑惑が事実であると確認出来れば、形勢は一気に黒殲龍に傾き、ともすればこの場でジーク＝フリードを抹殺することが出来る。

わざわざ回りくどく舌戦などせずとも、黒殲龍から攻撃を仕掛ければ今のジーク＝フリードにどれ程の力が残っているかは明確に分かる話ではある。

しかし一度攻撃を仕掛けてしまうと、開戦は不可避。

もし仮に事実が黒殲龍の疑念と異なり、ジーク＝フリードが以前のままの強さならば、それは紛れもない自殺行為。他に助かる可能性や手段があったとしても、それらを全て捨て去る最たる悪手。

そのため、黒殲龍は事実を確認するべく口八丁という手段を選択した。

――力がないことを指摘するにせよ、ただの当てずっぽうであると悟られてしまえば意味が無い……。奴の心を揺さぶるには、いかにも「全てお見通し」と言わんばかりに振舞う必要があるじゃろう。――見せるしかあるまい。世界最強のドラゴンの、世界最高の話術を!!

そして、黒殲龍は勝負に出た。

「〝カッカッカ……〟」

自身最大の仇敵《きゅうてき》を前に、ケラケラと笑い声を上げる黒殲龍。

「〝我の力が絞りカスとは、良く言ったものだ。ジーク＝フリードよ〟」

「……」

どこか小馬鹿にしたような、皮肉めいた口調で語り掛ける黒殲龍。

相対する男は、その様子を黙って見ている。

「〝確かに我は今、四百年前の力のほとんどを取り戻せていない。だが、貴様はどうだと言うのだ？　ジーク＝フリード〟」

不敵な笑みを浮かべながら問いかける黒殲龍。

「……」

男は、ただ静寂を保つ。

「『まさか……』とでも思っているか？……残念ながら、その『まさか』だ〟」

「……」

「〝……まさか、バレていないとでも思ったのか？　都合の良い妄想も大概にしておくが良い〟」

黒殲龍は確信的な指摘をせず、揺さぶりを掛ける。

「〝貴様が本人であるとは、中々に信じ難かったぞ。とは言え、転生魔術が信じられなかった訳ではない。先程も言ったが、貴様なら出来ても不思議ではないからな〟」

「……」

「〝何より信じられなかったのは、貴様があまりに弱くなり過ぎていることだ〟」

「……」

黙って話を聞く男に、黒殲龍はどこか呆《あき》れたような口調で語る。

「〝……まさか、隠し通せるとでも思ったのか？……そんな訳がなかろう〟」

そしてついに、黒殲龍は核心を突く言葉を口にした。

「〝ジーク＝フリードよ。転生した今、貴様に四百年前の力は残っていないことなど、分かりきっているぞ〟」

言葉を紡げば紡ぐほど、自分の言い分が事実であるという自信が黒殲龍の中に湧いていた。

対峙《たいじ》している男など、もはや黒殲龍の目にはただの平凡な人間にしか見えていない。

これで間違いなく目の前の男から恐怖心が生まれると、黒殲龍は確信した。

……だが。

――……あ、あれ？

瞬間、興奮から沸騰するほどに熱くなっていた血液が、急激に冷たくなっていくのを黒殲龍は感じた。

息が詰まる。自分の心臓の音が、嫌という程に聞こえてくる。

まるで世界が歪《ゆが》んでいるかのように視界がぶれ、焦点が合わなくなる。

先程まで様々なビジョンが溢《あふ》れるように浮かんでいたはずなのに、思考が真っ白になっている。

ほとんど頭が回っていない今の黒殲龍に、一つだけ分かることがあった。

——感じない……っ。

少し離れた位置に立つ男に向けて、必死に意識を集中させる。

なにかの間違いであって欲しいと、祈りながら感覚を研ぎ澄ます。

しかしどれ程集中しようとも、男から恐怖心は感じ取れなかった。

——そ、そんな……!?

黒殲龍の思惑は、完全に瓦解した。

「〝——悪い、ブラッキー〟」

黒殲龍の言葉を十数メートル離れた位置で黙って聞いていた男が、ゆっくりと歩きながら近づいて来る。

「〝ちょっと遠くて、良く聞こえなかったわ〟」

「龍殺しの剣《バルムンク》」を片手に持った男が、黒殲龍の目の前で立ち止まる。

「〝もう一回、さっきの言ってくれるか？〟」

「〝……べ、別に、何も……？〟」

聞こえなかったのならば誤魔化せるかもしれないと、黒殲龍は一連の発言をなかったことにしようとした。

「〝俺の力が、何？〟」

……しかし誤魔化せる訳などないと、黒殲龍も分かっていた。

「〝相変わらずのようで、何よりだと……〟」

「〝四百年前の力が残ってるかどうか、今すぐ試すか？〟」

――ちゃんと全部聞こえとるじゃん……。

「〝……って、は!?……試す、じゃと!?〟」

すると、目の前の男は腰を落として後方へ剣を引いた。

そして、徐々にその剣は金色の光を帯び始めた。

男が技を放とうとする直前、黒殲龍は思わず大声を上げた。

「栄光《スパークル》の――」「〝待ってッ!!〟」

「……」

すると、それを受けた男はその手を止めた。

「〝……ジッジッ。待つのだ、ジーク＝フリードよ〟」

一瞬大きく動じた黒殲龍だったが、咳払《せきばら》いをし、平静を取り戻そうと努めながら声を掛けた。

「栄光の煌き《スパークル・エーレ》」。それはかつて、絶対的な不死性を持つ終焉の黒殲龍《シュヴアルディウス》を最も完全消滅に近い状態まで追い詰めたジーク＝フリードの奥儀。

ジーク＝フリードは、黒殲龍に多くのトラウマを刻んできた。

その中でも、自身の肉体を完全に消し飛ばし目視出来ぬ僅かな魔素のみの状態に追いやったその技は、黒殲龍にとって最たるトラウマの一つ。

その技を前に、黒殲龍が反射的に大声を出してしまったのは無理のない話だった。

「〝どうした？　弱くなり過ぎている俺に技を撃たれて、何か困るのか？〟」

「〝い、いや……それは、、、、、……〟」

「〝なぁ、ブラッキー〟」

言い淀《よど》む黒殲龍に対し、男は言葉を続けた。

「〝俺の転生魔術が不完全だったなんて、まさか本気で思っていたのか？〟」

「〝それは、その……〟」

「〝そんなこと、ある訳ないだろうが〟」

当たり前の事実を突きつけるように、男は無情に言い切った。

――……そりゃ、そうじゃろうて!!　あのジーク＝フリードが魔術で失敗する訳なかろうて!!　わしゃ、アホか!!

あまりにも希望的観測が過ぎた自身に対し、厳しく叱咤《しった》する黒殲龍。

止められなければそのまま技を放つ勢いだった男を前に、自身の抱いた疑念が完全な間違いであったと黒殲龍は痛感した。

――ジーク＝フリードが力を失うなどと、なんたる愚かな……ん？　んん……？

しかし次の瞬間に黒殲龍の中に生まれたのは、やはり違和感。

違和感の正体は、数刻前に抱いたものと全く同じ。

……ジーク＝フリードは、一体何故《なぜ》攻撃を止めたのか。

力を失っていないことは既に明らかとなった。

ならばやはり、「栄光の煌き《スパークル・エーレ》」を中断した理由、そして今なお攻撃をして来ない理由が分からない。

一瞬、この四百年の間で、もしかしたら自身が既にジーク＝フリードに許されたのでは、という考えが黒殲龍の脳裏を過《よぎ》った。

――……いや、そんな筈《はず》はないじゃろう。

しかし、その可能性はすぐに否定した。

――もう、甘い考えは決して持たぬ。甘えた希望に縋《すが》ること無く儂《わし》が助かる為《ため》の最善を尽くさねば、この場から生き延びることは叶《かな》わぬじゃろうて。

「〝……ジーク＝フリードよ〟」

「〝なんだ〟」

しばらくの静寂の後、徐《おもむろ》に黒殲龍が口を開いた。

「〝少し、我の話を聞かぬか〟」

意を決したように、男に頼んだ黒殲龍。

「〝ああ、聞いてやる〟」

すると、意外にもすんなりと男はそれを承諾した。

——やはり、奴《やつ》が手を出して来ない理由は分からぬ。四百年前、あれほど儂に殺意を向けていた男がこうして儂の話を聞くなど、目の前にしてなお信じ難い。——じゃが事実として、未《いま》だ奴と儂には会話をする余地がある。——自棄《やけ》になって攻撃するのは最悪手。逃げ出したとて、そのまま逃げ切れる訳もなくぶち殺されてしまう。

——ならばこそ、この会話をする余地のある今この場で、儂が生き残る道を摑《つか》み取る他ない。

世界最強のドラゴンとしての誇りを、矜持《きょうじ》を捨てさり、黒殲龍が選んだ自身が生き残る為の手段。

それは、ジーク＝フリードとの交渉だった。

「〝四百年……。我の生きた時間の中では決して長いとは言えぬ年月であった。しかし、首を切り落とされ、頭だけに『封印の剣』を突き刺され、絶え間なく耐え難い痛みに襲われ続ける中で孤独に過ごしたこの四百年は、永遠にも思えるほどの苦しみだった。人の世ではどのような大罪人であろうと、決してそれ程の刑罰を受けることなどないであろう？〟」

「〝ああ、そうだろうな〟」

言葉を続ける黒殲龍に対し、男も相槌《あいづち》を打った。

「〝だが、それで我の罪が許されるとは思ってはおらぬ。……いや、未来永劫《みらいえいごう》我が許されることなどないだろう〟」

「……」

「〝だが、永遠に許されぬとて、いつまで続ける。ジークよ。……我は決して死なぬ。我を封印し、今度は数百年後か数千年後、また封印が解け、貴様が転生し、三度封印する……。……もう一度問う。いつまで続ける、ジークよ〟」

黒殲龍は男の目をしっかりと見据える。

「〝貴様のことだ。いずれはこの我を永遠に封じる封印魔術か、完全に消し去る技を編み出すかもしれない。だが、それは一体いつになる？〟」

「……」

「〝この我を封印するのだ。封印を管理するために、これまでも貴様の子孫を始め、他の人間らの手を借りてきただろう。そして、これからも彼らの手を借りることとなる。……この我を封印し続けるという重い責務を、これから先も多くの人間らに背負わせることとなるのだ。多くの人々を救うために精一杯努力して力を培った人間の子らが、ただ封印された物言わぬ我を見張る為だけにその生涯を費やしていく……。一体いつまで、そんなことを続ける？〟」

「……」

「〝どうだろうか、ジーク＝フリード。……もう、終わりにしようではないか〟」

「……」

男は沈黙したまま、黒殲龍を見据える。

彼が何を思っているかは黒殲龍には分からない。

しかし、黒殲龍は最後まで自分の意思を伝える。

「〝正直な話、封印されている間は己の行いを何度も悔やんだのだ……。苦しめてきた人々を慮《おもんぱか》ったと言えば、それは嘘《うそ》になってしまうが、それでも、我の行いが原因で封印されていると思うと、何度も何度も激しく後悔し、やり直せるならば、決して同じ過ちは繰り返さないと何度も思った〟」

……それは、紛れもない黒殲龍の本心だった。

命を奪った多くの生命に対して懺悔《ざんげ》する程の良心など持ち合わせてはいないが、自身の行いを悔やんだことは揺るぎない事実。

「〝今思うと、今日ここを襲って誰一人として殺さなかったのは、無意識に殺害に対する恐怖心、いや、封印されていた四百年に対する恐怖心があったのかも知れない。……我を打ち倒した男の子孫を前に血が上って思わず激情してしまったが、改めて誓わせて欲しい〟」

「……」

「〝我はもう二度と、人々を殺さない。もう二度と、人々を襲わない。いや、人々の前には金輪際姿を現さぬ。……情けない話だが、もう二度と、封印されていた四百年間のような辛《つら》い思いはしたくないのだ〟」

「〝だから、ジーク＝フリードよ〟」

そして、独白を続けた黒殲龍は……。

「〝もう、手打ちにしてはくれぬか〟」

と、交渉の最後の言葉を言い切った。

それは紛れも無い黒殲龍の心からの願い。

そして、そんな切実な黒殲龍の言葉を受けて、男は口を開いた。

「〝……お前の言いたいこと、よく分かったよ。ブラッキー〟」

男は、静かな口調で言葉を続ける。

「〝お前の言葉に嘘偽りがないことが、俺にはよく分かる。……お前が自分の行いを悔やんでいること、それと、お前の誓い……。――信じるよ〟」

「〝……ッ!!　で、では……!!〟」

「〝けどな〟」

一瞬、希望を抱いた黒殲龍の言葉を、酷《ひど》く冷たい口調で男が遮った。

「〝お前の後悔が本当だろうと、誓いに嘘偽りが無かろうと関係ない。俺は絶対にお前を許しはしない。俺がお前を見逃すなんて、有り得ない〟」

「〝……ッ!!〟」

……小さな希望はあった。

ジーク＝フリードという正義の男ならば、後の世の人々を思いやり、己の封印に他の人を巻き込まない道を選んでくれるのではないかと。

誠心誠意後悔の気持ちを伝えたら、あるいは考えてくれるのではと。

「信じる」と言われた時、それらの小さい希望は、煌々《こうこう》と輝く大きな希望となった。

しかし、その希望は無残にも打ち砕かれた。

そして更に深い絶望へと叩《たた》き落とすように、無情に、容赦なく、男は言葉を続ける。

「〝まさかお前、俺を相手に命乞いが通じるとでも思ったんじゃないだろうな？　ひょっとして、俺が一向に手を出して来ないから『交渉の余地がある』、なんて勘違いでもしたのか？〟」

「〝……な……ッ!?〟」

黒殲龍の考えなど男には容易に見透かされていた。

男は、どこまでも冷たく黒殲龍を突き放す。

「〝お前が多くの人々の命を奪ったこと。そして、俺の大切な仲間を何人も殺したこと……。何百年、何千年経《た》とうが、俺が許す訳がないだろうが〟」

「〝……っ!!〟」

……そのようなことは有り得ないと分かってはいつつも、黒殲龍は心のどこかで「とある可能性」を祈っていた。

それは、「ジーク＝フリードが自身に対して改心を期待している」という可能性。

数え切れぬ程の人間を殺し、苦しめ、彼の大切な仲間の命をも多く奪ってきた己が、彼に許されようはずがない。

しかし、自身の封印が解けることを知っていたにもかかわらず、彼はそれを見逃した。目の前に現れた今でさえ攻撃をしてくる素振りを見せず、果てにはまるで旧知の友のように自身と長話をしている。

そのようなことは、四百年前の彼からは到底想像も付かなかった。

彼が以前の力を失っているならば、その突飛な振る舞いにも納得がいく。

だが、その可能性は先程潰《つい》えた。

もはや疑うまでもなく、彼は自身をこの場で打ち倒す力がある。

更に言えば、全盛期の十分の一にも満たない力しか持たない黒殲龍が相手であれば、彼にとってそれは息をする程に容易《たやす》いことだろう。

それにもかかわらず、彼は一向に手を出して来ない。

まさか、有り得ない、そう思いつつも、辻褄《つじつま》の合う可能性が残っているとするならば……。それこそが、「ジーク＝フリードが自身に対して改心を期待している」という可能性であった。

今こうして会話をする中で、自身が心を入れ替えたことを伝えれば、もしかすれば見逃してくれるのではと。

どこかでそのような淡い期待を持ちながら、黒殲龍はジーク＝フリードに対して交渉を行った。

しかし、彼から返って来た答えはそんな希望をいとも容易く打ち砕いた。

それは先程までとは異なり、明確な怒気と、そして殺意を孕《はら》んだ声。

「〝勿論《もちろん》俺がお前を許すなんてことは有り得ないが、正直なところ、迷ってたんだ〟」

と、男は続けた。

「〝だけどな〟」

「〝……？〟」

その発言に対して、黒殲龍の中に疑問符が浮かぶ。

「〝四百年後に封印が解けることが分かっていた俺は現代に転生した。そして俺は現代で見たんだ。四百年間封印を管理してきた人達《たち》や、重い責任を背負った俺の子孫達を……。

お前の言う通り、『いつまで続けるんだ』って、俺自身思ったよ。これから先、俺達の戦いを何百何千回と続け、一体何人の人々を巻き込むのかってな〟」

「〝!!〟」

「〝お前を許しはしない。でも、これから先もお前を封印し続けることが本当に最善なのか、もう終わらせても良《い》いんじゃないかって、迷ってたんだ〟」

「〝……!!〟」

一瞬、黒殲龍の目に期待の光が灯《とも》った。

しかし。

「〝……だから俺は、お前を試すことにした〟」

「〝試す……?〟」

男の言葉は期待とはズレたもので、黒殲龍は訝《いぶか》しんだ。

「〝もしお前が自分の行いを深く反省し、封印が解けた後には人里離れた場所で大人しく過ごすようなら、俺はお前を見逃そうと思ったんだ〟」

「〝……なっ!!〟」

その言葉を受け、黒殲龍の顔が大きく歪《ゆが》んだ。

「〝……だが、実際のお前はどうだった?〟」

「〝ま、待て、ジークよ、我は心を入れ替え……〟」

予想だにしていなかった言葉が続き、酷く動じながらも黒殲龍は必死に弁明を図ろうとした。

「〝もう手遅れなんだよ、ブラッキー〞」

しかし、必死の言葉は空《むな》しく遮られた。

「〝お前は自分が助かる最後の道を、自ら閉ざしたんだ〞」

「〝あ……あぁ……〞」

声にならない声が、黒殲龍の口から漏れた。

完全に言葉を失った黒殲龍に対し、男は更に言葉を続ける。

「〝お前は『交渉の余地がある』なんて勘違いしたようだが、どうして俺がお前とこんなに長々と話してたか教えてやるよ〞」

「〝……っ!!　そ、そうだ、一体何故《なぜ》このような……〞」

自身を見逃すつもりなど毛頭なかったならば。それならば即座に仕留めようとせず、このように長話をした行動の辻褄が合わない。

黒殲龍はその矛盾をどうにか問いただそうとした。

「〝お前に絶望して欲しかったからだよ、ブラッキー〞」

男は、酷く冷たく答えた。

「〝は……、あ……？〞」

意味が分からない、と、思わず困惑する黒殲龍に対し、男は言葉を続けた。

「〝ただお前を殺したって、お前に命を奪われた人々が報われることはない。本当はお前に、亡くなった人々に対して心から懺悔して欲しかった。……けど、もうはっきり分かったよ。お前が殺した人々に対して懺悔するなんて有り得ない〟」

「〝……っ!!〟」

「〝だけどせめて、お前のこれまでの行いの全てを、後悔して欲しかったんだ。悔やんで悔やんで……。──そして絶望の中でお前に死んで欲しかったんだ。……お前が自分で自分の助かる道を閉ざしたことを理解させた上で殺す為《ため》に、俺はこうして最後にお前と話をした〟」

「〝そ……そん、な……〟」

……これで全ての辻褄が合ってしまった。それも、最も最悪の形で。

その内容は黒殲龍にとってあまりに絶望的なものだった。

封印が解けた後、誰もいない土地に逃げていたら自由になれた。

自分が好きな「生き物の恐怖心」に対する欲が出てしまったばかりに、そのチャンスをふいにした。

もう、何をどうしたって、助かる術《すべ》はない。

抵抗に意味は無く、逃げた先に未来は無く、弁解の余地も無い。

誰のせいでもない。

全ては、他でも無い自分の行いが招いたこと。

……それは、まさに絶望であった。

「………」

数刻の間、あまりにも深く絶望し、もはや声も出せない黒殲龍の様子を静かに目に映すと、男は徐《おもむろ》に口を開いた。

「〝……良かったよ、お前が絶望してくれたようで。今のお前が相手なら、僅かな魔素も残さず、今度こそ完全に消滅させられる〟」

「〝……っ!!〟」

「〝じゃあな、ブラッキー〟」

言うと、男は先程と同様に腰を落とし、「龍殺しの剣《バルムンク》」を後方へ引いた。

剣は徐々に金色の光を帯び始める。

「栄光の《スパークル》――」

――殺される………ッ!!

今度こそ、完全に殺されるのだと黒殲龍は悟った。

――一《いち》か八《ばち》か、先に仕掛ける？　あるいは、まずはこの一撃を全力で避《よ》ける？　逃げ切れる可能性は低くとも、逃げることに全てを賭ける？

本能的に〝死〟を避けようとする黒殲龍の中で、いくつもの選択肢が生まれる。

どれにしたって望みは薄い。

しかし何もしなければ、どの道このまま死ぬ。

何をしたって、どうせ許されないことは確定している。

──どうする、儂《わし》……!!

もう、考える猶予はなかった。

「煌《エー》──……」「〝──許してくれえぇぇ!!〟」

剣が振るわれる寸前、黒殲龍は声を上げた。

「〝我が悪かった!! 反省も後悔もしている!!……おこがましいのは重々分かっているが、我が苦しめてしまった人々の気持ちが、今ならば分かる!!〟」

「……」

「〝死にたくない!! 死にたくないのだっ!! 都合の良いことを言っているのは分かっている!! だが、どうか、どうか命だけは許して欲しい!!〟」

「……」

「〝先程の誓いも決して違《たが》えぬ!!……もう、二度と人前には姿を現さぬ!! 永遠にだ!!〟」

「〝これから先、我が奪ってきた命に対し、心から懺悔《ざんげ》する!! 一日も欠かさずに!!〟」

「……」

突如として大声を上げながら勢い良く頭を下げた黒殲龍を目の前に、男は手を止めていた。

自身の絶対的な死を悟った黒殲龍の取った最後の選択は、〝命乞い〟であった。

お互いの利害を一致に近づけようとした先程の「交渉」とはまるで違う、ただひたすらに許しを乞い、見逃してもらうことを願う無様な行為。

可能性として、どの行動が一番助かる確率が高かったか、などという打算は一切無かった。

死という最悪の結末を避けるため、本能が「命乞い」を選択し、黒殲龍を動かした。

「〝我の言葉に嘘《うそ》偽りは無い……!!　それだけは、信じて欲しいっ!!……だからどうか……っ。どうか……!〞」

「……」

「〝――命だけは……許して下さい……〞」

地面に額を付けながら、ドラゴンは涙を流した。

その涙は、自分の行いに対する後悔、目の前の男に対する恐怖、そして、必死に許しを乞うている自らの惨めさのあまり流れたもの。

後悔と祈りで思考が一杯の中、ひたすら涙ながらに頭を下げ続ける黒殲龍。

いつ攻撃が来るか分からない中、想《おも》いが通じることを願い続けていた黒殲龍。

……それから何秒経過しただろうか。あまりにも長いあいだ男からのリアクションが無いことに気付いた。

「〝――……？……ッ!!〟」

流石《さすが》に不審に思った黒殲龍が顔を上げると、そこには手元に剣も無くただ地面に蹲《うずくま》る男の姿が視界に映った。

◆

――魔力を消耗し体内の魔力量が尽きそうになると、人の身体《からだ》は魔力欠乏と呼ばれる状態に陥り、立ち眩《くら》みや頭痛に襲われ魔力の使用が困難になる。

そのような状態になってもなお魔力を使い続け体内の全ての魔力を使い切ると、人は魔力切れと呼ばれる状態になって肉体の様々な機能が著しく低下し、最悪の場合は死に至る。

……そして、シオンは終焉の黒殲龍《シュヴアルディウス》を目の前にして魔力切れに陥った。

それは、一般的な魔術師より遥《はる》かに魔力量の少ないシオンにとっては避けられなかった事態。

とは言え、この日のシオンは普段よりは遥かに魔力の持ちは良かった。

シオンが〝トランスゾーン〟に入り通常時とは比べ物にならない程の集中力で魔力をコ

ントロールしていたからである。

魔術の才能のないシオンは、普段はまるで余計な動きをふんだんに取り入れながら全力疾走をするように、とても非効率的な魔力の運用をしている。

だが集中力の高まった状態では、より整ったフォームやペースで走るように無意識に効率的な魔力の運用を行い、いつもよりも長く魔術を持続させることが出来た。

しかしそれでも、元の魔力量の少なさにより、その魔力はドラゴンを撃退する前に尽き果てることとなった。

彼は今魔力切れによって立ち上がることさえままならず、終焉の黒殲龍《シユヴアルデイウス》の目の前で蹲っている。

ドラゴンが攻撃態勢に入ろうものならば、もはや「限界加速《リミツト・アクセル》」を用いて避けることすら叶《かな》わない。

「龍殺しの剣《バルムンク》」の模造品を失い、瞳を金色に光らせることも出来なくなった今、自分にジーク＝フリードの力があるように振舞うことは出来ない。

……これ以上、ジーク＝フリードの力があると終焉の黒殲龍《シユヴアルデイウス》に信じ込ませることは出来ない。

だが、しかし。

——もう、その必要は無くなった。

◆

「〃ど、どうしたのだ、ジーク……っ〃」

全く理解の追いつかない現状を目の当たりにし、困惑の声を上げる黒殲龍。

しかし、男からの返答はない。

「〃お、おい、ジークよ……〃」

たまらず再び問いかけた黒殲龍。

すると、今度は少しして反応があった。

「〃……俺は今、かつての力を失っている〃」

「〃…………は？〃」

「〃俺は今、ただの人間としての力しかない〃」

いきなりの発言に素っ頓狂な声を出してしまった黒殲龍だったが、男はそれを受けてなお同じような言葉を繰り返した。

「〃な、何を言っている、ジーク……〃」

まるで理解が追いつかず、問いかける黒殲龍。

「〃……俺の転生魔術は不完全だった。そのせいで、俺は今力を失っている〃」

「〝!!……貴様、それは有り得ないとさっき自分で……〟」

その可能性を指摘した黒皦龍に対し、男は先ほどそれを当たり前のように否定した。それにもかかわらず、今は自分から前言を覆している。

そして、思わず反論しようとした黒皦龍の言葉を遮り、男は同じような言葉を繰り返した。

「〝俺は今、力を失っている。なぜなら、転生魔術が不完全だったからだ〟」

「〝貴様、さっきから一体何を――〟」

「〝……俺は、お前を今この場で打ち倒さなければならない。だが、転生魔術が不完全だったせいで力を失ってしまい、この場から逃げ出すお前を止める術が無い〟」

「〝な、に……？〟」

黒皦龍の言葉に耳を貸すつもりが無いように、男は言葉を続けた。

その発言の後半部分が、黒皦龍の中でどうにも引っ掛かった。

「〝お前が今この場から逃げ出したとしても、俺はそれをみすみす見逃すしかないだろう〟」

「〝……っ!?　ジーク、貴様まさか……〟」

突拍子も無い言葉に戸惑っていたが、黒皦龍はようやく男の言わんとすることの意味を理解した。

「〝……いいか、ブラッキー。俺はお前を許さない。お前に命を奪われた人々や残った遺族の悲しみ、苦しみ、怒り、決して忘れはしない〟」

「〝!!〟」

「〝だが、今は逃げ出すお前を仕方なく見逃すしかない。なぜなら、俺にお前を追う力は無いからだ〟」

男は黒い瞳を向け、黒殲龍に告げた。

「〝ジーク……っ〟」

「〝……言っておくが、もう猶予は無いぞ。お前の鼻なら分かるだろうが、お前の討伐隊がここに向かってきている。もし彼らが到着すれば、俺は彼らの手前お前を見逃す訳にはいかなくなる〟」

「〝……!〟」

そう言われてから一帯へ嗅覚を研ぎ澄ませると、確かに人間の集団が近づいてきていることが黒殲龍には分かった。

「〝……分かったら、さっさと俺の視界から消えろ〟」

男は、機嫌が悪いように吐き捨てた。

——今ならば、きっと逃げられる。

願い続けた「生」が手に入る。

先程まであんなにも「見逃して欲しい」と願っていた相手から「消えろ」と言われているのだから、黙って言う通りにすれば良い。

……だが、黒殲龍は思わず口にした。

「〝……本当に、良いのか、ジーク？〟」

見逃して欲しいと願ったのは自分だ。しかし、それでも本当に見逃すのかと、ドラゴンは問うた。

暫《しば》しの沈黙の後、男は口を開いた。

「〝……言っただろう。お前を許した訳じゃないと〟」

「〝……そうか〟」

「〝忘れるなブラッキー。俺はいつでも、いつまでも、お前を見張っている。お前が変な気を起こせば、真っ先に殺しに行く〟」

「〝……〟」

「〝お前は永遠に俺の存在に怯《おび》え続け、孤独に、惨めに、未来永劫《みらいえいごう》ただひたすら懺悔を続けるんだ〟」

男の言葉は、どこまでも残酷なもの。

しかし黒殲龍にとっては、もはやその程度は安いものであった。

「〝ああ……肝に銘じよう……。さっきの誓い、決して違えはしない〟」

「〝……なら、もう俺がお前に言うことはない〟」

話はこれで終わりだと、男は会話を切り上げようとする。

「〝そうか……。ならば、我から一つだけ言わせて欲しい〟」

黒殲龍がジーク＝フリードに伝えたい言葉は、たった一つ。

「〝――恩に着る。ジーク＝フリードよ〟」

自分が許されざる存在であることは重々承知している。

しかし、かつて最も自分を憎んでいた男は、その憎しみを押し殺し、この戦いを終わらせることを選んでくれた。

その思いに対し、謝罪の言葉では無く、唯一言《ただ》感謝を述べると、一瞬にしてドラゴンは遥か空の彼方《かなた》まで飛び立った。

決して誓いを違《たが》えぬよう、自分の行いへの懺悔《ざんげ》を忘れぬよう、強く決意を固めて。

「(〝ありがとうジーク……っ。ありがとう……!!〟)」

終焉の黒殲龍《シュヴァルディウス》は再び涙を流した。

だがそれは、先程の恐怖の末に流した涙とは異なり……。

◆

「――はあああぁ……。しんどかったぁ……」

終焉の黒殲龍《シュヴァルディウス》が飛び立って行くのを見送った後、肉体的、そして精神的にも酷《ひど》く疲労したシオンはその場に倒れ込んでいた。

彼は最後まで四百年後のジーク＝フリードを演じ切り、戦わずに終焉の黒殲龍《シュヴァルディウス》を自ら立ち去らせるという偉業を成し遂げた。

そんな彼は倒れた姿勢のまま首を傾け、後方で気を失っているアルフォンス＝フリードに目を向けた。

「……。なんにせよ、無事で良かったな……」

もはや何かを考えることも億劫《おっくう》になるほどの疲れの中、ボーッと寝転がっていたシオンだが、その耳にいくつかの物音、そして人の声が聞こえる。

恐らく、対ドラゴンの討伐隊か、あるいは学園に残った学生達《たち》の為《ため》の救助隊か偵察隊が到着したのだろう。ただのハッタリだったが、どうやら本当に来ていたようだ。

その音を聞き、シオンはほとんど言うことを聞かない身体に鞭《むち》を打ち、どうにか立ち上がった。

「さて……。もう一仕事、気張っていくか」

ひょっとすると人類の命運が懸かっていたかもしれない舌戦を制し、世界最強のドラゴンを魔術学園から退けた男は、ポツリとそう呟《つぶや》いた。

十三話　二人の英雄

――終焉の黒殲龍《シュヴァルディウス》の突然の襲来。

それはクロフォード魔術学園の土地の一部、ひいては学園内の食堂に壊滅的な被害をもたらした。

黒殲龍の猛威と一人の勇敢な学生による闘いの余波により、食堂内の多くの備品が破壊され、壁や天井、支柱などがほとんど崩れるなど、酷い損壊状態に陥った。

……それから一週間後。

魔術によって建造物の練成を行う腕利きの建築士や、練成の為の資材や必要な備品を速やかに運搬した運送業者の尽力によって建物は無事に復元され、休止していた学園の食堂が再び利用可能となった。

利用が再開された食堂内は以前までのように多くの生徒達で溢《あふ》れた。

一人で黙々と食事をとる学生、友人らと談笑に耽《ふけ》りながら食事をとる学生、学術書を広げ授業の予習復習を兼ねながら食事をとる学生。

そこには、まるでドラゴンの襲来などすっかり忘れさられたかのように和やかな空気が溢れていた。

そして、一之瀬《いちのせ》シオンもまた再開された学園の食堂を訪れ、現在は一階席よりも比較的空《す》いている二階席で食事をとっていた。

すると突然、和やかだった二階席の空気は一変し異常なざわつきに包まれた。

生徒達が騒然とした様子で互いに顔を見合わせながら、一斉に視線を向ける先にいたのは、一人の金髪の男子学生だった。

生徒達の視線を一身に集めている張本人はどこか戸惑っているような苦笑いを浮かべながら、食事の載ったトレーを片手にシオンの側《そば》に訪れた。

「……やあ」

金髪の男子学生、アルフォンス＝フリードはシオンに声を掛けた。

「おう」

シオンは立ったままのアルフォンスに対して視線を向けながら答えた。

まるで友人の間柄のような挨拶をしているが、二人にはほとんど交流はない。

しかし、二人は互いに距離を作らず、至って気さくなやりとりをしていた。

「……隣、良《い》いかな？」

「ああ、空いてるぞ」

「ありがとう、失礼するよ」

そう言うとアルフォンスはテーブルにトレーを置き、空いていたシオンの隣の席に腰掛けた。

すぐに食事を始めるではなく、視線をやや下げたままアルフォンスは口を開いた。

「ここに来たら、君に会えると思ってね」

「そうか」

二人は昼休みに一緒に食事をするような仲でもなければ、そのような約束をしていた訳でもない。

しかし、シオンはアルフォンスの言動に動じる様子もなく、パンを咀嚼《そしゃく》しながらごく暢《のん》気《き》な調子で答えた。

「名前、聞いても良いかな?」

アルフォンスは隣に座るシオンの方へ視線を向けながら尋ねた。

「シオンだ。一之瀬シオン」

「シオン……君か。僕の名前は……」

シオンの名前を確認し、自ら名乗ろうとしたアルフォンスだったが、シオンがそれを遮った。

「知ってるよ、アルフォンス=フリード。元々かなり有名だったが、今や学園中でその名を知らない生徒はいない。――なんたって、学園を襲ったドラゴンをたった一人で退け、何十人もの生徒を救った英雄だからな」

「……ああ、そうだね」

アルフォンスはそう言うと、今なお自身や隣で話すシオンに対して視線を向けて騒然としている食堂内の生徒達を見渡して言葉を続けた。

「なぜか、そういうことになっているね」

アルフォンスは再び視線を下げて語り始めた。

「……確かに、あの日僕は終焉の黒殲龍《シュヴァルディウス》と戦った。でも、傷一つ付けることさえ敵《かな》わずに僕は負けた。……身動きも取れず、止《とど》めを刺されそうになった直後に僕はある人に助けられ、そこで気を失った」

「……」

「――そして目を覚ましたら、なぜか僕が黒殲龍を打ち倒したことになっていた。……僕が治療室で目覚めた時、治療師の先生から『君がドラゴンをコテンパンに倒す姿を目撃した生徒がいたらしい。凶悪なドラゴンにもう二度と人里に近づかないと誓わせるなんて、流石《さすが》大英雄の子孫だね』って言われたよ」

「……」

話を続けるアルフォンスの隣で、シオンは黙々と食事を続けている。

「学園に駆けつけた救助隊が目撃者の生徒から話を聞いていて、既にそれが揺るぎ無い事実であると話が広がっててね。いくら『僕じゃありません』って伝えても、『激しい戦いの影響で記憶が飛んでるだけだ』、『目撃した生徒がいるんだから』って聞く耳を持って貰《もら》えなかった」

「でも」と、アルフォンスは言葉を続ける。

「黒殲龍を退けたのが僕じゃないことは、僕自身が一番良く分かってる」

そしてアルフォンスは、その視線を隣に座るシオンへと向けた。

「……君なんだろう？　シオン君。本当は君が、終焉の黒殲龍《シュヴァルディウス》を退け、全てを僕の功績ということに仕立て上げた」

あの日、ドラゴンに学園が襲われているにもかかわらず、何食わぬ顔で食事を続けていただけでも只者《ただもの》ではないとアルフォンスは断言出来た。

そのうえ、意識が殆《ほとん》どなかったとは言え、黒殲龍の黒炎によって焼き殺される寸前だったアルフォンスを、本人にさえ知覚出来ないような速度でその窮地から救った。そしてさらには、目の前でシオンが黒殲龍に立ち向かう姿をアルフォンスは確かに見た。

アルフォンスの言葉と視線には、もはや疑う余地などないと言うかのように非常に強い確信が込められていた。

……だが、しかし。

「――いや、違うけど？」

「……そっか」

問われたシオンは、それをしれっと否定した。

だが、アルフォンスもまるでその答えは想像出来ていたかのようにあっさりと受け入れる。

「……やっぱり、隠すんだね。でも、きっと事情があってのことだろうから、深くは詮索しないよ」

あくまで自分の主張が事実であるとし、シオンが否定するのには何か事情があると察しているように語るアルフォンス。

「……」

シオンはその言葉に対して、やはり沈黙を貫いた。

――だが、顔色一つ変えていない彼の内心は狂喜乱舞であった。

そう、アルフォンスの指摘通り、駆けつけた救助隊を欺き全ての功績をアルフォンスのものであるということに仕立て上げたのは他ならぬシオンだった。

そして、アルフォンスはシオンが実力や正体を隠すことに何か深い事情があると考えている。

だが、勿論《もちろん》それはただの勘違いだ。

シオンが事実を隠すのは、単純に彼のいつもの奇行の一つでしかない。

生徒達を救ったアルフォンスが「表の英雄」だとするならば、誰にも知られることなく終焉の黒殲龍《シュヴァルディウス》を退けたシオンは「陰の英雄」。

全てはその「陰の英雄」という立場に身を置きたがったが為にでっち上げた嘘《うそ》。

そこに深い事情など無く、ただシオンが悦に浸りたかったというだけ。

だが、シオンにとっては世界最強のドラゴンを退けたという功績を周りから賞賛されることよりも重要なこと。

大きなことを成し遂げれば成し遂げる程、それを大衆に知られていないことこそが彼にとっての喜び。

そして、実際にはただのハッタリで撃退したということは知らず、シオンが力ずくで黒殲龍を退けたという認識をアルフォンス=フリードのみが持っているというシチュエーションはまさに至高。

現在の彼の内心は、これまでの人生における興奮の最高記録を大きく更新していた。

そんな興奮を表情に出さぬよう努めながら、黙々と食事を続けるシオン。

「……とりあえず、君の事情や正体は置いておくとして……。僕は目を覚ましてから一週間、実家に呼び出されて帰省していたんだけれど、そこで今後の終焉の黒殲龍《シュヴァルディウス》への対処についての話し合いが進んでね」

黒殲龍が学園を襲撃した日から一週間のあいだ、アルフォンスが聞かされた話。

「黒殲龍らしき目撃情報が世界各地でちらほらあるんだけど、調査隊が捜しに行っても一向に姿を確認出来ていないらしくてさ。一応、今後は黒殲龍の捜索を進めながら、有事の際の対策部隊が組まれるらしいんだ。……本来であれば一刻を争う緊急事態なんだけど、僕が『コテンパンに倒した』、『もう二度と人里に近づかないとドラゴンが誓っていた』っていう目撃者の証言を踏まえて、取り敢《あ》えずは国民には情報を伏せたまま、一部の人間だけで対処を進める手筈《てはず》になってさ」

「……」

話を聞きながら、シオンは何食わぬ顔で食事を続けた。

そんな彼に対して、アルフォンスは話を続けた。

「重役からの使いが何度か君の所に話を聞きに来たと思うんだけれど、改めて僕からも聞かせて欲しい」

そう言うと、アルフォンスはシオンの方へ向き直った。

「黒殲龍は『二度と人里に近づかない』と誓っていたらしいんだけど、それに間違いは無いんだよね？　シオン君」

「ああ、断言する」

真剣な眼差《まなざ》しを向けてシオンに問うたアルフォンスに対して、食事の手を止めて口を開いた。

「奴《やつ》はもう、永久に人を襲うことはない。それは絶対だ」

シオンはアルフォンスの問いに対して、堂々と言い切った。

「…………」

二人の間に、僅かな沈黙が生まれる。

アルフォンスは、シオンの真意を探るように彼に静かに視線を向けた。

「……そっか」

やがて、ふっと張り詰めていた空気が解けたようにアルフォンスは肩の力を抜き、薄く笑みを浮かべた。

「それを聞けて良かった。安心したよ」

シオンの言葉に嘘偽りがないと判断したアルフォンスは、それ以上真偽を確かめようとはしなかった。

「それにしても、あの終焉の黒殲龍《シユヴアルデイウス》にそこまで言わせるなんて、本当に君は凄《すご》いね」

アルフォンスはシオンが黒殲龍を退けたことを前提に話すが、シオンはそれに対して肯定も否定もせずに食事を続けた。

「……きっと、君みたいにとんでもなく凄い人が、真の英雄と呼ばれるんだろうね」

言うと、アルフォンスはどこか自虐的に、そしてもの憂げな表情を浮かべた。

「僕みたいな、……偽りの英雄なんかじゃなく」

……すると、その瞬間。

「それは違うぞ、アルフォンス」

「……！」

彼の言葉に対してシオンは一切の間を置かず否定した。

シオンはこのますっとぼけたフリをし続け、内心で楽しむつもりだった。

しかし、アルフォンスの今の発言はシオンには許容できなかった。

……あの日あの時、シオンはかつての大英雄の姿をそこに見た。気高く戦うその姿に、心の底から敬意を抱いた。

そんな男が〝偽りの英雄〟と称されることが、シオンはどうしても許せなかった。

「――お前は俺がドラゴンを退けたと勘違いしているようだが、この際それはどうでも良い。……だけどな、これだけは断言しておく」

その声は、先程までのどこか惚《とぼ》けた口調ではなく、強い真剣さを帯びていた。

「学園にドラゴンが現れ生徒達《たち》を襲った時、俺には彼らを救うことなど出来はしなかった。お前が勇敢にも終焉の黒殲龍《シュヴァルディウス》に立ち向かい、戦ったからこそ、彼らは助かったんだ」

「……っ」

強い眼差しを向けながら話すシオンに対して、アルフォンスは言葉が詰まった。

アルフォンスの脳裏に浮かんだのは、必死に恐怖を押し殺し、ただ皆を救うために黒殲龍に立ち向かったあの日の自分。

「それにな」

シオンは言葉を続けた。

「英雄っていうのは、とんでもなく凄い力があるとか、大きなことを成し遂げたとか、そういう奴のことを言うんじゃない」

シオンの眼差しには、更に強い光が宿った。

「……誰かを助ける為《ため》、何かを守る為に立ち向かう時。いつだってそいつが英雄なんだ」

「………ッ!!」

アルフォンスの中で、強く、とてつもなく強く、何かが自分の胸を打った感覚が生まれた。

「……あの日、多くの生徒達を救うために終焉の黒殲龍《シュヴァルディウス》に立ち向かい、そして彼らを救ったお前は真の英雄だ。だから――」

厳しく、そしてどこか優しく、シオンは言った。

「自分が〝偽りの英雄〟だなんて、二度と言うな」

「……!!」

息が詰まるような、胸が苦しくなるような感覚に襲われ、アルフォンスは目を見開いた。

「………ッ」

……自分は大英雄の子孫に相応《ふさわ》しくない、落ちこぼれだと思っていた。

自分では、決して英雄にはなれないと諦めていた。

それでも、大それたことは出来なくとも、せめて誰かを守れたらと、努力を続けてきた。

そんな自分に対して、目の前の男は言った。

「お前は英雄だ」――――と。

次第に目頭が熱くなり、アルフォンスはクシャッと顔を歪《ゆが》めた。

そして彼は右手で目元を覆うと、口を開いた。

「……シオン君……ッ、僕は……ッ」

嗚咽《おえつ》が出そうになるのを必死に堪《こら》えながら、アルフォンスは言葉を紡ぐ。

「僕は、英雄に……、なれたのかな……？」

そう問いかけた時、目元を覆うアルフォンスの手元からは、抑え切れぬ涙が零《こぼ》れた。

「ああ、当たり前だ。もう一度でも自分のことを〝偽りの英雄〟だなんて言ってみろ。八つ裂きにしてやるぞ」

肩を震わせながら静かに涙を流すアルフォンスの肩に、シオンはそっと手を置いた。

「胸を張れ、アルフォンス＝フリード。誰が何と言おうと、お前は〝英雄〟だ」

「……う。……ッ」

……嗚咽も堪え切れなくなったアルフォンスの目元からは、とめどなく涙が溢《あふ》れ続けた

——。

◆

アルフォンスがシオンに終焉の黒殲龍《シュヴァルディウス》騒動の事後についての話をした日。その同日の午後。

二年Aクラスの生徒達は模擬試合の授業を行っていた。

「ありがとうございました」

「あ、ありがとうございました……!!」

女子生徒との模擬試合を終え、挨拶を交わすアルフォンス。

「あっ、あの！　フリード君！」

「……？　どうかした？」

アルフォンスはそのままフィールドから退場しようとしたが、女子生徒に呼び止められた。

「えと、その……っ。フリード君、このあいだは助けてくれて、本当にありがとう……っ！」

とても緊張した様子で、勇気を振り絞ったように彼女は言った。

「このあいだ……？　あぁ、そう言えば……」

『このあいだ』と『助けた』というワードから自然と先日のドラゴン騒動の日を思い返すと、自身が黒殲龍の攻撃から生徒達を庇《かば》っていた時、確かに目の前の女子生徒もその内の一人だったことを思い出した。

「本当はその場でお礼を言うべきだったんだけど、あの時は凄く怖くて、何も言わずに逃げちゃってごめんなさい……！」

「いやいや！　全然気にしなくて大丈夫!!　むしろ、こうして今お礼を言って貰《もら》えただけでも凄く嬉《うれ》しいから!!」

深く頭を下げる女子生徒に対し、顔を上げるよう必死に促すアルフォンス。

「私、本当に怖くて、『もう駄目だ』って、『死んじゃうんだ』って……、だけど、フリード君に助けて貰って……本当に、本当にありがとう……っ！」

「……っ」

顔を上げた女子生徒の目元は涙ぐみ、声も震えていた。

「（そうか……、僕があの時助けていなかったら、もしかしたらこの人は……）」

あの日あの時、もしも自分の手が届かなかったら……。

最悪の可能性も有り得たと思うと、今こうして女子生徒が元気な姿でいられることがとても嬉しく、そして自分が本当に誰かを助けることが出来たのだと、アルフォンスは強く実感することが出来た。

「……これ、良かったら」

と、アルフォンスは目元を涙で濡《ぬ》らす女子生徒に未使用のハンカチを差し出した。

「あ、だ、大丈夫っ！」

胸元で軽く手を振って断ると、「でも、ありがとうね」と言いながら女子生徒は自らの指で目元を拭った。

「フリード君って、本当に凄く優しいんだね……っ。私、前まではフリード君のこと、その……」

「……冷たい人間だと思ってた？」

どこか申し訳無さそうに言い淀《よど》む女子生徒に対して、アルフォンスはその先の言葉を続けた。

「え!? いや、えっとっ。ちがっ、そんなことなくて……！」

「……良《い》いんだ。実際、そう思われても仕方なかったからね」

図星を突かれたように大きく動じながら、必死に否定しようとする女子生徒に対して、優しく受け止めるアルフォンス。

「ごめんなさい……。でも、私が勝手に誤解してただけで実はフリード君は凄く優しい人なんだって、今は思ってるから……っ！　ほんとに！」

「はは、ありがとう。そう言って貰えると嬉しいよ」

酷《ひど》く申し訳無さそうにする女子生徒に対してアルフォンスは優しく微笑《ほほえ》んだ。

正直なところ、寂しいという想《おも》いがなかったと言えば嘘《うそ》になるが、それでも今こうして周りからの見方が変わっているのならばアルフォンスにとっては喜ばしいことだった。

アルフォンスに対する見方が変わったのは、彼女だけではない。

騒動の日に彼に直接助けられた生徒達や、後に凶悪なドラゴンを相手にたった一人で命を懸けて闘い抜いた彼の話を聞き、多くの生徒達の彼に対する見方が変わった。

……しかしそれでも、残念なことに周りの人間全員からの見方が良くなった訳ではなかった。

「あれ……」

ふとアルフォンスが試合用フィールドの外へ視線を向けると、言い争いをしている様子の四人の男子生徒が目に映った。

「……ごめん、僕ちょっと行って来るね。わざわざお礼を言ってくれてありがとう。凄く嬉しかったよ」

「え、あ、私の方こそ、本当にありがとうね、フリード君……！」

「ああ、それじゃあ」と微笑むと、アルフォンスは足早に揉《も》めている男子生徒達の下へと向かった。

◆

「……何だよデゼル。お前まさか一度助けられたくらいで手の平返すってのか？」

「今更良い奴《やつ》ぶるなよ、お前はこっち側の人間だろうが」

「アルフォンスの野郎が憎くないのかよ？」

二年Aクラスのケヴィン・ロバーツ、ソム・ミジュン、ドミニク・トーレス。クラスで上位に入る成績の三人はデゼルに対して詰め寄った。

「……別に、今更善人ぶるつもりはねぇよ。俺は正直、あいつが本当は悪い奴じゃないってことは……薄々感じてたんだ。それが確信に変わった、それだけの話だ。……お前らだって、本当は分かってるんじゃないのか？」

デゼルは三人に対して問いかけた。

「皆の為に戦ったから本当は良い奴？　はっ。英雄気取ってでしゃばっただけの、ただの自己満足野郎じゃねぇか。それをどいつもこいつも、英雄だ何だと祭り上げやがって。気に食わねぇんだよ」

ケヴィンは苛立《いらだ》たしげに吐き捨てた。

「……俺だってついこの間まではお前らと同じだった。だから、今になって偉そうに説教するつもりはない。けどな、暫《しばら》くつるんでたよしみで言わせて貰う。傍《はた》から見て、ダサいことは止《や》めとけ」

ケヴィンの言い分に対して思うところはありながらも、それを堪えてデゼルは冷静に語り掛けた。

「……おい、テメェいい加減にしとけよ。説教するつもりはない？　ダサいことは止めとけ？　どの面下げて言ってんだよ」

「達観したような口叩《たた》いて、俺らより上にでもなったつもりか？」

「急に手の平返してデカイ態度とるなんてよ、俺らよりお前の方がダサイことに気付いてねぇのか？」

ケヴィン、ソム、ドミニクは口々にデゼルを糾弾する。

「……あぁ、そうだな。お前らの言う通り、俺が一番ダサいよ。そんなの自分でも良く分かってる。……それでも、これは俺が通さなきゃいけない義理なんだよ」

三人から同時に責め立てられてもなお堂々と言い切るデゼルに対し、ケヴィンは呆《あき》れたように溜息《ためいき》を吐《つ》いた。

「……はぁ。デゼル。何かつまんなくなったな、お前」

ケヴィンはデゼルに対し冷たい目を向けながら口を開く。

「もう良いよ、そんなに嫌ならお前抜きでやるからさ。こんな奴とはこれで縁を切ろうぜ、ソム、ドミニク」

「ああ」

「そうだなケヴィン」

ケヴィンが視線を配ると、二人はそれに同調した。

「じゃあな、日和見野郎」

そう言ってその場を離れようとしたケヴィンの肩を、デゼルが強く摑《つか》んだ。

「おい、待てよ」

ケヴィンはデゼルの方へ振り向き、睨《にら》み付ける。

「……離せよ、デゼル」

「どういうつもりだ？」

ソムがデゼルの腕を握り、ケヴィンから引き剝がそうとする。

「やらせねぇっつってんだろうが」

しかし、デゼルはなおも力強くケヴィンの肩を握る。

「デゼルっ！　てめぇいい加減に……ッ!!」

ドミニクが怒声と共にデゼルの胸倉を摑み、その場に一触即発の空気が生まれる。

……しかし、丁度その時。

「デゼル、大丈夫？　どうかした？」

と、四人の下にアルフォンスが現れた。

◆

ドラゴン騒動後、デゼルは学園から離れた王都の医療施設で治療を受けていたアルフォンスの下まで足を運び、これまでの彼に対する態度や行動を謝罪し、二人は無事に和解した。

そんなデゼルがいつも一緒にいた三人と揉めている姿が見え、足早にその場へ向かったアルフォンス。

彼が四人の下へ辿《たど》り着いた時その場はまさに一触即発の空気となっており、アルフォンスはケヴィン、ソム、ドミニクの三人への牽制《けんせい》の意味も込めてデゼルに声を掛けた。

「デゼル、大丈夫？　どうかした？」

「アルフォンスっ……！　いや、何でもないんだ。お前は気にするな」

デゼルはアルフォンスの登場に驚き、思わずケヴィンの肩を摑んでいた力を緩めた。

その隙にケヴィンはデゼルの手を振り解《ほど》くと、直前まで揉めていたデゼルのことなど気にも留めないようにアルフォンスに声を掛けた。

「やあ、アルフォンス！　聞いたよ、この間の君の活躍！　君は凄《すご》い奴だね!!」

わざとらしい笑みを浮かべながら、思ってもないようなことをペラペラと語るケヴィン。

「……僕は、大したことはしてないよ」

ケヴィンの言葉にどこか敵意が込められていることを感じながらも、冷静に返答するアルフォンス。

「またまた、謙遜を！　そういう謙虚な所も、英雄だなんて言われる所以《ゆえん》なんだろうなぁ！　ほんと、見習いたい精神だよ！」

「……」

どうにも演技臭い口調でアルフォンスを持ち上げるケヴィン。若干訝《いぶか》しむような視線を向けるアルフォンスに対し、彼は「ところで！」と切り出した。

「良ければ、これから俺と実戦練習をしてくれないかな？　是非、英雄様の胸を借りたくてね！」

「おい!!」

ケヴィンがアルフォンスに実戦練習を申し込むと、デゼルが即座に声を荒らげた。

再びケヴィンに掴み掛かろうとするデゼルだったが、ソムとドミニクの二人が体で遮る形で強引にそれを制した。

「離せっ！　おいアルフォンス、そんな申し込み受けることはないぞ!!」

「おいおい、どうしたんだデゼル？　少し落ち着けよ」

ケヴィンはデゼルの方へ振り向くと、優しく諫《いさ》めるように声を掛けた。

「今は実技の授業中で、俺はただ実戦練習をお願いしてるだけだぞ？」

「テメェ、テキトーばっか言ってんじゃねぇぞ！」

ソムとドミニクの二人に押されながらも、デゼルはケヴィンを強く睨み付ける。

しかし、ケヴィンはデゼルのことなど歯牙にも掛けないようにアルフォンスの方へ振り向いた。

「言いがかりも甚だしいね。俺はいたって真面目に授業に取り組もうとしているだけなのに。……お前もそう思うよな、アルフォンス？」

「……ああ、それはそうだね」

少し間を空けながらも、ケヴィンの主張を肯定するアルフォンス。

「流石《さすが》っ！　理解があって助かるよ!!　じゃあ、実戦練習も受けてくれるかな？」

「アルフォンス！　練習なんかじゃない！　そいつらは……」

「お前は黙ってろっ!!」

デゼルはアルフォンスに何かを伝えようとするが、ドミニクの怒声に遮られる。

「聞け、アルフォンスっ」

「――デゼル」

それでも何かを伝えようとしていたデゼルに対して、アルフォンスは穏やかな声色でそれを止めた。

「ありがとう。でも、僕は大丈夫だから」

「アルフォンス……」

気掛かりそうな表情を浮かべるデゼルから視線をケヴィンの方へ移すと、アルフォンスはケヴィンの申し出を受け入れた。

「良《い》いよ、やろう」

「ほんとか⁉ いやぁ、英雄様の胸を借りられるなんて光栄だなぁ！」

「……アルフォンス」

そのままデゼル以外の四人は模擬試合用のフィールドへ向かい、デゼルはその後ろ姿を不安げに見送っていた。

◆

四方に魔術障壁の張られた十メートル×十五メートルの長方形フィールド内で、最手前にケヴィン、最奥にソムとドミニク、そして中央にアルフォンスが立ち、ケヴィンと向き合う形で位置取った。

フィールド内に入ったアルフォンスが改めてケヴィンにお願いされたのは、実戦同様の模擬試合ではなく「炎属性魔術を風属性魔術で防御する手本を見せて欲しい」という内容だった。

流れとしては「ケヴィンの初級炎属性魔術『火球《ファイアボール》』をアルフォンスが初級風属性魔術『竜巻《タイフーン》』で防御する」という、まるで魔術初心者の練習のようなもの。

その不自然さに加え、ソムとドミニクが見学の為《ため》にわざわざフィールド内でアルフォンスの背後に立つという、非常にイレギュラーな状況。

先程のデゼルとのやり取りも含め、相当の悪意があるシチュエーションを作られたことは間違いがなかった。

授業の監督教員はユフィア・クインズロードとエリザ・ローレッドの模擬試合の監督に付きっ切りになっており、アルフォンス達《たち》の様子に気付く気配はない。このタイミングなのも、恐らくは彼らの計算通りなのだろうとアルフォンスは推測した。

しかしそれでも、それを察した上でアルフォンスは彼らの指定通りに魔術の準備を行った。

屈《かが》んだ姿勢で地面に右手を付けると、自身の身体《からだ》を中心に地面に直径一メートル程の「竜巻《タイフーン》」の魔法陣を展開し、ケヴィンに声を掛けた。

「……こっちは準備出来たから、いつでも良いよ」

ケヴィンはアルフォンスが展開した魔法陣の術式が間違いなく「竜巻《タイフーン》」の術式であるこ

とを確認すると、

「ああ、それじゃあ……」

後方のソムとドミニクに目配せをし、アルフォンスとの打ち合わせ通りに「火球《ファイアボール》」の魔法陣を展開――――、するのではなく、

「紅血の雷鳴《ブラッディライトニング》!!」

と、事前に術式を書き刻んでいた紙を懐から取り出すと、ケヴィンはそれに魔力を通して、自身の扱える最高位雷属性魔術を瞬時に繰り出した。

……案の定、ケヴィンはアルフォンスに魔術の手本を見せてもらうつもりなど毛頭なく、自分の気に食わないアルフォンスを嵌《は》めて一泡吹かせることが目的だった。

ケヴィンが自身の魔力で魔法陣を展開していれば、展開した魔法陣が「火球《ファイアボール》」ではないことを瞬時に見抜かれ、アルフォンスにすぐさま対応されてしまう可能性があった。

しかし、魔力の伝導率の高い「魔術媒紙」と呼ばれる紙に事前に「紅血の雷鳴《ブラッディライトニング》」の術式を書き刻んでおき、それを使用することでほとんどノータイムで魔術を発動させ、アルフォンスが「竜巻《タイフーン》」の魔法陣を解除する前に高速の雷撃を彼に向けて放つことに成功した。

炎、水、風、土、雷といった自然現象を基にした魔術は、実際の自然現象と性質がよく似ている。

それらの中で雷属性の魔術は発生から対象への着弾が飛び抜けて素早く、放たれた後に

反応して防御魔術を展開し防ぐことは非常に難しい。

また、炎、水、土といった属性の魔術に対して風属性の魔術をぶつけると、両方の魔術の魔力が反発し合い、より強い威力を持つ方が押し返す形となる。

しかし、こと雷属性の魔術に対して風魔術をぶつけても魔力同士が反発することはなく、雷の魔術は風の魔術をものともせずに突き抜ける。

つまり、そのまま初級風属性魔術の「竜巻《タイフーン》」を発動させたところでアルフォンスにケヴィンの魔術を防ぐことなど出来ようはずもない。……とは言え、相手はS級のアルフォンス＝フリード。

ひょっとすると放たれた後の「紅血の雷鳴《ブラッディライトニング》」に反応してから「竜巻《タイフーン》」の魔法陣を取り消し、新たな防御魔術を展開することも可能かも知れない。

だが、もしもそれが出来たとしても第二の矢、後方のソムとドミニクからも同じタイミングでそれぞれが扱える最高位の雷魔術が放たれている。

仮にケヴィンの魔術を防ぐ為の魔術を発動出来たとて、後方の二人からの攻撃まではケアしきれまいとケヴィンは踏んでいた。

「(なにが『僕は大丈夫だから』だ、馬鹿が!!　痛い目みやがれ!!)」

自らの計画が全て上手《うま》く行ったことを確信し、ケヴィンは口角を上げた。

――だが、その瞬間。

「竜巻《タイフーン》」

まるで空間ごと薙《な》ぐような風の音と共に、凄《すさ》まじい暴風がケヴィンらの魔術を打ち払い、三者をまとめて吹き飛ばした。

◆

「――アルフォンス……、て、テメェ……」

フィールドの魔術障壁に激しく全身を打ち付けられたケヴィン。彼はひどく痛む身体を無理矢理起こし、アルフォンスを睨《にら》み付けた。

「……ごめんね、手本を見せるだけのはずだったのに、驚いて力が入りすぎちゃったみたいだ」

「ふ、ふざけるなよ、お前っ!! 話が違うだろうが!! 俺らはお前に「竜巻《タイフーン》」を使うように指定したんだぞ!!」

「お前、初めから違う魔術を仕込んでやがったな!!」

アルフォンスに対して、ケヴィンらはこめかみに青筋を浮かべながら必死に叫んだ。

「……人聞きが悪いね。僕は言われた通りに『竜巻《タイフーン》』を使ったよ。それより、君たちこそ話が違うんじゃない? 雷属性の上位魔術を使うなんて聞いてなかった気がするんだけど」

三人に対して、アルフォンスはいたって冷静に返答した。

「ふ、ふざけろ!!　風属性、しかも初級の魔術で俺達三人の雷属性魔術が防げるものかっ……!!」

「そ、そうだ!!　大英雄の子孫ともあろう男が、見栄《みえ》張ってんじゃねぇぞっ……!!」

「立ち合い前の取り決めも守らないなんて、英雄様が聞いて呆《あき》れるぜ!!」

自分達を棚に上げたケヴィンらの反論も糾弾も、内容は酷《ひど》く支離滅裂だった。それは現状が信じられない混乱からか、一泡吹かせるつもりが逆にしてやられた怒りからか、あるいはその両方か。

そんな三人に、アルフォンスは冷たく問いかけた。

「……君達さ、本気で言ってるの？」

「……なに？」

表情を歪《ゆが》めながら睨みつけてくるケヴィンに、アルフォンスは続ける。

「確かに風と雷じゃ致命的に相性は悪いけれど、それでも魔術に込められた魔力の密度が高ければ不利属性でも対応出来る。君達の雷魔術より僕の風魔術の魔力密度が圧倒的に高かったから、今回はこういう結果になったんだよ」

「……っ!!」

「魔力密度の差で不利属性を克服出来るってことは魔術師にとっては常識でしょ？　君達と僕の力量差じゃ、こうなるのも普通のことだよ。なるべくしてなった、当然の結末だと納得して欲しいかな」

魔術師にとっては常識とも言える魔力の性質について改めて説明し、彼らからの言い掛かりを全否定したアルフォンス。……だが、その発言はケヴィンらの逆鱗《げきりん》に触れた。

「普通のことだと……!?　お前にとっては普通でも、俺らは俺らなりに強くなろうと足掻《あが》いてるんだぞ……!!　たまたま生まれが良かっただけの奴《やつ》が、偉そうにしやがってッ!!」

「皆から英雄だなんだと言われようが、やっぱりお前は入学試験の時から何一つ変わってないんだな……!!」

「自分が持って生まれた側だからって、特別じゃない人間は平気で見下し、貶《けな》す!!　お前は英雄なんかじゃない、ただの人でなしの自己満足野郎だ!!」

激高する三人に罵詈《ばり》を浴びせられるも、アルフォンスは以前までのようにただ俯《うつむ》くことはしなかった。

「……そうだね。人はそれぞれ持って生まれた能力が違うし、確かに僕は恵まれたと思う。……でも、だからと言って周りの人達を見下すなんてことはあり得ないと誓うよ」

そう言うと、アルフォンスはケヴィンらに強い視線を向ける。

「けど、はっきり言って僕は君達にだけは絶対に負けないと思ってるよ」

「なっ……!?」

想定外の言葉に、ケヴィンらはあからさまに動揺した。……そんな彼らに対し、アルフォンスは力強く言い切った。

「だって僕は、君達の誰よりも必死に努力しているから」

アルフォンスにそう言わしめたのは、実際にこれまで必死に積み重ねて来た努力の日々から来る確固たる自信。

——もしかしたら、僕の知らない所で彼らも彼らなりに努力をしているのかもしれない。だけど……。

「自分自身が強くなろうとするんじゃなく、他人を貶《おとし》めることに躍起になっているような人達が僕に敵《かな》うとは到底思えない」

「ッ!!」

周りから腫れ物のように扱われ、非難や誹謗《ひぼう》中傷を浴びせられても、アルフォンスは自分の言動が招いた自業自得だと諦観していた。

そんな以前までのアルフォンスからは想像も出来ないような芯の強い言動にケヴィンらは動揺し、反論の言葉も出せずにいた。

「僕を貶したいなら自由にすれば良い。一泡吹かせたいなら、また今日みたいに卑怯《ひきょう》な手でも使えば良い」

「けど、一つだけ言っておくよ」と、アルフォンスは続けた。

――誰かに嫌われるのは辛《つら》い。

――誰かから悪意を向けられるのも、それに立ち向かうのも怖い。……それでも――。

アルフォンスは、ケヴィンらに向けて力強く言い放った。

「たとえ君たちがどんな悪意を向けてこようと、もう黙って俯いたりはしない。これからは、僕は正々堂々と戦うよ」

――だって僕は、大英雄の子孫だから。

――そして、僕の英雄に……「胸を張れ」って言って貰《もら》えたから。

エピローグ

――時は少し遡り、アルフォンスがケヴィンらをまとめて吹き飛ばす数時間前……。

食堂の二階席にて、アルフォンスがシオンとの対談中に大泣きを始めてから十分ほど経《た》った頃。

「――……じゃあ、俺は行くぞ」

落ち着いた様子のアルフォンスを確認すると、シオンは空になった食器の載ったトレーを片手に席から立ち上がった。

「う、うん……」

アルフォンスはどこか気恥ずかしそうにしながらシオンに答えると、遠慮がちに周囲へ視線を向ける。

注目の的だったアルフォンスがよく知らない男子生徒と話している途中に泣き始め、ざわめきと困惑した様子の視線が集まっていた。

「えと、その……、かなり居心地悪かったよね、ごめん……」

「別に、気にならなかったよ」

苦笑いを浮かべながら申し訳無さそうに謝罪するアルフォンスに対して、シオンは涼しい表情で淡々と答えた。

ただそれでも、アルフォンスの罪悪感は拭えなかった。気まずい思いをさせてしまっていたに違いないとアルフォンスは考えた。

「……いいって。この程度のこと、気にするな」

アルフォンスが何か言った訳ではないが、まるでその胸中を汲《く》み取ったかのようにシオンは声を掛けた。

「ごめ……っ、……いや、ありがとう」

「ああ、それで良い」

気を使わせてしまったと思い咄嗟《とっさ》に再び謝罪を重ねそうになったが、気にさせまいとするシオンの意思に応えるべく、アルフォンスは真《ま》っ直《す》ぐに感謝を伝えた。

そんなアルフォンスの心情が汲み取れたのか、シオンは満足そうに微笑《ほほえ》んだ。

「……じゃあ、もう行くぞ。お前も飯が冷めない内に……って、もう冷めてるか。……まぁ、油が固まってクソ不味《まず》くならない内に食べた方が良いぞ」

「うん、分かった」

「それじゃあな」と言うとシオンは席を離れ、食器返却口の方へ向かって歩き出した。

「あっ、ちょ、ちょっと待って！」

「？」

アルフォンスに呼び止められたシオンは、彼の方へ振り向いた。

「あ、あのさ、もし、もし君さえ良ければ、なんだけど……」

呼び止めたものの、緊張からまごついて中々言葉を紡げないアルフォンスに対し、シオンが問いかける。

「……どうした？」

「そ、その、本当に、嫌だったら全然断って貰って大丈夫なんだけど、えと……」

言葉に詰まって一瞬俯いたが、意を決したように顔を上げるとアルフォンスは思いを言葉にした。

「また今度、一緒にご飯を食べてくれないかな……？　今日みたいな事後報告なんかじゃなくて、なにか楽しい話でもしながら、一緒に……！」

「……」

「どう、かな……？」と、アルフォンスは伺いを立てるように尋ねた。

一瞬、アルフォンスの提案が少し意外だったかのように僅かに目を見開いたシオンだったが、すぐに薄く微笑んだ。

「ああ、良いよ。……今日のお前の話はほとんど意味不明だったからな。また今度、違った話でもしながら一緒に食おう」

「意味不明って……。けど、良かった。凄《すご》く嬉《うれ》しいよ、ありがとう……!!」

苦笑いを浮かべるアルフォンスだったが、すぐに嬉しそうにはにかんだ。

「大袈裟《おおげさ》な奴だな。まぁ、俺は大体いつも二階席で昼飯を食ってるから、タイミングが良い時に好きに相席してくれ。もしお前が先に一人でいたら、俺から声を掛けるよ」

「分かった、そうさせて貰うね!……それじゃあ、また今度……!」

「ああ、またな」

ぎこちなく手を振るアルフォンスに対して頷《うなず》いて返すと、シオンは再び振り返りトレーを片手に歩き出した。

少しだけその背中を見送ると、アルフォンスは席に座り直し、すっかり冷め切ってしまった料理に口を付けた。

冷たく、味の落ちた料理を一人で食べながらも、アルフォンスの胸は温かい気持ちに溢《あふ》れていた。

「(凄く緊張したけど、でも、勇気を出して良かった……)」

しかし、「楽しい話でもしよう」とは言ったものの、友達と一緒に食事をする経験など皆無に等しい彼は、その時に一体どんな話をするべきか思考を巡らせた。

「(……うーん、娯楽とかは良く分からないし、面白い体験エピソードとかも僕には無いからなぁ。まぁでも、まずは彼の好きなこととか知りたいし、それを聞くのが一番良いかな）」

そんなことを考えながら食事を進めていると、アルフォンスは不意に背後から声を掛けられた。

「アルフォンス」

「あ、シオン君。どうしたの？」

アルフォンスが振り向くと、声を掛けてきたのは先程別れたばかりのシオンだった。

食器とトレーは返却したのだろう、彼は既に手ぶらだった。

「悪い。二つ、お前に言い忘れてたことがあってな」

「？」

頭に疑問符を浮かべながら、「なんだい？」と問いかけるアルフォンス。

「一つは一緒に昼飯を食べる話なんだが、……もしかしたら俺は別の奴と一緒に食べてるかも知れないが、その時も気にせず声を掛けてくれ」

「あっ、そうだよね……！　普通は一緒に食べてる人がいるよね……！　でも、僕も加わっても良いのかな？」

「え？　ああ、そうだな……。まぁ、俺の昔馴染《むかしなじ》みだし、大丈夫だと思うぞ。口数は少ないが、優しい奴だしな」

一瞬「そこまで考えてなかった」という顔をしたが、シオンはさして問題なさげに答えた。

「そっか、それなら良かった。君の友達なら、僕も仲良くなりたいし、会えるのを楽しみにしてるよ」

「……、あー……」

はにかんだアルフォンスに対してシオンは一瞬だけ何か言いそうになったが、口を閉ざした。

「……ああ、楽しみにしておいてくれ」

「……？　あっ、そうだ。それで、二つ目はなんだい？」

どこか含みのある笑みを浮かべた彼の様子が少しだけ気に掛かったアルフォンスだったが、それよりもシオンが言い忘れていたという「二つ目」の内容が気になった。

「あぁ、そうだったな」

「……！」

不意に近付くと、シオンはアルフォンスの右肩に手を置いて内緒話をするかのように顔を寄せた。

「アルフォンス。お前を助けることが出来て、本当に良かった」

「……え、……えっ？」

その思い掛けない台詞《せりふ》に思わず動揺し、アルフォンスが目を丸くしながらシオンの方を向いた。

「……なんてな」

しかし彼は悪戯《いたずら》っぽい笑みを浮かべるとそのまま「じゃあ、またなアルフォンス」と言い残し、彼は未《いま》だ困惑したままのアルフォンスなどまるで意に介さないように歩き去って行った。

「……………」

暫《しばら》く茫然《ぼうぜん》とその様をただ見ていたアルフォンスだったが、やがて、「(……あんなにしらばっくれておきながら……)」と心中で呟《つぶや》いた。

「(……そういえばあの時、薄れていく意識の中で最後に聞いた彼の声も、あんな声色だったな……)」

『よく戦ったな。あとは、俺に任せろ』

あの時の、温かく、力強く、そして、とても優しい声色。

――……やっぱり、君が僕を助けてくれたんだよね。

実際に目にした訳ではない。それでも、疑う余地など微塵《みじん》も無かった。

――『誰かを助ける為《ため》、何かを守る為に立ち向かう時。いつだってそいつが英雄なんだ』って、君は言ったけれど……。

それなら、僕にとっての〝英雄〟は……。

◆

……――こうして、あわや世界の危機とも思えた終焉の黒殲龍《シュヴアルディウス》騒動は、二人の英雄の活躍によって一人の死者も出すことなく収束した。

この事件によって一人の英雄は「悪意に立ち向かう勇気」を手にし、もう一人の英雄は、「言い表し難い程の快感」を手にしたという……。

……そしてこの数日後、シオンに再会したアルフォンスは彼に尋ねた。

「シオン君って、本当は一体何者なの？」――と。

それに対してシオンは、

「おかしな質問するなよアルフォンス。――俺は、ただのC級魔術学生だよ」と、どこか得意気に笑うのだった。

番外編　～ドラゴン襲来の裏側で～

ギルバート王国西部にある街へリミアで飲食店を営む女性、カリーナ・マッキニー。年歳は四十三歳。

朗らかで人当たりの良い性格が評判のカリーナが営んでいる店は、種類が豊富な創作料理や常連客が飽きることのない日替わりメニューで人気のお店だ。

彼女のお店は毎週土曜日と第一水曜日が定休日。その定休日に、カリーナは料理教室を開いている。一レッスンで一千ゼニーと、格安の料理教室だ。

若い参加者は比較的少なく、趣味感覚や、半分社交場のような感覚で参加する三十代から五十代くらいの主婦層がメインの料理教室となっている。

カリーナ自身も営利目的ではなく趣味に近い目的で教室を開いているため、若い子も来てくれたら嬉しいとは思うものの、主婦層の参加者が多く集まることに不満を持ってはいなかった。

そんなカリーナの料理教室に、三ヵ月ほど前から十六歳の少女が通うようになった。

少女の名前はユフィア・クインズロード。髪は銀色の美しい長髪で、女性のカリーナから見ても息を呑《の》むほど整った顔立ちの綺麗《きれい》な少女だ。

そして、ユフィアはカリーナがお店を構えている街へリミア――その隣街の近くにあるクロフォード魔術学園という魔術の学校に通う学生だ。

カリーナの知り合いに、クロフォード魔術学園の食堂の調理スタッフとして働いている女性がいる。その女性曰《いわ》く、ユフィアは魔術学園内では食堂のスタッフでも知っているほどの有名な生徒だという。

なんでも、ユフィアは魔術師の名家の娘であり、現在の魔術学園内で一番優秀な生徒であるらしい。

魔術師界での名家ともなれば、その暮らしはカリーナとは住む世界が違うと言っても過言ではない。毎日高級な飲食店で食事をすることも、家で料理人を雇うことも容易に違いない。きっと、他に選択肢があれば食事の際にカリーナのお店に来ることも一生ないだろう。

一度ユフィアに対して「どうしてここに通いたいと思ってくれたの？」とカリーナが率直に聞いてみたところ、「お料理、上手《うま》くなりたいので……」とだけ、彼女は答えた。

続けて、「どうして料理が上手くなりたいの？」と尋ねると、「美味《おい》しいお料理が作れるようになったら……、嬉しいので」と、彼女は答えるのだった。

もっと深掘りもしたかったが、あまりしつこく話しかけて困らせるのも悪いと思い、カリーナは「……そう」と微笑《ほほえ》んで切り上げた。

そんなユフィアは、料理教室に通う他の人たちからは「不愛想」「冷たい」「私たち庶民を見下している」というように言われてしまっている。

確かに、ユフィアは常に無表情で口数も少なく、料理教室で誰かと雑談している様子など一度も見たことがない。整い過ぎているくらい綺麗な顔立ちも相まって、冷たい印象を受けるのも分からなくはない。

しかし、きっと周りから言われているような子ではないだろうとカリーナは感じていた。

なぜなら、ユフィアはいつだって一生懸命に料理に取り組み、こちらから話しかければ無視をするようなことは絶対にないから。

調理中のユフィアに対してカリーナが横からアドバイスをすると、ユフィアは必ず真摯に聞き入れてくれる。通い始めたばかりの頃はお世辞にも上手いとは言えなかった包丁捌《さば》きが回を追うごとに上達しているのは、彼女が一生懸命にレッスンに取り組んでいる証拠だろう。

カリーナにとっては、ユフィアは純粋で一生懸命で、ただ少し人と話すのが苦手なだけの、優しく可愛《かわい》らしい子だと思えた。

――そして、ユフィアが料理教室に通うようになってから三ヵ月と少し経《た》ち、「もっとユフィアちゃんと打ち解けることが出来ないか」とカリーナが考えていた頃……。

ある日、普段は学園が休みの土曜日にしか来られないユフィアが、珍しく第一水曜日の料理教室に参加していた。いつもは夕方近い時間まで行われる学園の授業が早めに終了となったとのことで、たまたま空いた時間にでも来てもらえたことがカリーナには嬉《うれ》しかった。

普段通り主婦層の参加者達《たち》で賑《にぎ》わう中、料理教室ではクリームシチューの作り方のレッスンが行われた。

初めにカリーナが黒板に材料や調理手順を書いて説明し、実際に参加者達が用意されている食材で調理を行った。そしてカリーナの指導を受けながら作った料理を最後に実食したり、持ち帰り用の容器に詰めたりと、いつもと変わらない内容で終了した。

参加者達とのしばらくの談笑の後、それぞれに挨拶をしながら参加者達を見送っていくカリーナ。

最後の参加者を見送り終えたと思ったとき、カリーナは後ろから声を掛けられた。

「あの……、カリーナさん」

「！　あら、ユフィアちゃん。今日は来てくれてありがとうねぇ」

どうやらまだ店内にユフィアが残っていたようで、カリーナは笑顔で声を掛けた。

「あっ……。私こそ、いつもありがとうございます」

「やだっ、いいのいいのっ！」

深々と頭を下げるユフィアに対して、カリーナはブンブンと首を横に振った。

「あ、もしかして、私に何か話があって残ってくれていたのかしら？　ごめんなさいね、すぐ気付いてあげられなくてっ！」

「いえ、全然……。その、ご相談があるんですが……」

「相談？」

「あの、料理のリクエストなんですけど……」

──料理のリクエスト。カリーナの料理教室では、レッスンを行って欲しい料理を参加者達から随時募集している。どうやら、ユフィアにはリクエストしたい料理があるようだった。

「リクエスト!?　嬉しいわ！　どんな料理が希望かしら!?」

カリーナは目を輝かせながら嬉しそうにユフィアに尋ねた。

「その……。ロールキャベツを、またお願いしたくて……」

「えっ、ロールキャベツ？　この前やったとき、ユフィアちゃんいたわよね？」

「やっぱり、無理……ですよね。ごめんなさい、この前やったばかりですもんね……」

「い、いいの良《い》いの！　全然いいのよ！　リクエストして貰《もら》えてすっごく嬉しいんだから！　でも、どうしてまたロールキャベツ？」

不思議そうに尋ねるカリーナに対して、ユフィアは「どう説明すれば……」というような様子で視線を動かした。

「えっと……。その……。また、美味しいって言って貰えたら、嬉しいから、です……」

「？　誰に？」

「あの、その……」

不思議そうに尋ねたカリーナに対して、ユフィアは少し戸惑った様子だったが、少し間を空けて話を続けた。

「……この前、ここでロールキャベツの作り方を教えて頂いたあと、学園の寮でも自分で作ってみたんです……。それで、練習のために作り過ぎちゃったので、学園にお弁当にして持って行ったんですけど……」

ゆっくりと途切れ途切れに話すユフィアに対して、カリーナは優しく微笑みながら頷《うなず》いて話を聞いた。

「……その日、お昼ご飯を一緒に食べていたお友達に、そのロールキャベツを食べられちゃって……。綺麗に作れなかったし、練習中で……。まだ彼には食べて欲しくなかったんですけど、止めたのに食べられちゃって……。そしたら、彼が、『美味しい』って、そのまま全部食べちゃって……。……それが、すごく……、すごく嬉しかったので……。だから、もっと……。次はもっと上手に作ったのを、……食べてもらいたいんです」

そう話しているときのユフィアは相変わらず無表情だったが、不思議とどこか幸せそうな表情にも見えた。

「……そう。それはきっと、とっても美味しく作れていたんでしょうねぇ」

「そうだったら……。う、嬉しいです……」

表情からは分からないが、照れたような様子のユフィアを見てカリーナは嬉しそうな笑みを浮かべた。

「……分かったわ。それじゃあ、今月またどこかでロールキャベツをやりましょう！　今度は気合を入れて、前回よりもとびっきり美味しいものにするわ！」

「良いんですか？」

「もちろんよ！」

「あ……、ありがとうございます……、カリーナさん」

花が咲くような笑みを浮かべるカリーナに対して、ユフィアはまた深々と頭を下げるのだった――……。

◆

――翌日。

「――カリーナさん、今日の日替わりのロールキャベツはとびっきり美味《うま》いね！」

「ああ、こりゃ絶品だ！」

「ふふ、ありがとうねぇ。ちょっと気合い入れて作ってるのよ」

定休日明けの昼間、カリーナのお店はいつも通り沢山の常連客で賑わっていた。ユフィアにリクエストされたロールキャベツの改良のため、この日の日替わりメニューはロールキャベツだった。

「それにしても、聞いたかい！　昨日、隣街の魔術学園がドラゴンに襲われたって！」

「しかも、あのジーク＝フリードの子孫が一人で退治したんだってな！　まだ学生なのに、英雄の血筋はやっぱり頼もしいなぁ！」

どうやら昨日、ユフィアとカリーナのやり取りの裏側では大事件が起こっていたようで、店内の話題はその件で持ちきりだった。なんでも、隣街近くにある魔術学園がドラゴンに襲われ、学生の一人がそのドラゴンを撃退したのだという。

街でドラゴンが人を襲ったことも、大英雄の子孫がそれを撃退したことも、いずれも人々を興奮させる一大ニュースとなっていた。

「……」

常連客らの会話を耳にしながら、カリーナはユフィアの顔を思い浮かべていた。

「(昨日は偶々《たまたま》こっちに来ていたから、ユフィアちゃんが無事で良かったわ……。あら？　でも、ユフィアちゃんは魔術学園で一番強い魔術師さんだから、もしユフィアちゃんがその場にいたら、ユフィアちゃんがドラゴンをやっつけちゃったのかしら……？　あの大人しいユフィアちゃんが……。ちょっと想像出来ないわね、ふふ）」

クスクスと、カリーナは笑みを零《こぼ》した。

「あ、そういえば……」と、カリーナはふと昨日のユフィアとの話を思い出した。

――『お昼ご飯を一緒に食べていたお友達に、そのロールキャベツを食べられちゃって……』『そしたら、彼が、美味しいって、そのまま全部食べちゃって……』『すごく嬉しかったので……。だから、もっと……。次はもっと上手に作ったのを、……食べてもらいたいんです』――。

ひょっとして……と、カリーナは自分の頬に軽く手を当て考える仕草をとった。

「（……ユフィアちゃんが言っていた子って、そのドラゴンを退治した子だったりするのかしら……？）」

そんな考えを巡らせ、カリーナは自分を戒めるように左右に首を振った。

「――なんて、私ったら……。野暮ね、全く。ふふ」

そう微笑むと、カリーナは上機嫌にロールキャベツの仕込みを再開するのだった――。

あとがき

はじめまして、ｎｋｍｒと申します。この度は本作を手に取って頂き、ありがとうございます。

本作「自分をＳＳＳ級だと思い込んでいるＣ級魔術学生」は２０２３年に開催された第９回オーバーラップＷＥＢ小説大賞というコンテストで受賞させて頂きました。

２０１８年から「小説家になろう」というｗｅｂサイトに掲載している本作ですが、今回、約６年の年月を重ねて書籍化することが出来て本当に嬉《うれ》しいです。

ちょっとした制作の裏話になりますが、本作は〝逆張り〟と呼ばれる発想で生まれました。

当時、小説家になろうでは「本当は最強の力があるけど、目立ちたくないから実力を隠す」、「最強の実力があるのに、自分の実力を平凡だと思い込んだまま無双する」といった内容の作品が流行していました。サイト内のランキングページを埋め尽くすそれらの作品を見た当時の私の逆張り精神に火が付き、「逆に自分を強いと思い込んでいる弱い主人公の話を書いたらぁ！」というノリで本作は誕生することとなりました。

本作は筆が止まる期間も長くありましたが、どんなに更新がストップしていてもずっと待っていて下さる読者の方々に支えられていました。どれだけ言葉を尽くしても読者の皆様への感謝を全て言い表すことは難しいですが、改めて、この場をお借りしてお礼申し上げます。本当にありがとうございました。

また、今回オーバーラップWEB小説大賞にて本作の選考に携わって頂いた皆様方、このややこしい作品の担当に名乗りを上げて下さり、初の書籍出版で右も左も分からぬ私を懇切丁寧にサポートして下さった担当編集のO様、本作のキャラクター達《たち》を本当に素敵なイラストに仕上げて下さったイラストレーターの嵐月様、カバーデザインや校正など、この作品の出版に携わって下さった全ての関係者の皆様に、最大限のお礼を申し上げます。

今後も皆様に最高に面白い作品をお届け出来るよう精一杯頑張ります。

nkmr

作品のご感想、
ファンレターをお待ちしています

あて先

〒141-0031
東京都品川区西五反田 8-1-5 五反田光和ビル4階
ライトノベル編集部
「nkmr」先生係／「嵐月」先生係

自分をSSS級だと思い込んでいる C級魔術学生 1

発　行　2024年7月25日　初版第一刷発行

著　者　nkmr
発行者　永田勝治
発行所　株式会社オーバーラップ
〒141-0031　東京都品川区西五反田 8-1-5
校正・DTP　株式会社鷗来堂
印刷・製本　大日本印刷株式会社

Printed in Japan　ISBN 978-4-8240-0881-7 C0193

オーバーラップ　カスタマーサポート
電話：03-6219-0850／受付時間 10:00～18:00（土日祝日をのぞく）

神も運命も蹂躙せよ
竜の寵愛を受けし
「最凶」強欲冒険者
現代ダンジョンライフの続きは
異世界オープンワールドで!
The Continuation of Modern Dungeon Life
Have Fun in an Another World, Like an Open World!
しば犬部隊
illust
ひろせ
大好評発売中!!